KB194217

늦:티나무

늦:티나무

지은이   김동기
펴낸이   성상건

펴낸날   2025년 05월 12일
펴낸곳   도서출판 나눔사
주소   (우)10270 경기도 고양시 덕양구 푸른마을로15
301동1505
전화   02.359.3429 팩스 02.355.3429
등록번호   2-489호(1988년 2월 16일)
이메일   nanumsa@hanmail.net

© 김동기, 2025

ISBN 978-89-7027-838-4   03810

값 14,000 원

바람보다 먼저 일어날 여린 풀잎들을 위하여!

김동기 작가의 장편소설

늦:티나무

김동기 지음

나눔사

작가의 말

20대, 10년은 잃어버린 방황의 시절이었다.
그 때 조각처럼 남은 기억들을 주워 모았다.
쓰는 내내 아프지만 행복하고 치유가 되었다.
그러나 여기의 모든 사람, 공간, 지명은 허구
이다. 역사적 사실들은 악세사리로 넣었다. 함
께 공감하기를 소망하며. 책이 나오기까지 늘
해산의 고통 처럼 수고해주신 분들이 있다.
김선희 선생님, 박삼홍 선생님 귀한 교정에 감
사드리며, 아내 문소영과 아들 딸, 진서. 은
서. 희서에게 사랑한다고 말하고 싶다. 또한
단석교회 식구들, 드림스터디 공부방 부모님
들께 사랑을 전하며 늘 감사의 말을 전한다.

2025년 4월 김동기

차례

01

김수영 시집

수요일 오후 두 시, 임동수는 교무실 책상에 앉아 창밖을 바라보았다. 계절의 흐릿한 햇살이 유리창을 타고 흘러내렸다. 한참을 멍하니 창밖을 보다가, 손에 들고 있던 빨간 볼펜을 내려놓았다. 책상 위에는 채점해야 할 학생들의 시험지가 수북이 쌓여 있었지만, 손이 가지 않았다. 점심을 먹고 난 후의 나른함 때문인지, 아니면 그보다 더 깊은 곳에서부터 밀려오는 공허감 때문인지 알 수 없었다. 그때, 핸드폰이 가볍게 진동했다. 낯선 번호였다. 손가락이 잠시 머뭇거렸다. 받을까, 말까. 이상한 예감이 들었다. 모르는 번호였다. 하지만 어딘가 익숙한 기운이 감돌았다. 몇 초 동안 화면을 응시하다가 결국 전화를 받지 않았다. 진동이 멎고, 교무실은 다시 정적에 휩싸였다. 창밖으로 시선을 돌려보지만, 아까부터 흐릿하게 깔린 하늘은 조금도 달라진 게 없었다. 잠시 후, 화장실에 다녀오자마자 휴대전화 화면이 깜빡이고 있었다. 같은 번호로 세 통의 부재중 전화. 가슴이 묘하게 조여왔다. 뭐지? 무의미한 광고 전화라고 하기엔 너무 집요했다. 손끝이 미세하게 떨렸다. 결국 통화 버튼을 눌렀다.

"여보세요."

잠깐의 정적. 그리고 쉰 듯한, 그러나 단단한 중년 여성의 목소리가 들려왔다.

"…동수 씨, 맞나요?"

순간, 등골이 서늘해졌다. 목소리만으로도 낯설지 않은 기운이 스며들었다.

"네, 누구시죠?"

여성은 숨을 들이마셨다. 그리고 조용한 목소리로 말했다.

"나는… 미희 엄마예요."

심장이 철렁 내려앉았다. 그 이름. 몇 년이 지나도록 입 밖으로 내지 않았던, 하지만 마음 한구석에서 늘 맴돌던 이름. 미희. 그리고 그녀의 어머니.

동수는 한순간에 머릿속이 복잡하게 얽혀버렸다. 미희가 사라진 뒤 동수가 몇 차례 미희 어머니를 만난 적이 있었지만, 미희 어머니도 이사하였고, 그 이후로는 알 길이 없었다. 그런데 갑자기?

"어쩐 일이신지…? 어디 계셨는지…?"

"우리, 좀 볼 수 있을까요?"

그녀의 목소리는 담담했지만, 어딘가 깊은 흔들림이 배어 있었다. 동수는 숨을 몰아쉬었다. 교무실이라는 공간이 갑자기 낯설게 느껴졌다. 시험지를 덮고, 옆자리에 놓인 가방을 슬쩍 바라보았다. 이 대화를 이곳에서 이어가고 싶지 않았다.

"어디로 가면 될까요?"

그녀가 짧게 주소를 불렀다. 그는 아무 말 없이 고개를 끄덕였다. 가방을 들고 교무실을 나서며, 머릿속이 복잡해졌다. 조퇴해야 했다. 동료 교사들에게 편두통이 심해 조퇴하겠다고 둘러댔다.

학교를 나서는 순간, 싸늘한 공기가 피부를 스쳤다. 걸음을 내디딜 때마다 마음이 무거워졌다. 몇 년 만의 조우일까. 아니, 몇 년 동안 애써 묻어둔 과거와 마주해야 할까.

사당동의 '풀빛 서점'은 좁고 조용한 공간이었다. 오래된 나무 서가에는 누렇게 바랜 시집과 소설책이 빼곡히 꽂혀 있었고, 벽을 따라 흐르는 클래식 음악은 낮은 볼륨에도 바람처럼 울렸다. 동수는 그곳에서 처음 미희를 만났다. 늦은 봄날, 따뜻한 햇볕이 창문을 타고 스며들던 오후였다. 커피와 잉크가 뒤섞인 듯한 그 서점 특유의 냄새는 무언가 오래된 기억을 떠올리게 했고, 그 순간 미희는 창가에 앉아 있었다. 긴 머리카락이 햇빛을 받아 은은하게 빛났고, 그녀의 손끝에서 책장이 천천히 넘어갔다.

"이 시, 좋아하세요?"

그녀는 동수가 들고 있던 김수영 시집을 보고 그렇게 말을 걸었다. 맑고 부드러운 목소리였다. 말끝에 살짝 올라가는 억양이 호기심을 머금고 있었다. 동수는 다소 놀란 표정으로 그녀를 바라보았지만, 곧 미소를 지었다. 그렇게 그들은 시로 시작된 대화를 이어갔고, 문학이라는 공통의 언어는 둘 사이의 거리를 순식간에 좁혔다. 두 사람 모두 A 대학교 국문학과에 다니고 있었고, 같은 수업을 들으며 점점 가까워졌다. 수업이 끝난 후엔 종종 그 서점에서 만나 책을 읽었고, 오래된 LP가 흐르는 다방에서 시에 대해, 삶에 관해 이야기를 나누곤 했다. 미희는 글을 썼다. 그녀의 문장은 날카로우면서도 아름다웠다. 단단한 문체 속에 어딘가 슬픔이 배어 있었고, 동수는 그런 글에 사로잡혔다. 그녀의 글에는 그녀가 겪은 세계와 내면의 풍경이 고스란히 담겨 있었고, 그것이 동수에게는 가장 진실한 사랑의 언어처럼 느껴졌다. 어느 순간부터 그들은 더 이상 말로 사랑을 고백하지 않아도 되었고, 책상 위에 함께 놓인 시집 한 권이, 어깨에 살짝 기댄 숨소리 하나가 서로의 마음을 증명해주었다. 하지만 그 사랑은 끝내 완성되지 못했다. 미희는 어느 날 사라졌다. 심증은 있었다. 물증이 없을 뿐이다. 스스로 사라진 것이 아닌 것을 모르는 이는 없었다. 실종? 납치? 미희의 부재는 동수도, 미희의 어머니 정임순의 삶도 완전히 바꾸어 놓았다. 미희의 부재는 동수에게는 삶의 부재였다. 미희의 빈자리는 시간이 흐를수록 점점 더 선명해졌고, 그 기억은 잊히지 않는 필름처럼 반복 재생되었다. 그로부터 몇 해가 흘렀다. 동수는 살아야 했다. 무너진 삶을 보다 못한 아버지의 성화에 사립고등학교 국어 교사 자리를 얻었다. 마음 어딘가는 여전히 미희를 품고 살아갔다. 그러나 세월이 약이라고 했던가? 점점 그에 대한 강렬한 추억도 그리움도 동수의 서랍 깊숙한 곳에 넣어둔 미희와 찍은 오래된 흑백 사진처럼 희미해져 가고 있었다.

택시 안, 동수는 창밖을 바라보며 깊은숨을 내쉬었다. 가로수 가지들이 회색 하늘 아래서 천천히 흔들리고 있었다. 손끝이 서서히 차가워졌다. 만약 그녀의 어머니가 미희에 대한 단서라도 가지고 있다면? 혹은 미희가 어딘가에 살아 있다는 소식을 전하려는 것이라면? 아니면… 그녀가 이미 이 세상에 없다는 사실을 말하려는 것일까? 생각이 꼬리에 꼬리를 물었다. 과거의 기억은 지금도 따뜻하지만, 그 따뜻함은 점점 동수를 아프게 만들었다. 그는 자신이 과거를 벗어나지 못한 채, 여전히 그 사랑이 멈춘 서점의 그 시간에 갇혀 있다는 사실을 알고 있었다. 그 낭만의 기억은 이젠 현실의 고통으로 되돌아왔다. 그러나 오늘, 그 기억을 마주해야 한다. 끝내 묻지 못했던 질문을, 끝내 듣지 못했던 대답을 받아야 할 시간이다. 택시는 어느새 목적지를 향해 달리고 있었다.

02
타고 남은 재

동수는 택시 안에서 창밖을 바라보았다. 신촌의 익숙한 풍경이 스쳐 지나갔다. 회색빛 건물들 사이로 간판들이 어지럽게 늘어선 거리, 어디선가 들려오는 경적, 그리고 스산한 계절의 바람. 그의 머릿속은 과거와 현재가 뒤엉킨 채 소용돌이쳤다.

1980년 광주의 그 비극적이고 고통스러운 사건 이후 80년대 그 시절 내내 전국적으로 민주화 운동과 시위가 일어났다. 정부의 폭압 속에서도 민주주의에 대한 열망은 더욱 간절했다. 1987년 봄. 거리는 최루탄 연기로 가득했고, 대학생들은 '독재 타도!'를 외치며 거리를 누볐다. 그리고 그 거리 한편, 신촌 골목 어귀에는 작은 포장마차가 하나 있었다. 투박한 비닐 막 사이로 김이 모락모락 피어오르던 곳. 주인은 정임순. 미희의 어머니였다. 미희와 동수가 처음으로 가까워진 것도 그 포장마차에서였다. 시위가 끝난 뒤 도망치듯 좁은 골목을 빠져나와 숨을 고를 때면, 그곳에서 따뜻한 어묵 국물을 들이켰다.

"이거라도 먹고 가라."

정임순은 말이 별로 없었지만, 언제나 시위 후 지친 학생들에게 따뜻한 국물과 어묵을 건넸다. 동수는 그 손길에서 묘한 안정감을 느꼈다. 그는 종종 그곳에 들렀고, 자연스레 미희와 함께하는 시간도 많아졌다.

"너, 아까 도서관 앞에서 연설할 때 봤어."

어느 날, 미희가 말했다. 동수는 쑥스러운 듯 고개를 긁적였다.

"그냥⋯. 하고 싶었던 말을 했을 뿐이야."

"멋있었어."

그녀의 눈빛이 빛났다. 거리의 함성 속에서도 미희의 목소리는 부드러웠다. 그녀는 언제나 조용한 사람이었지만, 글로는 누구보다 강렬한 메시지를 던지는 사람이었다. 그녀가 전단을 만들고, 문장을 다듬는 동안, 동수는 거리에서 목소리를 높였다. 시간이 지날수록 그들은 서로의 존재를 당연하게 여기기 시작했다. 따뜻한 포장마차 안에서, 뜨거운 맥심 커피 한 잔을 나누며 서로의 손끝이 닿을 때, 동수는 자신이 미희를 사랑하게 되었다는 걸 깨달았다. 그리고 미희도 마찬가지였다. 풀빛 서점은 그들의 노골적인 데이트 장소였다. 문학을 논한다는 것은 어쩌면 핑계였을지 모른다. 어느 날, 두 사람은 한용운의 시 한 구절을 두고 의견이 엇갈렸다.

"타고 남은 재가 다시 기름이 됩니다. 이 문장이 뭐가 그렇게 마음에 들어?"

동수가 책장을 넘기며 물었다.

미희는 눈을 가늘게 뜨며 그를 바라보았다.

"그건…. 혁명의 본질이니까. 타서 사라지는 게 아니라, 끊임없이 새롭게 불타오르는 거잖아."

"하지만 타고 남은 것도 의미가 있지 않아?"

동수는 조용히 반문했다.

"모든 불꽃이 끝까지 타오를 수는 없잖아. 때로는 남겨진 재 속에서도 무언가를 배울 수 있지 않을까?"

미희는 그의 말을 곰곰이 되새겼다. 한동안 아무 말 없이 책장을 넘기던 그녀는 이내 작게 웃었다.

"너, 의외로 감상적인 면이 있네."

"의외라니."

동수가 픽 웃었다.

"난 원래 그런 사람이야."

잠시 정적이 흘렀다. 서점 바깥으로 늦은 오후 햇살이 스며들었다. 미희가 책을 덮고 동수를 바라보았다.

"넌, 네가 타고 남은 재가 아니라는 걸 믿어?"

동수는 선뜻 대답하지 못했다. 하지만 그 순간, 그녀의 시선이 흔들리는 걸 보았다. 마치 자신에게도 묻고 있는 듯한 표정이었다. 그는 천천히 고개를 끄덕였다.

"나도 그렇게 믿고 싶어."

미희는 살며시 미소 지었다. 그리고 그날 이후, 그들은 서로를 바라보는 눈빛이 달라졌다.

그날 밤, 신촌의 골목길을 걷던 두 사람은 어둠 속에서도 서로의 체온을 느꼈다. 길모퉁이 전봇대 아래에서 동수가 조심스럽게 미희의 손을 잡았다. 그녀가 가만히 손을 쥐었다. 가로등 불빛 아래, 둘은 천천히 서로를 바라보았다.

"한미희."

동수가 조용히 이름을 불렀다. 그녀가 고개를 들었을 때, 그는 더 이상 망설이지 않았다. 조심스럽게, 그러나 확신을 가진 그의 입술이 그녀의 입술에 닿았다. 차가운 밤공기 속에서도 그녀의 숨결은 따뜻했다. 미희는 눈을 감고, 그 순간을 받아들였다. 긴장과 떨림이 섞인 첫 키스는 조용히, 그러나 깊게 여운을 남겼다.

1987년 6월, 그 뜨거웠던 여름에 모든 것이 변했다. 시위가 격화되면서 곳곳에서 학생들이 연행되었고, 미희와 동수도 그날 신촌 로터리에서 경찰과 대치하고 있었다. 연행될 위험이 커지자 그들은 뿔뿔이 흩어졌고, 동수는 가까스로 도망쳤다. 하지만 미희는 그 이후로 모습을 감추었다. 처음에는 단순한 피신일 거라고 생각했다. 하지만 며칠이 지나고, 몇 주가 지나도 그녀는 돌아오지 않았다. 학교에서도, 포장마차에서도, 그녀를 본 사람이 없었다. 미희 어머니는 점점 말수가 줄었고, 동수가 조심스레 그녀의 행방을 물으면 그저 "기다려 보자"라고만 말했다.

그러나 미희는 끝내 돌아오지 않았다. 그해 6월 9일 연세대학생 이한열이 최루탄에 피격당하고 7월 5일 후유증으로 사망하였다. 누군가는 죽고, 누군가는 돌아오지 않던 그런 시대였다.

03
오래된 편지

신촌의 저녁은 유난히 늦게 어두워졌다. 하늘은 잿빛으로 물들고 있었고, 좁은 골목 사이로 노을의 마지막 흔적이 피어오르듯 스며들었다. 오래된 포장마차 자리 옆, 퇴색된 간판을 단 작은 카페엔 희미한 조명이 깜빡이며 시간을 견디고 있었다. 그 조명 아래, 정임순이 보였다. 그녀의 얼굴은 해 질 녘의 그림자처럼 피곤하고 어두웠지만, 어딘지 단단한 고요가 깃들어 있었다. 동수는 아무 말 없이 그자리에 앉았다. 바깥은 붉은빛이 서서히 사라지고 있었고, 창밖을 흐르는 사람들의 발걸음 소리가 카페 안까지 울렸다. 정임순 앞에는 미지근하게 식은 커피 한잔이 고요하게 놓여 있었다.

"어머니…."

입술을 떼는 데까지 시간이 걸렸다. 목젖이 미세하게 떨렸다. 그 떨림은 감정의 파문이 되어 몸 전체로 퍼져나갔다. 자신도 모르게 그는 손등을 테이블 밑으로 감췄다. 거기엔 식은땀이 고여 있었다.

"어머니…."

동수는 그 말을 반복했다. 마치 그 한마디만으로 모든 것을 다 말할 수 있을 것처럼. 그러나 이어질 말은 목구멍에서 차단됐다. 감정이 너무 오래 묵었고, 너무 오래 묻어두었다. 그래서 입 밖으로 꺼내려 하자 그 모든 것이 낯설고 아팠다. 정임순은 그를 바라봤다. 그녀의 눈은 여전히 검고 깊었지만, 세월이 남긴 흔적이 그 주름마다, 동공의 떨림마다 스며 있었다.

"그러게. 오랜만이에요."

짧고 조용한 인사. 그러나 그 말속에는 오랜 기다림이, 묵은 울음이, 수없이 반복했을 말들이 응축되어 있었다. 한참 정적이 흘렀다. 카페 밖으로는 저녁 장을 마친 상인들의 목소리가 들렸다. 청춘들이 웃으며 지나가는 소리도 들렸다. 그러나 그 안에서는 모든 소리가 묻히고, 오직 마음속의 파문만이 잔물결처럼 번졌다. 정임순은 손가방에서 작은 봉투 하나를 꺼냈다. 흰 봉투. 오래된 종이의 표면은 살짝 구겨져 있었고, 마치 누군가의 손을 오랫동안 거친 듯한 온기가 남아 있었다. 그녀의 손이 떨렸다. 아주 미세하게.

"며칠 전, 이걸 받았어요."

그녀는 봉투를 테이블 위에 조심스럽게 내려놓았다. 그 행위조차 마치 누군가의 유해를 안치하듯 조심스러웠다. 동수는 봉투를 들며 깊은숨을 내쉬었다. 시간은 정지한 듯 느껴졌다. 누르스름한 불빛 아래, 그는 천천히 봉투를 열고 종이를 꺼냈다. 익숙한 글씨가 시선을 맞이했다. 첫 문장만이 어렴풋이 보인다.

'나는 이제 더 이상 믿지 않는다.'

그는 숨이 턱 막혔다. 거기엔 분명히 미희의 글씨가 있었다. 순간, 동수는 비명처럼 터져 나올 뻔한 숨을 삼켰다. 아니, 차라리 목젖 깊숙이 걸려버렸다. 그가 편지를 다 읽기도 전에, 정임순이 조용히 말했다.

"그 애가… 살아 있는 건지는 모르겠어요. 편지는 며칠 전에 받았지만, 언제 쓴 건지는 적혀 있지 않더군요."

밖에서는 거리의 조명이 하나둘 켜지고 있었다. 동수는 무너져 내릴 듯한 숨을 토했다. 정임순을 바라보며, 그녀의 눈에 머무르며, 오랜만에 느껴지는 미희의 기적을 둘이서 나누는 듯했다. 마치 저녁의 긴 어둠 속에서, 불쑥 피어난 별 하나처럼. 그 순간만큼은 그들 사이의 어색함도, 침묵도, 그리고 세월조차 미희라는 이름 하나로 응축되어, 작고 뜨거운 불덩이처럼 테이블 위에 놓인 듯했다. 말이 필요 없었다. 오직 마음으로 들끓는 그리움만이 방 안을 채웠다. 동수는 조용히 눈을 감았다. 그리고 천천히, 아주 천천히 그 이름을 속으로 불렀다. 그녀는 정말, 살아 있을까.

나는 이제 더 이상 믿지 않는다. 우리가 외쳤던 자유, 평등, 민주주의. 그것이 진정한 승리를 가져올 거라고 믿었다. 하지만 시간이 지나면서 깨달았다. 혁명은 사람들을 바꾸지 못한다. 오히려 사람들은 혁명을 이용할 뿐이다.

나는 광장에서 함성을 지르며 미래를 꿈꾸었다. 그러나 그 미래는 오지 않았다. 사람들은 변하지 않았고, 세상도 그대로였다. 우리가 뜨겁게 사랑했던 모든 것들이, 결국은 타고 남은 재일 뿐이었다.

나는 지쳤다. 더 이상 싸울 수 없다. 모든 것이 허망하다. 나는 이 세상을 떠나지만, 나의 흔적이 무의미하게 사라지진 않기를 바란다. 어쩌면 누군가는 이 편지를 읽고, 또 다른 싸움을 시작할지도 모른다. 하지만 나는 이제 여기서 멈춘다.

그럼, 나의 열정, 나의 사랑, 나의 인생도

안녕.

동수는 편지에서 눈을 떼지 못했다. 머리 한쪽에서는 이미 수없이 문장을 해부하고, 분석하고, 의심하고 있었지만, 또 다른 쪽에서는 그저 그 필체만을 눈에 새기고 있었다. '이건 분명히 미희의 글씨야.' 속으로 되뇌면서도, 그 문장 사이를 지나가는 감정의 결은 너무나 낯설었다. 미희는 결코 이런 식으로 표현하지 않았다. 그녀는 언제나 감정을 직선적으로, 그러나 섬세하게 드러내는 사람이었다. 그런데 이 글은… 어딘가 조심스럽고, 겁먹은 듯하며, 무엇보다 누군가에게 보여지기 위해 쓰인 듯한 흔적이 묻어 있었다.

"언제 받으셨어요?" 동수가 조심스럽게 물었다.

정임순은 컵을 감싼 손을 떼며, 눈을 살짝 감았다. 그 손엔 아직도 미세한 떨림이 있었다.

"일주일쯤 됐어요. 나도 전달만 받았는데…."

"보내는 사람의 주소나 이름은 없었고요?"

그녀는 고개를 저었다.

"아무것도요. 그냥 봉투에 제 이름만. 그것도 컴퓨터로 인쇄한 이름이었어요. 이상하지 않아요?"

동수는 편지를 다시 펼쳐 보며, 인쇄된 봉투를 떠올렸다. 누군가 일부러 흔적을 지우려 했다는 건 분명했다. 그리고 그 안에 담긴 건, 익숙한 필체로 된, 낯선 문장이었다.

"어디선가…. 모방한 것일 수도 있겠어요."

그는 무심이 말했지만, 목소리엔 무게가 실려 있었다.

"누군가 미희의 글씨를 흉내 낸 거라면, 그 사람은 미희의 손글씨를 가까이서 본 적이 있어야 해요. 단순한 위조는 아니에요. 너무 정교하니까…"

정임순은 두 손을 모으고 입가에 갖다 댔다. 그리고 한참을 아무 말 없이 앉아 있었다. 창밖의 바람이 커튼을 가볍게 흔들었고, 카페 한쪽에서 누군가 조용히 커피잔을 내려놓는 소리가 들렸다. 그런 사소한 소음들조차 두 사람 사이에 드리워진 침묵을 뚫을 수는 없었다.

"그 아이… 살아 있을까요?"

그녀가 문득 말했다. 말끝이 떨렸다.

"나는, 아직도 그날 밤을 잊지 못해요. 그 아이가 마지막으로 나간 밤. 신발소리, 문 닫는 소리, 그 조용했던 움직임 하나하나가… 아직도 귀에 생생해요."

동수는 말없이 정임순을 바라보았다. 그녀의 눈가엔 고인 눈물이 반짝였다. 쏟아지지는 않았지만, 언제든 터질 듯한 물기였다.

"정말 감정을 맡겨보는 게 좋을 것 같아요."

그는 다시 말을 이었다.

"문체 분석도 가능하고, 필적 감정도 정밀하게 들어가면 많은 걸 알 수 있을 거예요. 진짜 미희가 쓴 것인지, 아니면 누가 흉내 낸 것인지. 무엇보다… 이 편지를 누가, 왜 보냈는지를 알아야 해요."

정임순은 천천히 고개를 끄덕였다. 얼굴엔 여전히 복잡한 감정이 엉켜 있었지만, 그 안에는 결심도 엿보였다.

"그럼, 동수 씨가… 힘들고 부담스럽겠지만…. 아직도 자식 잃은 부모의 미련일 수도 있지만, 한때는 그래도 동수 씨하고…."

"당연히 제가 하겠습니다. 아니, 제가 해야죠…."

동수는 편지를 조심스레 봉투에 다시 넣었다. 그것은 지금, 이 순간 두 사람 사이에 놓인, 유일하고도 결정적인 단서였다.

"미희는 살아 있을 거예요. 꼭 만나실 수 있을 겁니다. 꼭…."

그 말에 정임순의 눈이 다시 젖었다. 이번엔 그녀가 천천히 고개를 숙이며 흐느끼기 시작했다. 동수는 잠시 눈을 감았다. 손끝에 남아 있는 그 익숙한 필체의 감각이, 그의 가슴을 무겁게 짓눌렀다.

04
백골단

동수와 미희 어머니는 조용히 카페를 나섰다. 바깥 공기는 싸늘했고, 저녁 어스름이 골목길을 뒤덮고 있었다. 손에 든 편지가 이상하게 무거웠다. 미희의 어머니는 몇 번이나 편지를 쳐다보더니, 낮게 한숨을 내쉬었다.

"이건⋯. 아무래도 조작된 것 같아요."

동수는 조용히 고개를 끄덕였다. 그의 머릿속에는 그날, 미희가 사라진 날의 기억이 소용돌이쳤다.

1987년 6월 9일. 서울 곳곳에서 시위가 격렬해지던 날이었다. 신촌 로터리는 아수라장이었다. 공기는 타는 듯한 최루탄 냄새로 가득했고, 바닥에는 깨어진 유리병과 쓰러진 전단지들이 나뒹굴었다. 사람들은 방독면도 없이 옷깃을 세우고 얼굴을 가린 채 최루탄을 피해 뛰었다. 동수는 한 손에 화염병을 들고, 다른 손으로 입을 가린 채 정신없이 움직였다.

"뒤로! 뒤로 물러서!"

누군가 외쳤다. 그러나 도망칠 여유가 없었다. 바로 코앞에서 최루탄이 터지며 매운 연기가 폐 속을 파고들었다. 눈물이 주르륵 흘러내렸다. 동수는 손등으로 눈물을 닦으며 숨을 몰아쉬었다. 바로 그때, 옆에서 누군가의 손이 그의 팔을 낚아챘다.

"이쪽으로!"

대학생 호위대였다. 이들은 시위 도중 부상자들을 보호하고, 가능한 한 많은 사람을 안전한 곳으로 대피시키는 역할을 맡고 있었다. 동수는 휘청이며 그들과 함께 골목길로 달려나왔다. 신촌 로터리를 벗어나면서도 그는 계속 뒤를 돌아보았다. 미희. 그녀는 어디에 있을까?

미희는 '노란 국화' 멤버로서 대자보를 작성하고, 부상자들을 돌보는 일을 하고 있었다. 그녀는 오늘 아현 고개에 있는 간이 치료소에서 활동하고 있을 터였다.

아현 고개의 간이 치료소는 학생들이 급히 만든 천막 병동이었다. 시위로 다친 학생들과 시민들이 들것에 실려 들어왔고, 미희는 흰 천으로 얼굴을 가린 채 소독약을 바르고 붕대를 감아 주었다. 피에 젖은 천이 사방에 나뒹굴었고, 신음 소리가 가득한 공간에서도 미희는 손을 멈추지 않았다. 그녀의 옆에서는 다른 '노란국화' 멤버들이 전단을 정리하고, 다음에 배포할 대자보를 준비하고 있었다.

"최루탄에 맞은 환자입니다!"

누군가 외쳤고, 미희는 급히 달려가 피투성이가 된 학생을 부축했다. 가슴이 철렁했지만, 손은 침착하게 움직였다. 이들은 직접적으로 돌을 던지거나 싸우지는 않았지만, 언제든 위험에 노출될 수 있었다. 미희는 잠시 숨을 돌리며 주머니에서 접어둔 쪽지를 꺼냈다. 동수와 만나기로 한 장소와 시간이 적힌 메모였다. 시간이 점점 다가오고 있었다.

그러나 그때, 바깥에서 날카로운 경고음과 함성이 들려왔다.

"백골단이 온다! 도망쳐!"

누군가 소리쳤다. 미희는 반사적으로 의료 가방을 움켜쥐었다. 그리고 그 순간, 천막이 거칠게 젖혀지며 곤봉을 든 백골단이 들이닥쳤다.

동수는 다시 시위대로 뛰어들었다. 어느새 경찰의 강경 진압이 시작되었고, 백골단이 곤봉을 휘두르며 학생들을 밀어붙였다.

"잡아! 도망 못 가게 해!"

거친 고함이 울려 퍼졌고, 곤봉이 허공을 가르며 날아왔다. 동수는 몸을 틀어 피하려 했지만, 무언가 단단한 것이 뒤통수를 내리쳤다.

"크읏!"

순간 시야가 흔들리며 바닥이 무너져 내리는 듯했다. 귀에서는 윙 하는 소리가 들렸고, 마지막으로 본 것은 흰 헬멧을 쓴 백골단이 그를 내려다보는 모습이었다.

희미한 형광등 불빛이 깜빡거렸다. 동수가 눈을 떴을 때, 그는 병원 침대 위에 누워 있었다. 머리가 지끈거렸고, 온몸이 쑤셨다. 손을 움직이려 했지만, 몸이 무겁게 가라앉았다. 희미한 창밖으로 어둠이 드리워졌다. 그는 본능적으로 몸을 일으키려 했지만, 힘이 빠져버린 상태였다.

"미희…. 미희를 찾아야 해."

그의 목소리는 희미했다. 그러나 이내 병실 문이 벌컥 열리며 경찰들이 들이닥쳤다.

"임동수! 국가보안법 위반 혐의로 연행한다!"

"안 됩니다! 환자는 아직 치료가 필요해요!"

담당 의사가 앞을 막아섰다. 그의 얼굴은 단호했다.

경찰 중 한 명이 거칠게 말했다.

"국가보안법 위반 혐의입니다. 더 이상 지체할 수 없습니다."

"사람을 이렇게 끌고 가면 안 됩니다!"

한 간호사가 용기 내어 외쳤다.

그러나 경찰들은 냉정했다. 강제로 동수를 침대에서 끌어 내렸다.

그 순간, 담당 의사가 크게 외쳤다.

"최소한 진단서라도 떼 가세요! 이 상태로 데려가면 위험합니다!"

그러나 경찰들은 듣지 않았다. 수갑이 채워졌고, 바닥에 질질 끌려가며 동수는 마지막으로 창밖을 보았다. 동수의 눈에는 눈물이 가득 고여있다. 세상은 온통 물기로 가득했다. 슬픈 시대였다. 모든 것이 사라져가는 느낌을 동수는 받았다. 민주주의도, 자유도, 평화도, 그리고 미희도 멀어져 가는 느낌이었다.

05
배신자

동수는 경찰서에서 이틀 동안 혹독한 고문을 견뎠다. 그들은 그의 몸을 짓누르고 물을 부으며 끊임없이 묻고 또 물었다. 하지만 동수는 한마디도 내뱉지 않았다.

오직 "민주주의여, 만세!"라고 외칠 뿐이었다. 온몸이 피투성이가 된 채.

그는 예상보다 빠르게 석방되었다. 동수의 동료들은 그를 의심했다.

"네가 무슨 말을 했기에 이렇게 쉽게 나온 거야?"

하지만 그는 침묵했다. 소문은 빠르게 퍼졌고, 그가 소위, NL 민족해방파에서 내쳐지는 데는 오랜 시간이 걸리지 않았다. 그가 이렇게 빨리 풀려날 수 있었던 이유는 따로 있었다. 그의 아버지, 임규백이 국회의원 장준석에게 손을 내밀었기 때문이다. 장준석은 경찰서장과의 친분을 이용해 동수를 조용히 석방하도록 압력을 넣었다. 동수는 이 사실을 몰랐지만, 임규백은 아들이 더 이상 위험한 길을 가지 않도록 막고 싶었다. 장준석 의원과 임규백은 오래된 친구였고, 정치적 이해관계로 얽힌 사이였다. 이번 일은 서로에게 부담이 되지 않는 작은 청탁에 불과했다.

임규백은 견실한 제지업을 운영하며 나름 성공한 기업가였다. 그가 운영하는 회사는 오랜 역사를 지닌 탄탄한 기업이었고, 업계에서도 영향력이 상당했다. 그의 조부 임백만은 조선말의 양반이었지만 장사에 잇속이 밝았다. 그래서 상놈들이 범접하지 못하는 한지 사업을 시작한 것이다. 한지는 양반가에서 즐겨 쓰는 귀한 종이였기 때문이다. 그리하여 임백민, 임영오, 그리고 임규백에 이어 삼대가 115년 넘게 운영하는 제지 공장이 되었다. 임규백의 조부와 그의 아버지는 한지를 했지만, 임규백 또한 조부의 장삿속을 닮아서 한지에서 도공지(塗工紙)라고도 하는, 도포지(塗布紙)를 만들어 팔기 시작했다. 출판 업계의 호황이 시작되자, 출판 종이인 비도공지를 만들어서 팔아 임규백의 사업은 날로 번창했다. 그러나 그는 보수적인 사고방식을 가진 사람이었고, 기업 운영에만 몰두하며 가족보다는 사업을 우선시하는 사람이었다.

동수가 대학에 들어간 후 학생운동에 적극적으로 가담하기 시작하자, 임규백은 크게 분노했다. 그는 기업가의 아들이 정부에 대항하는 운동권에 발을 들이는 것은 가문과 자신의 사업에 해가 된다고 생각했다. 결국 그는 동수와의 관계를 단절했고, 동수 역시 아버지의 그런 태도를 받아들이고 집을 떠났다. 그때부터 부자는 거의 왕래가 없었다. 하지만 동수의 어머니, 오은실은 달랐다. 그녀는 남편과는 달리 아들을 끝까지 걱정했다. 직접 나서지는 않았지만, 사람을 사서 동수와 소통하며 그가 생활하는 데 부족함이 없도록 조용히 뒷바라지했다. 동수가 감옥에 갇혔을 때도, 그가 아플 때도, 오은실 여사는 보이지 않는 손길로 그를 보살폈다. 아이러니하게도 임규백도 이러한 사실을 모르지 않았다. 그는 아내의 측근들이 보고하는 내용을 통해 동수의 상황을 파악하고 있었고, 비록 말은 하지 않았지만 이를 묵인했다. 겉으로는 아들을 외면하는 듯했지만, 사실은 그의 안위를 누구보다도 신경 쓰고 있었다. 임규백은 직접 나서지 않았지만, 장준석 의원을 통해 경찰서에 압력을 가해 동수가 조용히 풀려나도록 했다. 아들이 감옥에서 더 이상의 고초를 겪는 것을 원하지 않았다.

경찰서를 나오는 순간, 동수는 강한 햇빛에 눈을 찌푸렸다. 그의 몸은 만신창이였지만, 정신만큼은 여전히 굳건했다. 그는 곧장 미희를 찾기 위해 모든 것을 걸었다. 신촌 로터리의 포장마차를 돌며 그녀와의 추억을 떠올렸다. 함께 어묵을 나눠 먹으며 꿈을 이야기하던 순간들, 새벽까지 이야기를 나누며 서로의 미래를 응원하던 기억들이 그의 머릿속을 스쳐 지나갔다. 그는 신촌 일대의 골목과 건물마다 미희의 사진이 담긴 전단을 붙였고, 지나가는 사람들에게 그녀를 본 적이 있는지 물었다. 대개는 고개를 저었지만, 가끔은 그녀를 닮은 사람을 봤다는 희미한 정보도 있었다. 동수는 그런 단서를 붙잡고 다시 미희를 찾아 나섰다.

그는 미희가 자주 가던 카페를 방문했다. 그곳의 주인은 미희를 기억하고 있었다.

"한두 달 전에 왔었어요. 하지만 요즘은 못 봤네요."

카페를 나서는 동수의 걸음은 무거웠다. 희망이 보일 듯 말 듯 했다. 어느 날 밤, 그는 미희가 좋아했던 작은 공원 벤치에 앉아 한참을 고민했다. '혹시 그녀가 스스로 사라진 걸까? 아니면 누군가에게 붙잡혀 있는 걸까?' 생각이 꼬리를 물고 이어졌다. 미희를 찾아 헤매던 중 장해연을 만났다. 그는 한 골목에서 전단을 붙이다가 우연히 그녀와 마주쳤다. 해연은 전단을 보자마자 표정이 굳어졌다.

"오빠, 미희 언니 찾고 있었구나."

해연은 한숨을 쉬며 말했다. 그녀는 미희의 절친한 동생이었고, 둘 사이를 너무나 잘 알고 있었다. 동수는 떨리는 목소리로 물었다.

"혹시 미희 소식 알아?"

해연은 잠시 머뭇거리다가 고개를 저었다.

"나도 몰라. 언니가 갑자기 연락을 끊었어."

동수와 해연은 함께 미희를 찾아다니기 시작했다. 해연은 미희가 자주 가던 장소들을 더 잘 알고 있었다. 그녀는 미희와 마지막으로 함께 있었던 날을 떠올리며, 한때 함께 걸었던 길을 다시 따라 걸었다. 밤이 되면 둘은 신촌의 거리 곳곳을 돌아다니며 미희의 흔적을 찾았다. 비 오는 날이면 동수는 우산을 들고 골목을 누볐고, 해연은 젖은 신발을 질질 끌며 그를 따라다녔다. 시간이 지나면서 둘은 자연스럽게 서로를 의지하게 되었다. 미희의 부재를 그리워하는 마음이 서로에게 위로가 되었다. 해연은 동수에게 미희와의 추억을 이야기해 주었고, 동수는 해연이 기억하는 미희의 모습을 통해 그녀를 더 깊이 이해하게 되었다. 둘은 미희가 있던 자리마다 함께 앉아, 그녀를 그리워하며 한참을 조용히 앉아 있곤 했다.

그러던 어느 날, 해연은 동수에게 함께 야학에서 가르쳐보지 않겠냐고 제안했다. 해연은 미희와 함께 구로공단에서 노동자들을 가르쳤고, 미희가 사라진 후에도 그 일을 계속하고 있었다. 동수는 처음에는 망설였지만, 곧 해연과 함께 야학에서 국어를 가르치기로 했다.

둘은 노동자들과 함께 책을 읽고 글을 쓰며 새로운 의미를 찾아갔다. 밤늦게까지 교실 불빛이 꺼지지 않았고, 칠판에 적힌 문장들이 동수와 해연을 더욱 가깝게 만들었다. 함께 수업을 준비하고 학생들을 가르치며, 그들은 서로를 깊이 이해하게 되었다. 미희가 사랑했던 야학을 함께 이어간다는 사실이 둘을 더욱 단단하게 묶어주었다. 그리고 그렇게, 새로운 삶이 시작되고 있었다. 미희는 동수에게서 그렇게 지워지고 있었다.

06

입영 통지서

야학 허름한 천막 교무실로 들어온 우편물 더미 속에서 군대 영장이 발견된 순간, 동수의 손끝이 얼어붙었다. 붉은 글씨로 찍힌 '현역 입영 통지서'라는 문구가 그의 시야를 가득 채웠다. 동수는 천천히 종이를 펼쳐 날짜를 확인했다. 입영 날짜는 불과 두 달 뒤였다. 그는 숨을 삼키며 생각했다. 아직 1년은 남았어. 나는 21살이잖아. 신체검사를 받고도 내년이나 되어야 가는 게 정상인데…. 동수는 남들보다 이른 나이에 학교에 들어왔다. 이제 21살이다. 동수는 아버지의 입김이 어딘가에 있겠다는 심정으로 곤혹스럽기도 하고 억울하기도 했다. 아직 할 일이 남아 있다고 생각했다. 언젠가 가는 군대지만, 아직 미희의 소식을 전혀 알지 못한 상황의 복잡하고 아린 마음은 고통스러웠다. 주변의 소란이 멀어지는 듯했다. 교무실의 소리가 뭉개지고, 해연이 책장을 넘기는 작은 소리는 선명하게 들렸다.

동수는 깊이 숨을 들이마셨다가 천천히 내쉬었다. 이건 단순한 실수가 아니었다. 이건 계획된 일이었다. 그의 손이 미세하게 떨렸다. 그의 머릿속에서는 벌써 아버지, 임규백의 얼굴이 떠올랐다. 해연이도 동수가 들고 있는 입영 통지서의 붉은 글씨를 보았다. 그리고 동수의 떨고 있는 손끝을 주시하고 있었다.

서울의 한 고급 한정식집, 정갈한 나무 테이블 위로 따뜻한 녹차가 부어졌다. 임규백은 찻잔을 손에 들며 무거운 한숨을 내쉬었다. 오랜만에 임규백과 장준석 의원의 부부 동반 식사였다.

"장 의원, 난 더 이상 두고 볼 수가 없어요. 동수가 점점 위험한 길로 빠져들고 있습니다. 학생운동에 휩쓸려 어딘가로 끌려가 버리기 전에 확실히 조처해야겠는데 방법이 없을까요?"

장준석 의원은 천천히 담배 연기를 내뿜었다. 그의 군 복무 시절 이야기를 하며 낮게 웃었다.

"임 사장, 애들 다 그렇소. 그 나이 때야 다 혈기 왕성하고, 정의감에 불타오르지. 하지만 직접 총을 잡고, 차가운 땅바닥에서 잠을 자 보면 생각이 달라지는 법이오."

"그래서 내가 의원님께 부탁드리는 겁니다."

임규백은 장준석을 빤히 바라보았다. 그는 처음에는 '방위병' 제도를 활용해 동수를 동사무소 근무로 보내려 했다. 하지만 옆에서 가만히 듣고 있던 오은실 여사가 조용히 입을 열었다.

"그렇게까지 할 필요가 있을까요? 차라리 의원님이 능력이 있으시니, 면제받는 방법이 없을까요?"

임규백은 인상을 찌푸렸다.

"여보, 좀 가만히 있어 봐요. 내가 동수를 어떻게든 사람 만들려고 하는 겁니다. 지금 저런 애들이 붙어 있다가 나중에 더 큰 일을 저지르면 어쩔 거요? 나는 우리 아들을 그런 위험 속에서 살게 둘 수 없소."

장준석은 고개를 끄덕이며 말했다.

"사모님, 애정을 갖고 하시는 말씀이겠지만, 이럴 때일수록 강하게 키워야 합니다. 한 번 군대에서 정신을 차리면, 다시는 그런 위험한 길에 빠지지 않을 겁니다."

옆에서 조용히 지켜보던 장준석 국회의원의 부인 정 여사가 한마디 거든다.

"우리 큰 놈 봐요. 지금은 저렇게 착실하게 회사 생활하지만, 저 녀석도 한 때는 댁의 아드님 못지않았어요. 그놈도 아버지 백이라면 백이지요, 최전방 다녀오더니 조용히 착실히 잘 살고 있지요. 사모님 걱정하지 마세요. 다 한 때더라고요."

오은실 여사는 여전히 불안한 표정을 지었지만, 더 이상 반박하지 않았다. 그녀의 시선은 창밖을 향했고, 그 순간 그녀는 이미 임규백이 결정을 내렸음을 알고 있었다.

며칠 뒤, 동수가 야학에서 학생들을 가르치고 있을 때, 문이 조용히 열렸다. 교실 안으로 중년의 남성이 들어섰다. 그는 다름 아닌 동수의 아버지, 임규백이었다. 동수는 순간 숨이 턱 막히는 기분이 들었다. 학생들도 웅성거리며 낯선 방문객을 신경 쓰기 시작했다.

임규백은 교실을 둘러보며 한숨을 내쉬더니, 천천히 동수에게 다가왔다.

"동수야."

그의 목소리는 차분했지만, 어딘가 단호한 기운이 서려 있었다.

동수는 자리에서 일어나며 아버지를 바라보았다.

"아버지…. 지금은 수업 중입니다. 잠시 나가 있으시겠어요. 10분이면 수업이 끝납니다."

임규백은 학생들에게 고개를 끄덕이며 미소를 지어 보였지만, 그의 눈빛은 차가웠다. "알았다. 끝나고 보자. 너랑 할 이야기가 있다."

동수는 수업이 끝난 후, 무거운 걸음을 떼며 아버지를 따라 나갔다. 교무실 앞 복도에서 두 사람은 마주 섰다. 긴 침묵이 흘렀다. 임규백은 한동안 아들을 바라보다가, 조용히 입을 열었다.

"네가 여기서 뭐 하는지 알고 있다."

동수는 눈을 피하지 않았다.

"아버지, 전 아이들에게 글을 가르치고 있을 뿐입니다."

임규백은 고개를 끄덕였다.

"그래, 네가 나름의 의미 있다고 생각하겠지. 하지만 이게 네 인생을 망치고 있다는 건 알고 있니?"

동수는 입술을 굳게 다물었다. 그의 표정을 살핀 임규백은 깊은 한숨을 내쉬며 부드럽게 말했다.

"동수야, 난 네가 힘든 길을 가는 게 싫다. 넌 좋은 직장도 가질 수 있고, 편하게 살 수도 있어. 그런데 왜 이렇게 어렵고 위험한 길을 택하는 거냐?"

동수는 차분히 대답했다.

"아버지, 저는 단지 배울 기회조차 없는 사람들에게 작은 희망을 주고 싶었을 뿐입니다. 아버지의 길을 아버지가 가는 것에 제가 뭐라고 하지 않았잖아요! 사업을 위해서라면 모든 것을 내주는 분이시니까요! 저도 제 길을 갑니다. 제가 아버지의 길을 간섭하지 않듯이 아버지도 그래 주었으면 합니다!"

일순간 임규백의 눈에 노기가 띄었다. 그리고는 양복 속 주머니 서류를 꺼냈다. 영장이었다. 손에 쥔 영장을 흔들며 다시 한숨을 쉬었다.

"네가 뭘 하든 내 알 바 아니다. 하지만 한 가지만 분명히 해두자. 너는 내 아들이다! 너란 놈은 내가 없었으면 존재하지도 않았어!"

그의 목소리는 순간 거칠어졌고, 얼굴에는 분노가 떠올랐다.

"이 빨갱이 소굴에서 너를 꼭 빼낼 거다!"

복도에 그의 호통이 울려 퍼졌다. 학생들이 놀란 눈으로 복도를 내다보았다. 동수는 주먹을 꽉 쥐었지만, 아버지의 분노 앞에서 반박하지 않았다. 임규백은 이를 악물고 동수를 한 번 더 노려보더니, 그대로 돌아섰다. 그의 발걸음이 멀어지자 복도는 다시 적막해졌다. 동수는 한동안 그 자리에서 움직이지 못했다.

수업이 끝난 후, 야학의 세 개 교실 안은 텅 비었고 뒷문에 있는 마지막 교실인 교무실에는 동수와 해연만 남아 있었다. 둘은 함께 책상과 교무 칠판을 정리하며 침묵을 이어갔다. 창문을 통해 저녁노을이 붉게 물들었고, 교실 안에는 가라앉은 빛이 잔잔히 스며들었다. 야학 교무실이라 변변찮은 책꽂이가 없어서 책들은 바닥 여기저기에 쌓여 있다가 학생들이 오가면 흩어지곤 했다. 해연은 바닥에 흩어진 책을 주우며 동수를 힐끗 바라보았다.

"오빠, 오늘 많이 힘들었지?"

동수는 피곤한 듯 미소를 보였다.

"뭐, 그런 날도 있는 거지."

해연은 가만히 바라보다가 조용히 말했다.

"퇴근하고 밥이나 같이 먹을래?"

동수는 잠시 고민하다가 고개를 끄덕였다. 둘은 야학을 나와 근처의 작은 국밥집으로 들어갔다. 따뜻한 국물에서 피어오르는 김이 은은하게 퍼졌고, 허름한 목제 테이블 위에는 김치와 단무지 두 가지가 노란, 빨간 색감을 자아내며 가지런히 놓였다. 조용한 공간에서 둘은 마주 앉았다. 해연은 먼저 수저를 들고 국밥 한 숟가락을 떠서 후후 불었다. 그러더니 조용히 말했다.

"먹어, 오빠. 요즘 제대로 못 먹었잖아."

동수는 그녀의 손길을 바라보다가 피식 웃었다. 그는 천천히 수저를 들어 국밥을 떠먹었다. 국물이 뜨겁게 목을 타고 내려갔지만, 이상하게 속이 편안해지는 느낌이었다.

해연은 그를 가만히 바라보았다. 그녀의 눈빛에는 걱정과 따뜻함이 묻어 있었다. 그러나 그녀는 아무 말도 하지 않았다. 대신, 국밥을 한 입 떠먹으며 조용히 시간을 함께 보냈다.

　동수는 해연을 바라보았다. 그녀는 아무렇지 않은 듯 보였지만, 어딘가 애틋한 감정이 눈빛에 스쳐 지나갔다. 동수는 괜히 마음이 저릿해졌다. 그는 국밥을 한 숟가락 더 뜨면서 무심한 듯 말했다.

　"너랑 이렇게 밥 먹는 것도 이제 얼마 안 남았네."

　해연은 젓가락을 내려놓고 살짝 미소 지었다. 하지만 그녀의 손끝이 조금 떨리는 듯했다. 조용한 목소리로 그녀는 말했다.

　"그래도…. 난 기다릴 거야."

　동수는 잠시 멈칫했다. 그의 눈길이 흔들렸다. 그는 수저를 내려놓고 해연의 손을 가만히 잡았다. 따뜻한 손길이 전해졌다.

　둘 사이의 침묵은 무겁지 않았다. 오히려 서로를 더 깊이 이해하는 순간이었다. 말로 표현할 수 없는 감정들이 식탁 위에 잔잔히 내려앉았다. 국밥집의 따뜻한 불빛 속에서, 둘은 서로의 존재가 점점 더 크고 의미 있게 변해가고 있음을 깨닫고 있었다. 그러나 그것을 굳이 말로 꺼내지는 않았다.

　그날, 동수는 알 수 없는 감정으로 가득 찬 채 국밥집을 나섰다. 밤하늘은 어두웠지만, 가로등 불빛 아래 해연의 뒷모습은 은은하게 빛났다. 그는 한 걸음 물러서서 그녀를 바라보았다. 그녀가 해연이란 것을 알면서도 부르고 싶은 이름을 입 속에서 중얼거렸다. '미희야….'

07
집시 여인

1987년 11월 15일, 춘천으로 향하는 아침, 서울 하늘은 잿빛으로 가득했다. 하늘에서 내리는 눈은 조용히 쌓였고, 온통 세상이 장례식장처럼, 하늘 끝에서 곡하는 소리같이 도시의 소음이 웅웅거렸다. 입대하는 날의 풍경은 다시 오지 못할 것처럼 모든 것이 서러운 이별투성이였다. 동수의 어머니 오은실 여사도 그랬다. 오은실 여사는 한사코 아들을 배웅하겠다고 했다. 반면, 아버지 임규백은 강한 사람이 되려면 홀로 가야 한다며 반대했다.

"군대 가는 놈이 유난 떨면 쓰나. 남자답게 혼자 가라."

아버지의 말은 엄격했지만, 그의 굳은 얼굴 밑에는 어렴풋한 걱정이 숨어 있었다. 어머니는 포기하지 않았다.

"그게 말이 되나요? 아들 군대 보내는데 어미가 얼굴도 못 본 채 보낼 수 없어요." 결연한 목소리였다. 결국, 아버지는 한숨을 쉬며 차를 내어주었다. 단, 서울에서 이별할 것을 조건으로.

차가 서울을 벗어나자 동수는 문득 기사를 바라보며 말했다.

"저기, 여기서 내려주세요."

기사는 난감한 표정을 지었다.

"이보게, 자네 아버지가 직접 보내라고 신신당부했네. 여기서 내리면 내가 곤란해진다고."

동수는 단호했다.

"제 입대인데, 제 뜻대로 가고 싶어요. 아버지께 혼날 수도 있지만, 혼자 가고 싶습니다. 죄송합니다."

기사는 한숨을 내쉬며 거울 너머로 동수를 바라보았다.

"이런, 참 끈질기구먼."

기사는 결국 차를 도로 옆에 세웠다.

"조심해서 가게."

동수는 아저씨에게 3시간 후에 들어가 달라고 부탁했다. 동수는 차에서 내려 눈 덮인 길 위로 발걸음을 옮겼다. 전철역으로 향하는 동안 그의 머릿속은 미희로 가득 찼다. 해연이 함께 가길 요청했지만, 동수는 완강히 혼자 가겠다고 했다. 해연도 어쩔 수 없어 동수에게 대답하지는 않았지만 존중하는 것 같았다. 입영 전날 야학 선생님들과 간단한 송별 파티를 하고 동수는 일찍 귀가했다.

춘천으로 가는 길, 그 길에 기억해야 할 추억들과 버려야 할 아픔들이 있다는 것을 동수는 알고 있었다. 해연과 함께 가면 외로운 걸음은 아니겠지만 누군가에겐, 또는 해연에게도 아픔만 주는 길일 수도 있다. 동수를 향해 조용하면서도 끝없이 다가오는 해연에게 동수는 끊을 수 없는 사랑의 그것을 보여 줄 수가 없었기 때문이다. 동수는 청량리역에서 기차를 타고 춘천으로 향했다. 그리고 그 여정에 있는 대성리. 그곳은 그와 미희의 기억이 서린 곳이었다. 과 MT를 대성리로 가게 되었다.

86년 5월 MT의 밤은 시끄러웠다. 선배들의 강요로 신입생들은 술을 마셔야 했다. 거부할 수 없는 분위기 속에서 동수와 미희도 몇 잔 마셨지만, 결국 새벽이 되어 조용해진 캠프장을 빠져나왔다.

"다들 자나 봐."

미희가 속삭였다. 동수는 가볍게 웃으며 그녀를 따라나섰다. 대성리의 물 맑은 개천. 두 사람은 손을 담그며 차가운 감촉을 느꼈다. 한낮 날씨는 여름으로 달리고 있었지만, 새벽 개울의 물은 아직도 서늘했다. 미희는 이끼 낀 돌 위에 앉아 작은 풀잎을 따서 배를 만들었다.

"이거 봐, 강물 위에 띄우면 떠다닐까?"

그녀의 맑은 눈동자가 반짝였다. 동수도 풀잎을 뜯어 작은 배를 만들었다. 두 개의 풀잎 배가 나란히 물 위를 흘러갔다.

"우리 저 배처럼 어디로 흘러갈까?" 미희가 조용히 물었다.

"사랑도 그런 거 아닐까. 어디로 가게 될지 모르는 거."

미희는 조용히 웃으며 말했다.

"장자는 사랑이란 건 물처럼 흘러가는 거라고 했대. 하지만 나는 카뮈가 말한 것처럼 사랑이란 결국 부조리 속에서 의미를 찾는 행위라고 생각해."

동수는 한참 생각하다가 말했다.

"그럼 헤어짐도 부조리 속의 일부겠지. 결국은 언젠가 서로를 떠나야 하는 거잖아."

그 순간, 두 개의 풀잎 배는 나란히 떠내려가다가 방향을 달리했다. 동수의 배는 앞으로 나아갔지만, 미희의 배는 물살에 휘청이더니 결국 넘어져 버렸다. 미희는 조용히 바라보며 말했다.

"사랑도 이렇게 흘러가다 언젠가 멈추는 거겠지."

동수는 아무 말도 하지 않았다.

춘천의 102 보충대 정문을 지나 이발관으로 향하는 순간, 동수는 그곳에서 낯익은 모습을 발견했다. 해연이었다. 그녀는 이미 두 시간 전부터 102 보충대 입구에서 기다리고 있었다. 해연은 동수의 마음을 알고 있었다. 그러나 그냥 보내려니 뭔가 하지 않고는 견딜 수 없었다. 그래서 여기에 와 있었다. 동수의 머리가 한 올, 한 올, 그리고 한 뭉치씩 떨어져 내릴 때, 동수를 무심히 바라보던 해연의 눈에서도 무언가 흘러내리고 있었다. 동수의 파르라니 깎은 머리에서 몇 달 전의 상처가 보였다. 그리고 그 푸르른 머릿결에서 서글픈 사랑의 흔적도 보였다. 이발관 주인이 손을 털며 말했다.

"애인이 보내기 싫은 모양일세. 시간은 금방 가니 고무신이나 거꾸로 신지 말고."

해연은 고개를 저으며 단호하게 말했다.

"애인 아니…."

그 순간, 동수가 조용히 그녀의 손을 잡으며 말을 막았다. 해연은 더 이상 아무 말도 하지 않았다. 이발관을 나설 때, 눈발이 다시 흩날리기 시작했다. 서늘한 춘천의 길거리에서는 '집시 여인'이 흘러나왔다. 음반을 파는 가게들이 몰려 있는 곳인 듯했다. 가요 프로그램에서 1위를 차지한 공로로 반복해서 흘러나오는 노래였다. 멜로디는 가슴을 저미듯 아프게 울려 퍼졌다.

그댄 외롭고 쓸쓸한 여인

끝이 없는 방랑을 하는

밤에는 별 따라

낮에는 꽃 따라

먼 길을 떠나가네!

때론 고독에 묻혀있다네

하염없는 눈물 흘리네!

밤에는 별 보며

낮에는 꽃 보며

사랑을 생각하네!

내 마음에도 사랑은 있어

난 밤마다 꿈을 꾸네!

오늘 밤에도 초원에 누워

별을 보며 생각하네!

집시 집시 집시

집시 여인

해연은 조용히 그 노래를 들으며 동수를 바라보았다. 마치 가사가 동수와 자신을 이야기하는 것 같았다. 세상 속에서 방향을 잃고 떠밀려 가는 사람들, 그리고 그런 그를 지켜보는 또 한 사람. 둘은 눈 내리는 하늘 아래에 섰다. 이제 헤어질 시간이었다. 그런데 동수는 자신도 모르게 입을 열었다.

"기다릴 수 있겠어? 기다린다면… 나도 마음을 정리해 볼게…."

말을 내뱉는 순간, 동수는 마치 아주 중요한 물건을 잃어버린 사람처럼 당황했다. 얼굴이 붉어졌다. 이 말이 어디에서 나왔는지, 그 깊은 의미가 무엇인지조차 순간적으로 깨닫기 어려웠다. 여기까지 와 준 것. 지금까지 방황하고 고통스러워하던 자신을 위해 애써 준 것. 그것 때문인가? 동정? 사랑이라고 말하기에 너무나 뻔한 통속 소설의 잔해들이 동수를 부끄럽게 했지만, 이미 내뱉었다. 주워 담을 수 없는 낯선 말이다. 해연은 말 한마디 없이 조용히 고개를 끄덕였다. 둘은 주변의 요란한, 슬프고 애달픈 이별 대신 조용한 이별을 택했다. 동수는 해연을 한 번 더 바라보았다. 그리고 돌아섰다. 이제 하늘에서 눈이 제법 내리고 있었다. 내리는 눈은 펄럭이는 만장(輓章)처럼 흔들렸다. 파르라니 깎은 머리들이 수없이 밀려 들어오고 있을 때, 동수가 다시 뒤를 돌아보니 여전히 해연은 거기에 있었다. 그제야 깨달았다. 해연이 입고 온 옷이 연보라색 원피스였다는 것을. 거기 회색의 잿빛 아래 그녀의 보라색만 유독 동수의 눈에 들어왔다. 그리고 해연이 늘 좋아하던 꽃이 과꽃! 보라색을 가진 과꽃이라는 것을 동수는 알았다. '믿는 사랑'이라는 꽃말까지도 뇌에 와서 박혔다.

08
특별관리

1987년 늦가을, 아니 여기 최전방 가까운 곳은 이미 한 겨울이었다. 강원도 모 훈련소. 새벽 공기가 살을 에듯 차가웠다. 동수는 바닥에 엎드린 채 이빨을 악물었다. 그의 얼굴을 스치는 바람에는 이미 겨울의 기운이 서려 있었다.

"엎드려 뻗쳐!"

정일오 조교의 목소리는 차디찬 공기를 찢었다. 그는 단 한 순간도 동수를 가만히 두지 않았다. 동수의 손바닥은 이미 피멍이 들었고, 발가락은 얼어 감각이 사라졌다. 하지만 이 고통을 견뎌야 했다. 그래야만 살아남을 수 있었다.

"야, 힘들어?"

정일오 조교가 동수의 등을 군화로 짓눌렀다. 바닥의 자갈들이 피부를 파고들었다. 동수는 순간 신음을 뱉을 뻔했지만, 이를 악물었다.

"너 같은 놈들이 정신 못 차려서 나라가 이 모양이야."

 정일오 조교는 조소를 머금었다.

"대학생? 웃기고 있네. 너네 같은 놈들 다 빨갱이야!"

정일오는 유독 동수를 괴롭혔다. 이유는 단순했다. 그는 고등학교를 겨우 졸업하고 공장에서 일하다가 군에 입대했다. 위로 형은 전투경찰로 복무 중이었고, 항상

"대학생들은 다 죽어야 한다."라는 말을 입에 달고 살았다. 동수가 대학생이라는 사실을 알게 된 순간부터 그의 표적이 되었다.

훈련은 지옥과 같았다. 엎드려 뻗쳐 자세에서 팔굽혀펴기를 50개, 다시 엎드려 버티기, 그리고 쪼그려뛰기. 동수가 조금이라도 힘들어하면, 정일오는 더 가혹하게 내몰았다. "너, 나중에 사회 나가서 또 데모할 거지? 여기서 정신 차려야 할 거야!"

동수와 함께 특별 관리 대상이 된 훈련병이 두 명 더 있었다. 이들은 모두 대학생들이면서 소위 운동권들이었다. '녹화 대상.' 7~80년대 군대에서 사상적으로 문제 있다고 판단한 병사들을 집중적으로 관리하여 반공 이념을 철저히 주입하는 프로그램이었다. 그들은 일반 병사들과 달리 푸른색 활동복이 아닌 주황색 옷을 입었다. 눈에 띄게 하려는 목적이었다. 식사할 때도, 훈련받을 때도, 심지어 화장실을 갈 때도 후견인 역할을 하는 병사가 동행해야 했다. 후견인이라기보다는 감시자들이었다.

그들은 다른 훈련병들과 분리된 생활을 했고, 심리적 압박을 받으며 지내야 했다. 훈련 중에도 별도로 불러내어 강도 높은 신체적 훈련을 시켰다. 한밤중에도 기상 점검을 빌미로 불려 나가 수시간씩 얼차려를 받았다.

그러나 외적 고통보다 더 견디기 힘든 것은 내면의 갈등이었다. 동수는 점점 자신을 잃어가는 듯한 기분에 사로잡혔다. '내가 정말 잘못된 길을 걸어온 것일까?' 여러 차례의 반공 교육과 강압적인 분위기 속에서, 그는 자신이 믿었던 것들이 흔들리는 것을 느꼈다. 미희와 함께 외쳤던 자유와 민주주의의 구호들이 점점 희미해졌다. 그것이 과연 옳았던 것일까? 군대는 매일 그의 사상을 부정하며 반공이라는 것을 새로운 진실이라며 주입하고 있었다. 동수의 몸에서 점점 더 의식과 의지의 기운이 빠져나가는 기분이었다.

일과 후 모든 병사들이 쉴 때, 이들에겐 매일 두 시간씩 정신교육이 진행됐다. 강의실 앞에 걸린 검은 글씨의 구호들이 눈에 들어왔다. '정의 사회 구현', '민주화 병영', '선진 군대'. 동수는 그런 문구를 보면서 실소를 금치 못했다. 교육을 진행하는 사람은 정훈부 소속 여군이었다. 그녀의 말투는 최대한 친절해 지려고 했다. 그러나 그의 강의는 북한의 세뇌 교육과 다르지 않았다. 천박한 언어의 나열에 불과했다. 때로는 인격 모독도 불사했다.

"여러분, 우리는 조국을 위해 존재합니다. 아직 우리의 주적은 북한입니다! 여러분이 생각하는 주체사상은 허구에 불과합니다. 여러분들이 숭배하던 북한 지도자들은 모두가 우리의 적입니다. 우리가 죽여야 할 대상입니다. 우리는 스스로 단련해야 합니다. 혹시 주변에 좌경 사상을 가진 사람이 있나요?"

여기에 모인 대학생 중 북한의 주체사상을 숭배하는 사람은 한 명도 없다는 것을 그녀는 알고 있다. 은근히 이들을 일명, 주사파로 몰아서 더욱더 세차게 반공 교육을 하겠다는 의지가 역력했다. 그러다 그녀는 동수를 향해 물었다.

"117번 훈련병, 부모님이 혹시 북에서 내려오신 분인가요? 아니면 고향이 북쪽인가요?"

동수는 순간 당황했지만, 차분히 대답했다.

"아닙니다."

그녀는 가볍게 웃으며 말했다.

"우리는 아직 민주주의를 할 수 있는 나라가 아닙니다. 우매한 사람들은 더 깨우쳐야 합니다."

그러자 동수가 입을 열었다.

"민주주의를 할 수 없는 나라라면, 우리는 무엇을 위해 군 복무를 하는 겁니까? 자유를 지키겠다고 했는데, 그것이 진정한 자유입니까?"

여군의 표정이 굳어졌다.

"당신 같은 사람들이 나라를 혼란스럽게 만드는 겁니다. 이곳에서는 그런 말 함부로 하지 마세요."

"하지만 국가의 충성을 위한다면서 국가의 구성원인 우리에게 사상의 자유조차 주지 않는다면, 그것이 어떻게 국가를 위한 것일까요?"

동수는 차분했지만 단호했다.

그녀는 더 이상 말을 잇지 못했다. 얼굴이 붉어졌고, 결국 자리에서 벌떡 일어나 강의실을 나가버렸다. 순간, 강의실 문이 열리더니 대기하고 있던 세 명의 병사들이 들이닥쳤다.

"말대꾸한 놈들 전부 나와!"

곧장 주먹과 발길질이 날아들었다. 동수와 그의 동료들은 바닥에 쓰러졌고, 무차별적인 폭행이 이어졌다. 동수는 피를 흘리며 누워 있었다. 아팠다. 하지만 더 아픈 것은, 이제는 말할 자유조차 사라졌다는 사실이었다.

폭행 이후 동수와 그의 동료들은 더욱 철저한 감시를 받았다. 작은 메모조차 압수당했다. 그러나 동수는 포기하지 않았다. 그의 마음속에는 두 사람이 있었다. 미희와 해연. 미희는 강렬한 사람이었다. 그녀는 혁명을 꿈꿨고, 세상을 바꾸려 했다. 데모할 때 그녀의 손은 늘 동수를 잡고 있었다. 구호를 외칠 때도, 책을 읽을 때도, 그리고 사랑을 나눌 때도 그녀의 뜨거운 숨결과 의지가 함께했다. 그녀는 동수를 흔들어 깨웠고, 그가 흔들릴 때마다 더 강하게 그를 붙잡았다. 반면 해연은 조용하고 은은했다. 그녀는 언제나 동수를 바라보며 다가왔다. 직접적인 말보다, 조용한 편지 한 장이 그녀의 사랑을 대신했다. 동수가 힘들어할 때면 해연은 길게 편지를 써주었고, 그 안에는 그를 위로하는 다정한 문장들이 가득했다. 그녀는 말로 많은 것을 표현하지 않았지만, 그 침묵 속에 담긴 따뜻함이 동수를 지탱해 주었다. 동수는 그 두 세계 사이에서 갈등했다. 미희는 타오르는 태양 같았고, 해연은 잔잔한 달빛 같았다. 미희와 함께 있을 때 그는 세상을 바꿀 수 있을 것 같았고, 해연과 함께 있을 때 그는 세상의 고통 속에서도 평온을 찾을 수 있었다. 하지만 지금, 그는 어떤 것도 지킬 수 없었다. 이곳에서는 그 어떤 목소리도 허락되지 않았다. 사랑도, 신념도. 그렇기에 그는 결심했다. 이 지옥에서 나가야 한다. 무조건 당할 수는 없었다. 그들은 그를 무너뜨리려 했지만, 그는 무너지지 않을 것이다. 미희와 해연, 이 두 사람이 그를 기다리고 있다. 그는 그들을 위해서라도 살아남아야 했다.

그날 밤, 동수는 이불 속에서 낯선 메모를 발견했다.

"조용히 있어라. 아니면 더 큰 일이 벌어진다."

눈을 감았다. 그는 메모를 손에 쥐고 깊은숨을 내쉬었다. 그는 더 이상 피하지 않기로 했다. 이 모든 억압 속에서도, 그는 살아남기로 했다. 그리고 언젠가, 진실을 말할 기회를 찾기로 했다. 누운 채로 눈을 떴다. 누군가 검은 물체가 동수를 내려보고 있었다.

09
짜파게티

군종병 정영환이었다. 키가 크고 마른 체격의 그는 군모를 푹 눌러쓰고 동수를 내려다보았다.

"조용히 따라와."

정영환의 목소리는 낮고, 건조했다. 동수는 자리에서 천천히 일어나며 옷깃을 여미었다. 한겨울이라도 내무반 안은 훈련소 특유의 냄새와 함께 답답한 열기로 가득했다. 좁은 복도를 따라 걸으니 벽에 걸린 표어와 낡은 게시물들이 눈에 들어왔다. '조국을 위하여!', '군기는 생명이다!' 같은 글귀들이 누렇게 바랜 채 붙어 있었다.

세면장에 들어서자, 좁고 습한 공간에 매캐한 비누 냄새가 섞여 있었다. 세면대 위에는 사용한 세면도구들이 널브러져 있었고, 한쪽 구석에는 물이 찬 고무

대야가 놓여 있었다. 동수보다 먼저 온 두 명이 눈에 띄었다. 지성호와 유병철, 둘 다 동수와 함께 반공 교육을 받던 일명 요주의 인물이었다. 그들은 세면대 옆 좁은 공간에 쭈그리고 앉아 허겁지겁 짜파게티를 먹고 있었다. 김이 모락모락 올라오는 검은 면발이 입안으로 빨려 들어갔다.

정영환은 조용히 손짓하며 말했다.

"앉아서 먹어. 말하지 말고."

동수는 자리에 앉았다. 알루미늄 그릇에 담긴 짜파게티는 김이 식어가고 있었지만, 기름진 냄새가 속을 뒤흔들었다. 숟가락을 들어 한입 넣자, 짜장과 기름이 뒤섞인 짭조름한 맛이 혀를 감쌌다. 허기가 밀려와 본능적으로 계속 먹게 되었다. 지성호와 유병철도 마찬가지였다. 세 사람은 말없이, 그러나 정신없이 젓가락을 움직였다.

밖에서는 신병들이 구령을 외치며 뛰어가는 소리가 들려왔다. 몇몇 병사들이 세면장으로 슬쩍 들어왔다가 군종병을 보고는 아무 말 없이 다시 나갔다. 분위기는 살얼음판 같았다.

"천천히 먹어. 급하게 먹다 체한다."

정영환이 낮은 목소리로 말했다. 하지만 그의 말과 달리, 셋은 속도를 늦추지 못했다. 짜파게티 한 덩이를 입에 물고 씹는 동안에도 주변을 두리번거렸다. 군종병이 선뜻 시간을 내어 짜파게티를 준다는 건 흔한 일이 아니었다. 혹시라도 걸리면 어떤 처벌이 있을지 몰랐다.

한참을 먹던 유병철이 나지막이 물었다. 눈물 나게 고마웠던 모양이다. 군에 들어와서 이런 환대를 받은 적이 없었기 때문이다.

"고···. 고맙습니다."

정영환이 피식 웃으며 말했다.

"그냥 조용히 먹어."

동수는 그 말을 듣고 더 이상 묻지 않았다. 짜파게티의 마지막 한 가닥까지 젓가락으로 긁어가며 먹었다. 세 사람의 입가에는 검은 소스가 묻어 있었지만, 아무도 닦을 생각을 하지 않았다. 오랜만에 먹는 따뜻한 음식이었다. 이 순간만큼은 모든 걸 잊고 싶었다. 그러나 안심할 수는 없었다. 언제든 누군가 들이닥칠지 모른다.

정영환은 조용히 말했다.

"이제 나가. 아무 일 없었던 것처럼 행동해."

세 사람은 고개를 끄덕이며 조심스럽게 자리에서 일어났다. 세면장을 나설 때까지 아무도 말을 하지 않았다. 문밖의 공기는 차가웠다. 잠시였지만 천국 같은 시간이었다.

동수와 지성호, 유병철은 내무반에 조용히 들어와 자리에 누웠다. 침상은 딱딱했지만, 오늘은 이상하게도 그 차가운 감촉조차 따뜻하게 느껴졌다. 이불을 덮자 온기가 퍼지며 온몸을 감쌌다. 몇 초 만에 스르르 눈이 감겼고, 깊은 잠에 빠져들었다. 꿀잠이었다. 얼마 만에 느껴보는 편안함인가. 하루하루가 버티기의 연속이었고, 육체적 피로와 정신적 압박 속에서 밤마다 몸을 뒤척이던 날들이었다. 하지만 지금은 달랐다. 배가 차서일까. 짜파게티 한 그릇이 이렇게까지 위로가 될 줄이야. 부드럽게 넘어가던 면발의 감촉이 혀끝에 다시 감도는 듯했다. 동수는 누운 채 천장을 바라보았다. 갑자기 뜨거운 것이 눈가를 적셨다. 눈물이 흐르는 걸 느끼며 그는 조용히 얼굴을 돌렸다.

'고작 짜파게티 한 그릇에….'

한숨이 절로 나왔다. 자기 모습이 우습기도 하고, 처량하기도 했다. 그 순간 어머니, 오은실 여사가 떠올랐다. 군대에 오면 다 효자가 된다더니, 정말 그 말이 맞았다. 어머니가 차려주시던 따뜻한 밥상, 김이 모락모락 피어오르던 밥과 국, 정갈한 반찬들이 하나둘 머릿속을 스쳐 갔다. 그중에서도 만두, 김치찌개, 갈비… 한입 베어 물면 육즙이 흘러나오던 어머니 표 갈비찜. 어린 시절, 심부름을 다녀오면 보상처럼 내어주시던 만두 한 접시. 군대에 오기 전엔 별생각 없이 먹던 음식들이었다. 그 시절에는 이런 것들이 내 삶에서 사라질 거라곤 상상조차 못 했다.

'먹는 것조차 이겨내지 못하는 내가… 민주, 자유, 평등 같은 거창한 걸 말하다니.' 부끄러웠다. 치욕스러울 만큼. 학창 시절, 대학에서, 그리고 여기 오기 전까지 그는 늘 이상과 신념을 이야기해 왔다. 불의를 보면 참지 못했고, 세상에 대한 비판과 민주주의를 입에 달고 살았다. 하지만 지금의 자신은? 한 끼의 음식 앞에서, 단순한 허기 앞에서 무너져 내리는 존재였다. 배고픔이 사람을 얼마나 나약하게 만드는지, 결핍이 얼마나 무서운 것인지 깨달았다. '먹는 것조차도 자유롭지 못하면서 무슨 자유를 논한단 말인가.' 그제야 낮에 자신을 정신 교육했던 그 여군의 말이 떠올랐다. 그녀는 단호하게 말했다.

"너희는 군인이 되었다. 군인은 개인이 아니다. 국가 일부다."

그때는 반발심이 들었다. 하지만 지금은? 그 말이 틀렸다고 자신 있게 말할 수 있을까. 허기 앞에서, 그저 짜파게티 한 그릇에 감격하는 자신을 보며 그는 혼란스러웠다. 이 결핍의 한계 속에서 동수는 타협하고 싶어졌다. 모든 것을 다 내주고, 모든 것을 다 포기하고 싶었다. 그가 품고 있던 신념과 이상은 현실 앞에서 얼마나 부질없는 것인가. 배가 고프면 모든 것이 흔들린다. 자유도, 평등도, 정의도. 그런 사상들이 한낱 사치처럼 느껴지는 순간이었다. 동수는 천천히 눈을 감았다. 차라리 아무 생각 없이 잠들어 버리고 싶었다. 내일이 오지 않았으면 좋겠다고, 이렇게 죽었으면 좋겠다고. 이 고민에서 벗어나고 싶다고 간절히 바랐다. 하지만 머릿속은 점점 더 복잡해졌다. 과연 자신은 끝까지 버틸 수 있을까. 아니, 버텨야 하는 이유가 남아 있을까.

시간이 지날수록 동수의 내면은 황폐해졌다. 이제 미희와 해연도 가물가물해졌다. 그녀들의 목소리도 희미해지고, 함께했던 기억조차 흐릿하게 바래졌다. 그리움도, 사랑도 이제는 한낱 사치였다. 동수는 모든 걸 잊기로 했다. 아니, 잊고 싶었다.

'차라리 신부가 될까?'

아니면 동수의 할머니, 유해균 여사가 늘 말하던 것처럼 목사가 될까? 그러나 그 역시 싫었다. 기독교는 그에게 강요된 종교였다. 어릴 때부터 집안에서 강제적으로 교회에 나가게 했고, 그것이 거부감으로 남아 있었다. 그렇다면 반대급부로 불교는? 적어도 불교는 그에게 강요되지 않았다. 조용히 자신의 마음을 들여다볼 수 있는 곳, 자신을 심판하지 않는 곳. 그것이 필요했다.

그는 점차 불교의 가르침에 끌렸다. 엄혹한 군에도 종교의 자유를 보장한다는 이름으로 더욱 철저히 사상 교육을 할 수 있고, 공산주의 사상을 빼낼 수 있는 곳이 종교였다. 그래서 이 세 명의 골칫덩어리들에게 신앙을 가끔 강요하기도 했다. 동수는 불교를 택했다. 둘은 이미 천주교 신자였다. 일요일, 동수는 후견인과 여러 불자 군인들의 안내를 받으며 절로 향했다. 정토사라 이름하는 절. 바로 옆이 승리 교회. 그 옆이 승리 성당. 한 지붕 세 종교였다. 군의 특수한 환경에 만들어낸 진풍경이었다. 동수는 법당에 앉아 향내를 맡았다. 익숙치 않은 매캐함이 잔기침이 나게 했다. 그러나 마음은 편안한 것 같았다. 스님의 법문을 들으며 자기 삶을 되돌아보았다. 그가 지니고 있던 자유와 민주, 투쟁과 열정이 허영에 불과한 것처럼 느껴졌다. 한때 민주투사라 자부했던 자신이 이토록 무력하게 무너져버리는 모습을 보며, 그는 자신이 과연 무엇을 위해 살아야 하는지 회의감에 휩싸였다.

스님의 법문은 계속되었다.

"원효 스님께서 해골바가지에 담긴 물을 마시고 깨달음을 얻으셨지요. 낮에는 더러운 물이라 피했지만, 밤에는 그것이 맑은 물처럼 보였습니다. 같은 물이지만, 바라보는 마음이 다르면 세상도 달라집니다. 여러분도 세상을 바꾸려 하기 전에, 먼저 자신의 마음을 살펴보아야 합니다."

스님이 들려주는 인생의 무상함과 고통에 대한 설법을 들으며 그는 마치 자신의 이야기 같다는 생각이 들었다. 그는 기도했다. 모든 것을 내려놓고 싶었다. 허망한 이상도, 헛된 사랑도, 소멸해가는 과거도. 그는 이제 새로운 길을 찾고 싶었다.

그는 점점 불교 행사에 열심히 참여하게 되었다. 불경을 외우고, 참선하며 자신을 되돌아봤다. 법회가 끝난 후, 그는 다른 불자인 병사들과 함께 인생의 허물에 관해 이야기했다. 누군가는 가족을 잃은 사람도 있었고, 누군가는 죄책감에 시달렸으며, 누군가는 삶에 대한 미련을 놓지 못했다. 그들 사이에서 동수는 자신의 이야기를 털어놓기 시작했다.

"한때 나는 세상을 바꾸겠다고 생각했어요. 하지만 이제는 모르겠습니다. 내가 했던 모든 것이 다 의미가 있는지조차 의심스러워요. 이곳에 오면…. 그래도 마음이 조금은 편안해지는 것 같습니다."

그는 더 이상 투쟁의 아이콘도, 민주투사도 아니었다. 이제 그는 자신의 상처를 돌아보는 한 인간일 뿐이었다. 그리고 그것만으로도 충분했다. 그는 더 이상 무너질 수 없었다. 새로운 길을 찾기로 했다. 그리고 그 길 끝에서, 그는 진정한 자신과 마주할 수 있기를 바랐다. 동수의 행동에 감시의 눈길도 한층 사그라졌다. 동수는 자신에게 짜파게티를 먹여 주던 정영환 상병에게 미안했다. 그러나 그가 불교 종교 행사로 가는 것을 본 정영환 상병도 미소로 답할 뿐이었다.

10
침묵

    동수는 50여 일간의 신병 교육대 생활을 마쳤다. 숨이 턱까지 차오르는 훈련과 얼음장 같은 침묵 속에서 버텨낸 시간이었다. 불교에 심취한 그가 모든 것을 포기한 것인지 아니면 인격적으로 성숙한 것인지 알 수 없었지만, 외부에서도 '절에 미친 놈!' 같아 보여서 그저 지켜만 보고 있었다. 결국 그는 몸과 마음이 '편한 길'을 선택했다. 그리고 편한 것을 유지하고 싶었다. 그것마저도 살고자 했던 동수의 욕구였는지 모른다. 동수가 불교를 받아들이면서 사상적으로도 의심받지 않았다. 훈련소에서의 삶이 비록 고통스러웠지만, 이제는 모든 것이 지나갔다. 이별의 순간이 다가왔을 때, 그는 자신을 힘겹게 만들었던 정일오 상병마저 용서할 수 있었다. 종교적 깨달음이 그를 감싸고 있었고, 과거의 감정적 흔들림이 모두 부질없게 느껴졌다. 새로운 부대 배치지가 발표되었을 때, 동수는 놀라

움을 감출 수 없었다. 그는 사단 사령부 직할 부대인 통신 대대의 전자과로 발탁되었다. 민감한 비밀을 취급하는 이곳은 고학력자가 필요했고, 동수의 영민한 두뇌가 결정적인 역할을 했던 듯했다. 아니면 어쩌면 그를 이곳으로 이끈 또 다른 힘이 작용했는지도 모른다. 신병 교육대에서의 마지막 순간을 곱씹으며 그는 눈시울이 붉어졌다. 50여 일간의 훈련은 그에게 고통이었으나, 그 고통조차 애증의 기억으로 남았다. 그러나 진짜 놀라운 일은 자대 배치 당일 벌어졌다. 신병 교육대에서 우연히 만났던 군종병, 정영환 상병이 자신과 함께 통신 대대로 전출된 것이었다. 신병 교육대에서 짜파게티 한 그릇을 건넸던 그 순간이 스쳐 지나갔다. 그는 따뜻한 사람이었다. 그러나 동수가 그와 함께 전출된 이유를 듣고는 묘한 감정을 느꼈다. 정영환 상병은 집총을 거부했다. 폭력을 행사할 수 없다는 이유였다. 기독교 신자로서 그는 타인의 생명을 앗아갈 권리가 자신에게 없다고 믿었다. 그래서 신병 교육대에서 총을 쏘는 훈련에서 유급당했고, 군기 교육대까지 가면서도 끝내 이를 거부했다. 어찌 된 일인지 모르지만, 집총을 거부한 대개의 종교, 여호와의 증인이라는 사람들은 모두 영창에 보냈지만, 정영환 상병만은 예외였다. 사실 그는 여호와의 증인도 아니다. 그저 보통의 신학교를 다니던 사람이다. 여러 소문이 난무했다. 삼촌이 국방부에 근무한다는 둥, 아버지가 별이라는 둥, 그러나 그는 혈족과 친족에 대한 어떤 언급도 없었고, 신병 교육대 간부들과 장교들도 쉬쉬했다. 뭔가는 있는데 알 수는 없었다. 골치 아픈 병사를 신병 교육대에서는 통신 대대 군종병 자리가 나자, 그 부대로 그를 보내버리기로 했다. 후문은 신병 교육대 대대장이 통신 대대 대대장보다 일명 짬밥이 높았다는 것이다. 그래서 어쩔 수 없이 통신 대대가 떠안은 것이라고.

'정 상병님…'

동수는 복잡한 감정이 들었다. 그의 신념을 존경하면서도, 군대라는 특수한 환경에서 이토록 단호하게 나올 수 있는 용기가 어디에서 나오는지 궁금했다. 그러나 한편으로는 다행스러웠다. 신병 교육대에서 유일하게 따뜻한 온기를 주었던 사람이 곁에 있다는 것은 위안이었다. 통신 대대 전자과는 사단의 통신을 담당하는 핵심 부서였다. 이곳에서 이루어지는 업무의 90%는 기밀이었다. 동수는 긴장과 흥분이 교차하는 가운데 새 환경에 적응하기 시작했다. 통신 대대 전자과에 들어와서 3개월간은 어떤 업무도 허락되지 않았다. 일명 신원조회가 아직 안 떨어졌다는 것이다. 동수는 생각했다. 운동권에 비밀을 취급할 수 있는 신원조회를 허가할 리가 없다. 학생운동에 몸담았던 자신을 군에서 기밀을 다루는 부서로 배치할 리가 없었다.

그러던 어느 날, 직할대 보안반에서 동수를 호출했다. 직할대 보안반은 군의 요직이고 권력의 핵심인 보안 사령부의 예하 부대이자 사단 사령부의 출장소 같은 곳이었다. 이곳에는 발도 디디지 않는 것이 가장 좋은 것이란걸 모두 알고 있었다. 직할대 보안반에서 부른다는 것은 거의 사상적 의심자이거나 일명 빨갱이였다. 무조건 가면 빨간 줄 간다고들 떠들어 대는 곳이다. 조심스럽게 문을 열고 들어서자, 낯익은 얼굴이 눈에 들어왔다. 그는 보안반장의 자리에서 자신을 응시하고 있었다. 보안반장 박수환 중사.

박수환 중사는 손으로는 들어오라고 하고 통화 중이었다. 얼굴에는 환영한다는 미소를 짓고 있었다. 불길한 예감이 엄습했다. 심장이 불규칙하게 뛰었다. 자신이 이곳에 불려온 이유가 무엇일까? 혹시 그들이 자신을 감시하려고 일부러 정보를 다루는 위치에 배치하려는 것인가? 아니면, 공범을 만들어 스스로 그들 조직의 일부가 되도록 유도하는 것인가? 그의 머릿속은 수많은 가설로 뒤엉켜 혼란스러웠다.

"오랜만입니다. 선생님!"

박수환의 입가에 희미한 미소가 번졌다. 동수는 순간 당황했다. 박수환을 기억해내지 못했다.

"선생님, 저 기억 안 나십니까? 좀 섭섭한데요. 저한테 형님, 형님 하시곤 했는데, 제가 다른 학생들보다 열 살이 많았죠? 선생님 보다도 네 살이나 많으니까요. 허허"

박수환은 동수와 해연이 가르치던 야학의 학생이었다. 그는 검정고시에서 중졸 자격을 얻어 바로 부사관으로 자원입대했다고 했다. 그러면서 자신의 지나온 삶을 한참이나 떠벌렸다. 동수는 어렴풋이 기억을 더듬었다. 그가 가르쳤던 많은 학생 중에서도 열심히 공부했던 한 학생. 그리고 나이 많은 고학생이 한둘이 아니었지만 유독 거만했던 박수환이 떠올랐다. 박수환은 그러면 일 얘기를 하자면서 자리에 앉으라고 할 때는 목소리가 바뀌었다. 근엄하다고 할까? 뭔가 사명에 가득한 그런 목소리였다.

"지금부터는 간부와 병사로 이야기한다."

박수환은 책상 위의 서류를 앞으로 밀었다.

"앞으로 기밀문서를 다룰 거야. 여기 서약서에 서명하면 통신 대대 전자과에서 근무할 수 있어."

서약서에는 냉정한 문구가 적혀 있었다. 외부에 정보를 유출하거나 배포하면 5년 이하의 징역과 3,000만 원의 벌금.

대한민국 보안 사령부 77**부대 기밀 취급 서약서

본인은 대한민국 군사 기밀을 취급하는 직책을 부여받음에 있어 다음 사항을 엄숙히 서약한다.

본인은 본 직무와 관련하여 취급하는 모든 정보가 국가 기밀임을 명확히 인지하며, 어떤 상황에서도 외부로 유출하거나 배포하지 않을 것을 서약한다.

기밀 유출 및 배포 시 국가보안법 제○○ 조에 따라 5년 이하의 징역과 3,000만 원 이하의 벌금을 받을 것임을 서약한다.

기밀 유지 의무를 위반할 경우 본인의 모든 권한이 박탈되며, 직속 상급

자인 박수환 중사 또한 동등한 처벌을 받을 것임을 인정한다.

본인은 이 서약이 철회 불가능하며, 국가 안보를 위협하는 어떠한 행위에도 가담하지 않을 것을 맹세한다.

서약자: _____ (서명)

보증인: 박수환 중사 (서명)

77**부대 직할 보안대장: _____ (서명)

국가보안사령관: _____ (서명)

동수는 생각했다. 이미 모든 것을 내려놓았다. 변절이라거나 신념을 버리는 문제가 아니었다. 그는 담담하게 서명했다. 그날 이후 동수는 통신 대대 전자과에 배치되었다. 이상하게도 박수환은 동수를 자주 찾아왔다. 면회도 왔고, 밥도 사주었다. 다른 사람들은 직할 보안반의 권력과 위세 때문에 동수를 경계하면서도, 한편으로는 부러워했다. 박수환의 비호를 받는다는 것은 곧 강력한 보호막이 있다는 뜻이었기 때문이다. 그리고 동수는 박수환의 실체를 조금씩 알게 되었다. 박수환은 구로공단 산업체에 위장 취업하여 고정 간첩 일당 11명을 색출해 내는 공을 세웠다. 그 공로로 빠른 진급이 이어졌고, 결국 보안 사령부에 들어올 수 있었다. 최전방이지만 사단 사령부 직할대 보안의 총책임자가 되면서 그의 권력은 더욱 강해졌다.

어느 날 박수환은 술잔을 기울이며 자신의 공적을 떠벌리듯 이야기했다.

"그때 말이야, 내가 직접 잡아넣은 새끼들이 11명이야. 책이나 몇 권 읽던 놈들인데, 내가 도청하고 끄나풀 심어서 증거를 확실히 잡았지. 다들 빌어먹을 사회주의 혁명 타령을 하고 있더라고. 뭘 모르는 놈들이지."

그리고는 자신의 공과가 적힌 공적서를 친히 보여줬다. 그들이 읽었던 책 목록도 있었다. 동수도 익숙한 책이었다.

《전태일 평전》 – 조영래

《난장이가 쏘아올린 작은 공》 – 조세희

《인간의 조건》 – 앙드레 말로

《우상과 이성》 – 김동길

《페다고지》 – 파울로 프레이리

《자본론》 – 카를 마르크스

《국가와 혁명》 – 블라디미르 레닌

《프롤레타리아 독재론》 – 니콜라이 부하린

동수는 묵묵히 듣고 있었다. 그의 말이 이어질수록 점점 숨이 막혀왔다. 그들이 단순한 독서 모임이었다는 사실을 깨닫는 순간, 동수의 머릿속이 하얘졌다. 단지 책을 읽고 토론했다는 이유로 간첩으로 몰려 잡혀간 것이었다. 동수는 자신이 모든 것을 내려놓았다고 생각했다. 그러나 몸과 마음이 편해지니 다시 본성이 깨어나는 느낌이었다. 그의 안에서 갈등이 시작되었다. 자신이 과연 어떤 길을 가야 하는가?

박수환은 씩 웃으며 말을 이었다.

"이런 일은 흔한 거야. 근데 난 더 큰 걸 하고 싶어. 붉은 여우 사냥, 그걸 해야 좋은데. 그런 것은 높은 놈들이 독차지하고 있으니. 히히"

그의 눈빛이 섬뜩하게 변했다.

"빨갱이 여대생들을 납치해서 감금하는 작전이지. 몸과 마음을 망가뜨려서 완전히 조져버리는 거야. 심지어 죽어도 실종으로 처리하면 그만이거든."

동수는 손에 힘이 들어갔다. 피가 거꾸로 솟구치는 기분이었다. 묻고 싶은 것이 많았지만, 참아야 했다. 박수환과 자주 만날 기회를 만들어야 했다. 더 많은 정보를 듣고, 뭔가 할 수 있는 기회를 잡아야 했다. 그 순간, 어디선가 미희의 목소리가 들려오는 것 같았다. 아니, 그녀가 다가오는 느낌이었다. 그녀가 지금 이 자리에 있다면 뭐라고 할까? 동수의 갈등과 번민은 최고조에 달했다. 모든 것을 내려놓았다고 생각했다. 종교 귀의? 동수는 자기 몸과 마음 편하게 하자고 했던 이기심이 아니던가? 현실은 지금 어떤가? 왜 그렇게 젊은이들이 죽어가고 무너지고, 피를 흘리고, 심지어 인권 유린까지 당해야 하는가? 동수 안에서 들끓던 그 무엇이 다시 용솟음쳤다. 수백 년을 참고 있던 용암이 분출하는 그런 느낌이다.

이곳의 공기는 신병 교육대와는 달랐다. 얼핏 보기에는 한결 여유로워 보였지만, 그 여유 속에는 보이지 않는 긴장감이 숨어 있었다. 부대의 선임들은 날카로운 눈빛을 하고 있었고, 정해진 절차대로 업무를 수행했다. 누구도 쓸데없는 말을 하지 않았다. 통신 내용을 감청당하면 안 되듯이, 부대 안의 모든 정보는 입 밖으로 새어 나가서는 안 되는 것이었다. 동수는 자신이 엄중한 책임을 지게 되었음을 깨달았다.

그러던 어느 날, 사건이 터졌다. 밤늦게까지 업무를 마친 동수는 생활관으로 돌아가는 길이었다. 그런데 어두운 복도를 지나던 중, 익숙한 목소리가 들려왔다.

"그런데 말이야, 우리가 다 알고 있는 거 아닙니까? 그 정보, 만약 새어 나가면 큰일 나겠죠?"

"쉿! 조용히 해."

동수는 본능적으로 몸을 숨겼다. 작은 창문을 통해 희미하게 두 개의 그림자가 보였다. 부대의 선임들이었다. 하지만 그들의 대화 내용은 심상치 않았다. 기밀이 유출될 수도 있다는 뉘앙스였다. 심장이 뛰었다. 이곳에서 어떤 일이 벌어지고 있는 것일까?

이튿날, 이제는 서로 마음도 터놓을 정도로 친해진 정영환 상병과 마주 앉아 조용히 대화를 나눴다. 종교는 다르지만 서로 존중하는 부분이 있었기에 가능했다.

"정 상병님, 혹시 뭔가 이상한 느낌 받은 적 있어요?"

정영환 상병은 잠시 고민하더니 낮은 목소리로 말했다.

"알고 있는 거 아냐? 우리 모두가, 그러나 침묵할 뿐이지."

정 상병은 선문답 같은 말을 하고는 침묵했다. 동수도 더 이상 묻지 않았다. 모든 것이 평온해 보였지만, 수면 아래에서는 보이지 않는 음모가 꿈틀거리고 있었다.

11
람보

겉으로는 잠잠하고 평온한 통신 대대는 사각지대가 많았다. 교보재 창고, 1종 유류 창고, 3종 보급품 창고, 무선 중대 창고, 유선 중대 창고 등. 이곳들은 눈에 잘 띄지 않는 공간이었고, 그 안에서는 온갖 가혹 행위가 난무했다. 성폭행조차 비일비재했다. 밤사이에 벌어진 사건들은 다음 날이면 아무 일 없었던 것처럼 묵인되었고, 후임병들의 몸과 마음에는 깊은 상처가 남았다. 안타까운 사건, 그리고 불행한 시대의 희생자, 민중기 이병. 그는 그런 부대에서 버티고 있었다. 숨 쉬는 것조차 고통이었다. 훈련소에서 전입해 온 지 한 달이 채 되지 않았을 때부터 그는 가혹 행위의 표적이 되었다. 그의 외모에서 풍기는 어수룩함과 어눌한 말투가 선임병들에게 미끼가 되었다. 새까만 밤, 창고 한편에서 몇몇 선임들은 그를 둘러싸고 웃었다. 주먹이 날아왔다. 발길질이 이어졌다. 욕설과 조롱. 그는 소리 내 울지 않았다. 그저 이를 악물고 버텼다. 하지만 그것이 더 큰 화를 불렀다.

"야, 이 새끼 존나 뻣뻣하네?"

하진국 상병이 말했다. 그의 얼굴에는 기분 나쁜 미소가 번졌다. 옆에서 송재천 일병이 낄낄대며 거들었다.

"그래, 좀 더 굽혀야지. 선임들이 이렇게 잘 대해주는데?"

그들은 심심풀이하듯 민중기를 때렸다. 매일 밤, 이유 없이 불려 나갔다. 그들이 명령하면 웃어야 했고, 울어야 했고, 때로는 개처럼 기어야 했다. 모든 게 장난이라고 했다. 군대란 원래 그런 곳이라고 했다.

그러나 가장 참을 수 없는 것은 조롱이었다.

"너 여자 친구한테 차였다며? 그럴만하지. 군대 오니까 바로 도망가네."

"야, 너네 엄마랑 누나도 너처럼 당하고 다니는 거 아냐?"

그 말에 민중기의 눈이 흔들렸다. 그의 유일한 버팀목이었던 여자 친구. 그녀는 한 달 전, 짧은 편지 한 장만 남긴 채 이별을 고했다.

"기다리는 게 힘들 것 같아. 미안해."

문장은 짧았지만, 의미는 깊었다.

그날 밤, 그는 침상에서 홀로 눈물을 삼켰다. 여자 친구는 떠났고, 부대는 지옥이었다. 어머니와 누나를 들먹이며 조롱하는 선임들. 그의 가슴속에서 뭔가 무너지고 있었다.

밤하늘이 어둠 속에서 더 깊이를 더해가던 그날, 동수의 부대에 터질 것이 터졌다. 부대 정기 사격이 있던 날, 민중기 이병은 조용히 실탄 20발을 챙겼다. 그가 품고 있던 분노와 공포가 폭발하는 순간이었다. 가혹 행위와 끊임없는 심리적 압박은 그의 내면을 갉아먹었고, 그는 더 이상 버틸 수 없었다. 탈영. 그리고 복수가 시작되었다.

"타앙! 타앙!"

어둠 속에서 섬광이 번뜩였다. 곧이어 비명이 터져 나왔다.

"총소리다! 총기 난사다!"

첫 번째 희생자는 하진국 상병이었다. 그동안 민중기를 가장 괴롭혔던 인물이었다. 표적이 된 그는 본능적으로 몸을 틀었지만, 어깨를 꿰뚫는 날카로운 통증이 엄습했다. 동시에 송재천 일병도 허벅지를 움켜쥔 채 바닥에 쓰러졌다.

"사수 확보! 사수 확보!"

하지만 이미 민중기는 어둠 속으로 사라진 뒤였다. 부대 전체가 즉각 비상이 걸렸다. 사단 사령부에서 긴급히 출동 명령이 내려졌고, 경비 소대 50여 명과 수색견 5마리가 배치되었다. 수색대대 250명과 정찰대 130명이 부대를 뒤덮었다. 그러나 이른바 '람보'로 불리던 민중기는 쉽게 잡히지 않았다. 사령부 정보 참모실이 있는 벙커에는 긴장감이 감돌았다. 사단장과 부사단장, 참모장 등 고위 지휘관들이 모두 모여 긴급회의를 열었다.

"하루 안에 못 잡으면 상부에 보고될 것이다. 그럼 모두가 징계 대상이다!" 사단장은 최대한 이 사건을 부대 안에서 마무리 지으려고 노력했다. 이것이 군단에, 사령부에 알려지면 자신의 안위조차 장담할 수 없기 때문이다. 사단 사령부와 통신 대대는 붙어 있다. 사단장은 탁익천 통신대대장을 불러 자초지종을 묻고 우선 구두로 경고 하고 다시 부대로 보내고 사건을 마무리하게 했다. 탁익천 중령의 얼굴은 핏기가 사라진 채로 잔뜩 굳어 있었다. 당번병조차도 그의 손이 떨리는 것을 목격할 수 있을 정도였다. 반면 이수정 소령은 담담했다. 이수정 소령은 특전사 대위로 있다가 왼쪽 다리를 다쳐서 병과를 이동해 통신 대대에 있지만 사실 통신병과의 전문 지식은 없다. 그의 주특기인 대침투 작전과 그래도 업무 관련이 있는 정보과로 연결하여 통신 대대로 전출된 것이다. 특전사 작전 참모 출신답게 요동치지 않고 있다. 탁익천 중령은 자신이 계급이 높지만, 이수정 소령이 나이는 많았다. 이수정 소령은 ROTC 출신이라 진급이 늦었고, 탁익천 중령은 육사 출신이라 진급이 빠른 편이다. 그래서 상전을 모시는 것 같아 늘 이수정 소령에 대하는 것이 기분이 나빴다. 지금의 사건도 부대대장이 진두 지휘해야 하지만 그는 저렇게 점잔빼고 있으니 탁익천 대대장의 속만 답답할 뿐이었다. 이수정 소령은 전자과장실에서 눈을 가늘게 뜬 채 천천히 사건 보고서를 훑어볼 뿐이었다.

유선 중대 변중림 대위는 말이 없었다. 그는 완전군장을 한 채 대대장 막사 앞에서 부동자세로 서 있었다. 마치 사형을 기다리는 사형수처럼 굳어 있었다. 사고 부대가 유선 중대였기 때문이다.

"중대장, 대체 무슨 일이 벌어진 겁니까?"

탁익천 중령이 이를 악물고 물었다. 변중림 대위는 눈을 감았다가 떴다.

"죄송합니다. 대대장님! 입이 열 개라도 할 말이 없습니다!"

탁익천의 얼굴이 울컥 달아올랐다.

"야, 이 새끼야! 그게 말이라고 해! 이게 다 너 때문이야!"

탁익천 중령은 변중림 대위에게 소리를 질렀지만, 변 대위는 여전히 꼿꼿한 자세를 유지하고 있었다. 그의 눈빛은 이미 모든 것을 각오한 듯했다. 다행히 사망 사고까지 가지 않았다. 보직 해임 후 다시 전출하면 될 듯했다. 사망 사고가 났더라면 이등병으로 강제 전역당할 수도 있었다. 그러나 불안한 면도 있었다. 총상 후송을 했다는 것은 이미 상급 부대에서도 알고 있을 수 있다는 것이다. 그는 마치 모든 걸 각오한 듯한 표정이었다. 탁익천 중령은 변 대위를 한 번 쳐다보고는 다시 자신의 집무실인 TOC(Tactical Operations Center-전술작전지휘본부, 지휘통제실/역자주)로 들어갔다. 그 시각, 부대원들은 극도의 긴장 속에서 출동 대기 상태로 경계 근무를 서야했다. 외출과 외박은 전면 금지되었고, 내무반에서는 한 발짝도 벗어날 수 없었다.

"씨발, 이게 무슨 상황이야?"

"한 놈 때문에 우리가 단체로 감금이냐?"

불만이 터져 나왔지만, 모두가 숨을 죽이고 있었다. 언제 어디서 총성이 울릴지 모르는 상황이었으니까.

수색 작전은 계속됐다. 군견이 야산을 헤집고, 헬기가 밤하늘을 가르며 탐조등을 비추었다. 그러나 민중기는 잡히지 않았다. 그는 어둠 속에서 그림자처럼 움직이며 부대를 비웃고 있었다.

"람보?"

누군가 중얼거렸다. 그 별명이 이제는 전설처럼 퍼져갔다. 그를 잡기 위해 부대 전체가 발칵 뒤집혔지만, 그는 여전히 자유로웠다. 그리고 시간이 흘렀다. 단한 발의 총성이 더 울릴 것인가? 아니면, 그는 결국 사라질 것인가? 긴장감이 극에 달하는 순간, 드디어 무전이 울렸다.

"민중기 이병 발견. 생포 시도 중."

모두가 숨을 멈췄다. 그리고 사단 사령부는 마지막 결정을 내려야 했다. 이제, 작전은 끝나가는 것일까? 경계망이 좁혀졌다. 골이 깊은 사령부와 통신 대대 중간을 가르는 산골짜기이다. 군견이 짖어댔다. 사수들은 총구를 겨누고 있었다. 그는 도망칠 수 없었다. 그러나 그는 결코 그들의 손에 붙잡히고 싶지 않았다. 그는 자기를 조준하고 있던 전우들, 그와 함께했던 동기들의 얼굴을 보면서 울고 있었다. 여기저기서 긴장과 울음이 섞여 들렸다. 떨리는 울음소리, 그를 불쌍히 여기는 동기들이거나 전우들이었다. 수색대대장이 한마디 했다.

"울지마! 조용히 해!"

그리고는 "민중기 이병, 총을 내려놔! 어서! 이제 다 끝났어. 너에게 가혹 행위를 했던 병사들도 징계할 거야. 네가 총으로 쐈지만 가볍게 다쳤을 뿐이야. 어서!"

민중기 이병은 자신의 마지막 시간이라는 것을 직감한 듯했다. 갑자기 그가 일어섰다. 모두 긴장하고 총구가 민중기 이병을 따라 움직였다. 일사불란했다. 그는 총기를 자신의 허리춤에 고정하더니 뒷주머니에 있던 구겨진 전투모를 반듯하게 쓰고는 사방을 돌며 경례한다.

"필승!, 필승! 피일승....응, 피으으을승!" 경례하면서 통곡한다. 한참을 울었다. 수색대대장도 병사들에게 진정하라고 하고 지켜 보고 있었다.

"미안합니다! 죄송합니다! 그리고 대대장님 저희 부모님께 안부 전해 주세요. 고맙고, 사랑한다고!"

그리고 바로 허리춤에 장전된 총의 방아쇠를 당겨서 자기 턱을 향해 쐈다. 말릴 틈도 없었다.

"타-앙" 총소리는 구슬프게 산 전체에 메아리쳤다.

순간, 모든 것이 멈췄다.

수색대원들이 달려갔을 때, 그는 이미 싸늘한 시신이 되어 있었다. 그의 눈은 감겨 있었고, 입가에는 희미한 미소가 떠올라 있었다. 아무도 소리 내어 울지 않았다. 그러나 그 자리에 있던 모든 이들은, 묵묵히 고개를 숙였다. 그 시간, 동수도 무전을 향해 전해오는 묵직한 파열음을 들었다. 모두 신음을 냈지만, 누구 하나 말하지 못했다. 동수는 무전기를 끄려고 가던 손이 떨렸다. 가혹 행위를 당하며 울지도 못했던 민중기. 그가 얼마나 외롭고 고통스러웠을지, 동수는 뼛속까지 절절히 느낄 수 있었다. 그날 밤, 동수는 악몽을 꾸었다. 민중기 이병의 얼굴에선 피가 흐르고 있었다.

다음 날, 사단 사령부에서 사건을 수습하려고 내려왔다. 다행히 이 사건은 더 큰 사건 때문에 덮였다. 서울의 보안 사령부에서 이등병이 탈영하여 양심선언을 한 것이다. 일명, 윤석양 이병 양심선언. 보안 사령부에서 정치인이나 경제인 등 민간인을 사찰하고 있다는 양심선언. 그것으로 보안사령관이라는 장세동 중장도 파면당했다고 한다. 별 셋도 한순간에 날아갔다. 그 사건 덕분에 '람보 사건'은 조용히 묻혔다. 민중기 이병과 윤석양 이병. 누구는 싸늘한 시신이 되었고, 누구는 세상을 향해 호소했다. 사단장은 통신 대대를 나가면서 탁익천 중령의 어깨를 두드렸다. 그리고 그의 얼굴에 미소가 번졌다. 덕분에 변중림 대위도 부대로 복귀하고 완전군장을 풀었다.

12
지조 높은 개

한낮이지만 하늘은 어두운색을 띠고 있었다. 동수는 대흥동 육교 아래로 발걸음을 옮겼다. 손에 쥔 색바랜 편지가 무겁게 느껴졌다. 감정사는 분명 필적이 99% 같다고 했다. 하지만, 이 편지는 미희가 쓴 것이 아니라는 느낌이 강하게 들었다. 아니, 설령 미희가 쓴 것이라 해도, 그때의 미희가 아니었다. 그의 기억 속에서 환하게 웃던 미희는 사라지고, 이 글에는 차갑고 서늘한 기운만이 감돌았다.

10년. 너무나 긴 시간이 흘렀다. 살아 있다면 벌써 서른을 넘겼을 미희. 하지만 그녀는 10년 전, 갑자기 자취를 감추었다. 그 누구도 그녀가 어디로 사라졌는지 몰랐다. 실종 신고도 소용없었다. 경찰은 한동안 수사를 벌였지만, 별다른 단서를 찾지 못했고, 결국 사건은 미궁으로 빠졌다. 그런데 인제 와서 이 편지라니. 대체 누가 이 편지를 보관하고 있다가 이제야 전달한 걸까? 양심의 가책을 느낀 걸까, 아니면 무슨 말을 하고 싶었던 것일까?

편지를 받은 사람은 미희의 어머니, 정임숙이였다. 그녀는 남편과 사별한 후 어린 미희를 키우기 위해 포장마차를 운영하며 살아왔다. 그 삶이 얼마나 고단했는지는 굳이 설명하지 않아도 알 수 있었다. 하지만 그녀는 단 한 번도 미희를 원망한 적이 없었다. 오직 미희가 무사하기만을 기도하며 버텼다. 그리고, 그녀는 다시한번 기적을 바랐다. 미희가 사라진 후, 정임숙은 수원으로 이사했다. 그리고 그곳에서 지형택을 만났다. 지형택은 젊은 시절부터 숙박업을 하며 자수성가한 남자였다. 능력도 있었고, 인품도 훌륭했다. 무엇보다, 그 역시 혼자였다. 이혼한 전처와세 아이가 살고 있었지만 왕래는 하지 않은 듯했다. 주변에서는 그의 재혼을 부추겼고, 여러 명의 중매쟁이가 그를 둘러싸고 있었다. 그러나 지형택은 서울에서 내려와 포장마차를 꾸리던 정임숙에게 마음을 빼앗겼다. 처음에는 단순한 호기심이었을지도 모른다. 자신의 호텔 앞에서 포장마차 하는 것이 영 못마땅해 직원들에게 정리하라고 했지만, 정리가 되지 않아서 직원들을 혼냈다. 직원들도 난감해하는 표정을 지어 본인이 직접 정리하겠다고 나섰다가 그의 외모였는지, 아니면 그가 가진사람을 편하게 하고 배려하는 말투에서였는지 지형택도 정임숙에게 넘어갔다. 주변의 중매쟁이들은 '얌전한 고양이에게 사내들이 홀렸다'고 질투와 푸념을 남겼다.

결국 '매력적인 포장마차'와 직원들이 왜 사이가 좋은지 알게 된 것이다. 수원의 M 호텔에서 장사를 하는 유일한 포장마차가 된 것이다. 어느 날, 포장마차 문을 닫고 돌아서던 정임숙을 지형택이 불렀다.

"추운데, 따뜻한 차라도 한잔하고 가시죠."

그녀는 망설였다. 그러나 그의 진심 어린 눈빛을 외면할 수 없었다. 작은 찻집에서 마주 앉은 두 사람은 서로의 지난 삶을 이야기했다. 지형택은 그녀의 아픔을 들어주었고, 그녀는 그의 외로움을 이해했다. 따뜻한 차 한 잔이 오가는 사이, 그들의 마음속에도 온기가 스며들었다. 그리고 그 순간, 정임숙은 처음으로 다시 누군가에게 기대고 싶다고 생각했다. 두 사람은 점점 가까워졌고, 결국 함께 살기로 했다. 하지만 정임숙은 결혼식을 하지 않겠다고 했다. 그녀는 과거의 아픔과 미희에 대한 미안함을 간직한 채 조용히 살아가고 싶었다. 그러나 행복한 삶 속에서도 미희에 대한 그리움은 사라지지 않았다. 꿈에서도, 현실에서도 미희는 그녀의 곁을 맴돌았다. 결국, 그녀는 남편에게 부탁해 서울로 돌아왔다. 미희가 어린 시절 뛰놀던 대흥동 근처에 편의점을 냈다. 남편의 배려였다. 함께 사는 부부라 거리낌 없이 모든 흉금을 터 놓는다 해도, 정임숙은 지형택에게 미안하고 고마웠다.

이제 살만하니, 간사한 인간의 마음인가? 한 번도 잊은 적이 없었다고 생각하면서도 더욱 미희가 보고 싶고 그리웠다. 그런 감정이 쌓여서일까? 미희가 정임숙의 꿈에 계속 나타났다. 아기 때의 아장거리는 모습으로 나오기도 하고, 초등학교 때의 새침데기로, 어여쁜 여대생의 모습으로. 그러나 꿈속의 미희 얼굴에는 밝음이 없고 항상 엄마를 찾는 울상이었다. 정임숙은 남편의 권유로 교회를 다니기는 했지만, 신앙은 없었다. 지형택이 보기에 혼자서 외롭게 지내는 것처럼 여겨진 모양이었다. 교회에 가서 사람들도 사귀고 마음도 편하게 하라는 배려였다. 정임숙도 사람 많은 곳에 가면 미희의 소식이나 미희를 만날 수 있지 않을까? 하는 욕심에 한두 번 나갔다. 교회만이 아니라 미희를 찾는 일이라면 그는 점쟁이, 보살이라는 사람들에게서 가서 묻기도 했다. 그들의 대답은 '돌아온다는 것'이다. 희망 고문을 하면서 복채를 뜯어내는 것인지 모르겠다고 생각하면서도 그 말을 들으면 희망이 솟아났다. 혹시나, 혹시나 하는 마음에 대흥동 육교 앞에다가 가게를 낸 것이다. 거기는 미희가 자주 다니던 길이었다. 많이 변했다. 기찻길이 있던 곳에 큰 길이 나 있다. 서강대학교 후문 복개천도 사라졌다. 옛 흔적이 다 지워져서 섭섭했지만 언젠가 미희를 만날 수 있으리라는 희망으로 서울로 돌아온 것이다. 그런데, 그곳에서 편지를 받았다. 그리고 그것은 단순한 편지가 아니었다. 편지를 전달한 사람은 누구였을까? 정임숙은 카페 사장에게 물었지만, 사장은 택배 기사가 편지만 두고 갔다고 했다. 그런데… 이상했다. 그 전화. 낯선 여자 목소리. 미희의 소식을 알고 있다고 했다. 그래서 만나자고 한 카페로 갔지만 사람 대신 이 문제의 편지가 거기에 있었다.

동수와 정임숙과 두 번째 만남이 삼일 전이었다. 동수 또한 토요일에는 늘 대흥동으로 향했다. 정임숙의 편의점이 정면으로 보이는 길 건너 카페에서 동수는 편지를 다시 펼쳤다. 문장을 하나하나 곱씹었다.

나는 지쳤다. 더 이상 싸울 수 없다. 모든 것이 허망하다. 나는 이 세상을 떠나지만, 나의 흔적이 무의미하게 사라지진 않기를 바란다. 어쩌면 누군가는 이 편지를 읽고, 또 다른 싸움을 시작할지도 모른다. 하지만 나는 이제 여기서 멈춘다.

그럼, 나의 열정, 나의 사랑, 나의 인생도

차가운 문장. 그리고 모호한 메시지. 결코 미희가 아니다. 단정한 동수는 일어섰다. 그리고 카페 밖으로 나가니 서늘한 바람이 시원하게 불어왔다. 늦봄, 여름이 가까워져 오는 것 같았다. 동수는 육교 근처에서 서성거리다가 누군가가 자신의 뒤를 밟는 것을 느꼈다. 동수의 심장이 빠르게 뛰기 시작했다. 이건 단순한 착각이 아니었다. 토요일 오후의 한 낮이지만 동수 혼자 밤길에 쫓기는 듯한 미묘한 기운. 목덜미에 스치는 서늘한 공기. 그는 땀을 삼키며 발걸음을 조금 더 빠르게 옮겼다. 하지만 그럴수록 발소리도 점점 더 가까워졌다. 동수는 머뭇거리다가 빠른 걸음으로 정임숙이 운영하는 편의점 앞을 지나쳤다. 정임숙이 그를 발견하고 손을 들려고 했지만, 그녀의 시선이 동수의 뒤를 쫓는 누군가에게 머물자 이내 손을 내렸다. 동수는 좁은 골목으로 몸을 틀었다. 좁고 어두운 골목길. 밀링 선반 가게들이 줄지어 서 있는 곳. 동수는 그 길로 접어들자마자 달리기 시작했다. 거친 숨을 몰아쉬며 한참을 달렸다. 이내 골목 사이에 숨었다. 약간의 햇살이 비추는 음침한 골목 어귀였다. 그리고 한참을 기다렸지만, 인기척은 들리지 않았다. 그제야 그는 숨을 고르며 털썩 주저앉았다. 골목길에는 쇳가루와 기름 냄새가 가득했다. 긴장해서 그런지 다리에 힘이 풀렸다. 한동안 앉아 있다가 골목 모퉁이에 줄지어 피어 있는 노란 국화를 발견했다. 황량한 공장의 풍경 속에서도 노란 국화 꽃들이 여러 송이가 피어 있었다. 누군가가 자기를 쫓는다는 불안과 공포도 점차 사그라들었다. 아니 황폐한 도시의 삭막함 속에서도, 쇳가루 사이에서도 노란 국화가 핀다는 것에 어떤 알 수 없는 위로를 받았다. 골목 안으로 한 줄기 햇살이 들어오는 그 사이로 국화는 애처롭게 삶의 이유를 찾고 있는 듯했다. 동수는 자신이 뛰어온 골목을 다시 보았다. 기계 소리만 웅- 하고 들릴 뿐이다. 동수는 물끄러미 노란 국화를 바라보며 웃음을 지었다. 꽃을 보니 해연이 떠올랐다. 보라색 과꽃. 해연은 늘 보라색을 좋아했다. 보라색 가방과 노트들, 그리고 머리핀까지도.

보라색 과꽃. 보라색 하면 떠오르는 해연이. 동수가 부대에 나름대로 적응을 마치고 상병을 막 달았을 때, 1년 반 만에 면회를 왔다. 그동안 해연의 편지는 계속 왔으나 동수는 답하지 않았다. 해연이도 동수의 마음을 읽은 것일까? 한참 후에 다시 온 편지는 해연이 결혼한다는 소식이었고, 동수는 이에 축하한다는 답신을 했더니 면회를 온 것이다. 동수는 물론 휴가를 나가서도 해연을 찾지 않았다. 마음속에 미희를 지울 수 없었기 때문이다. 직할 보안반 박수환에게서 들은 '붉은 여우 사냥'에 대한 정보를 알아내는 중이었다. 어떤 단서도 찾지는 못했지만, 군 비밀 기관으로부터 그런 일들이 비일비재하다는 것은 알게 되었다. 납치와 감금과 폭력, 특히 여성들에게 가해지는 성폭력은 충격을 주고도 남음이 있었다. 박수환이 타 부대로 전출 가서 자주 만나지는 못하지만 계속 소식을 전하면서 동수 나름대로 미희의 실종과 어떤 연관이 있는지 추적하고 있었다. 저 멀리 해연의 모습이 희미하게 실루엣처럼 보였다. 보라색이 아니었다. 위아래 베이지색 원피스를 입고 나타났다. 그 모습에 동수는 숨이 막혔다. 삭막한 군 생활을 하다가 그 밝고 아름답고 순결하다 못해 영롱한 해연의 모습을 보니 마음 저 끝에 두었던 그리움이 터져 나온 것이다. 더럽고 추하게 망가져 가는 자신과는 함께 해서는 안 되는, 아니 호흡도 함께 하지 말아야 한다는 생각이 점점 동수의 의식을 누르고 있었다. 저 멀리 해연이 그대로 서 있었다. 그러나 동수는 그녀를 만난다면 흔들리는 마음을 주체하지 못할 것 같았다. 정말 자신이 없었다. 사내의 비겁함이라고 해도 상관이 없었다. 이렇게는 만날 수 없었다. 차라리 면회를 거부할걸. 후회가 밀려왔지만 어쩔 수 없었다. 동수는 20여 미터 남겨두고 해연을 불렀다. 와줘서 고맙다고, 부대에 너무 급한 사정이 생겨서 이렇게 말만 하고 간다고. 위병소에 있는 병사들도, "임 상병님! 임 상병님!" 하고 불렀지만, 동수는 돌아서서 빠른 걸음으로 다시 내무반으로 향했다. 눈물이 났다. 하염없이. 하늘이 희디흰 해연의 옷 색을 하고 있었다. 그것으로 끝이었다. 그 순결한 해연과의 만남은. 해연이 군 시절 딱 한 번 소포로 책을 보내왔다. 시집이었다. 윤동주 시인. 동수와 해연이 좋아하는 시인이었다. 동수는 미희가 좋아하는 김수영의 시도 그리웠다. 해연은 그저, 편지에서 윤동주의 시 한 편만 써 놓았을 뿐이다.

고향에 돌아온 날 밤에
내 백골(白骨)이 따라와 한 방에 누웠다.

어둔 방은 우주로 통하고,
하늘에선가 소리처럼 바람이 불어온다.

어둠 속에 곱게 풍화 작용하는
백골을 들여다보며

눈물짓는 것이 내가 우는 것이냐?

백골이 우는 것이냐?

아름다운 혼이 우는 것이냐?

지조 높은 개는

밤을 새워 어둠을 짖는다.

어둠을 짖는 개는

나를 쫓는 것일 게다.

가자 가자

쫓기우는 사람처럼 가자.

백골 몰래

아름다운 또 다른 고향으로 가자.

『하늘과 바람과 별과 시』(1948)

동수는 생각했다. 나는 개만도 못하구나.

13
절정

1986년 3월 3일, 봄기운이 채 오르지 않은 서울의 하늘은 흐릿했다. 동수는 교문 앞에서 잠시 숨을 고르며 거대한 교정과 석조 건물들을 바라보았다. 대한민국 최고의 명문 대학. 누군가에겐 꿈이고, 누군가에겐 운명일 이곳이 이제 자신의 공간이 된 것이다. 그러나 가슴 깊은 곳에서 기쁨보다는 묘한 압박감이 차올랐다. 그 압박감의 정체는 단순했다. 뒤편에서 쏟아지는 가족들의 환호와 친척들의 덕담 때문이었다.

"우리 동수, 대한민국 최고 대학생 되신 거 축하하네!"

"고생했어, 이젠 출셋길만 걸어야지!"

"우리 임 사장님도 이제 자랑 좀 하시겠어요!"

동수의 아버지 임규백은 이미 아들이 판사라도 된 것처럼 거들먹거렸다. 그의 검은 정장은 번들거렸고, 짧게 다듬은 머리는 양옆으로 단정하게 넘겨져 있었다. 임규백 자신도 대견했다. 사업에 성공했듯이 자식 농사도 성공하고 있다고 생각했다. 자신의 선견지명과 수완 덕이라고 생각한 것이다. 고졸의 학력 콤플렉스를 큰아들이 다 극복해 주었다. 마치 자신이 대학에 합격한 마냥 들떠 있었고 행복해했다. 졸업식을 마치고 아들이 자신에게 다가올 때는 아주 자랑스럽고 좋아서 눈물을 흘릴 뻔했다. 동수의 두 동생, 동민과 동주는 형이며 오빠의 '위대한 여정'에 들러리였다. 동민이는 고2, 여동생 동주는 중3이다. 동민은 공부하기엔 운동 실력이 너무 뛰어나 육상을 하다가 그것도 여의찮아서 그만뒀다. 지금은 공부도 운동도 하지 않은 동수의 어머니 오은실 여사의 말처럼 '한량'이 다 되었다. 그래도 희망적인 것은 형 동수가 늘 강조한 책은 열심히 읽는다. 그의 지독한 독서가 학교를 시시하게 만들었다. 동주는 영민한 머리임에도 불구하고 국가대표 상비군이 될 정도로 뛰어난 운동 감각을 가지고 있어서 체조 선수의 길을 가고 있다. 자신의 꿈은 아니라고 늘 말하고 다닌다. 아버지의 입김이 강하게 불었다. 소년체전에서 이미 금메달을 7개를 따내었다. 본인의 의지라기보다는 아버지 임규백의 열정이다. 장남은 판검사, 둘째 아들은 자기 사업을 물려받을 장사꾼, 막내딸은 우아하고 아름다운 체조 요정으로 올림픽 금메달을 따기를 원한 것이다. 과외 금지 시대에도 어떻게든 3남매를 과외 시켜서 이제 큰 놈이 서울에 입성했으니 두 동생도 그렇게 되기를 원한 것이다. 중간중간에 임규백의 계획이 벗어날 뻔한 사건들도 있었지만 다행이다.

"내가 말이야, 이 동수를 어릴 때부터 제대로 키워놨어. 공부라는 게 그냥 시켜서 되는 게 아니야. 타고나야 하는 거라고. 요즘 같은 세상에 판검사 아니면 사람

대접 못 받는다니까? 우리 동수가 법대 갔으면 더 좋았겠지만, 뭐 문학도 괜찮지."

삼촌들이 맞장구쳤다.

"아유, 형님. 요즘 문학 하는 사람들도 방송국도 가고 출판사도 차리고 잘 나가잖아요!"

"그럼 그럼, 나중에 출세하면 우리도 기억해줘. 동수야!"

술잔이 오가고, 중화 요릿집 안은 연신 왁자지껄했다. 친척들은 이미 지겹도록 들어온 임규백의 무용담을 또다시 들어야 했다. 그러나 그들도 알고 있었다. 여기서 그의 말을 경청해야만 집으로 돌아갈 때 두둑한 용돈이 손에 쥐어진다는 사실을.

동수는 그 자리가 갑갑했다.

"아버지, 저 먼저 가볼게요."

"어딜 가?"

"약속 있어서요."

아버지는 술잔을 내려놓고 인상을 찌푸렸다.

"약속? 누구랑?"

"고등학교 때 과외 해줬던 형이요."

"과외?" 임규백은 코웃음을 쳤다.

"그 녀석은 뭐 하고 있는데?"

"졸업반이에요."

"법대냐?"

"아니요."

임규백은 더 이상 묻지 않았다. 법대가 아니라면 별로 중요한 인물이 아니라고 판단한 것이다. 동수는 그 틈을 타 식당을 빠져나왔다. 동생 동민과 동주도 따라 나오더니 각자 다른 약속이 있다며 다른 방향으로 흩어졌다. 동수는 신림동 녹두거리로 향했다. 아직 해가 완전히 기울진 않았지만, 좁은 골목길에는 이미 네온사인이 하나둘씩 깜빡이기 시작했다. 동수에게 고등학교 시절 훈장(?)을 달아준 선배 관우를 만난다는 기대에 조금은 상기되었다. 아버지와 일가친척들과 있을 때는 죽을 맛이었지만 나오니 시원하고 상쾌했다. 선배는 지금 대학 졸업반이다. 신림동 녹두거리 법학원에서 열심히 수업을 듣고 있을 것이다. 동수가 먼저 가서 잠깐 기다리기로 했다. 복개천을 따라 그 맑지도 않은 물에서 아이들이 놀고 있다. 언뜻 피라미 송사리가 보이는 듯했다. 한림법학원이라고 했던가? 수많은 법학원이 몰려 있어서 찾기가 조금 힘들었다. 전신줄 사이로 보이는 여러 학원을 보다가 드디어 찾았다. 법학원을 지나자마자 수많은 술집과 식당이 즐비해 있다. 동수의 선배 이관우는 '덕봉 식당'이라는 곳에 가 있으라고 했다. 한림법학원 대각선에 덕봉 식당이 있었다. 들어갔더니 사장님이 이미 동수를 알고 있었다. 아마도 촌놈 티가 난 모양이다.

문을 열고 들어서자, 중년의 주인이 곧장 동수를 알아봤다.

"관우 후배지? 안쪽 두 번째 방으로 가면 돼."

동수는 고개를 끄덕이며 안쪽으로 들어갔다. 미닫이문을 열자마자 콧속을 찌르는 담배 냄새와 오래된 종이 냄새가 섞인 공기가 훅 밀려왔다. 작은 책꽂이에는 법전과 일반 서적이 어지럽게 쌓여 있었고, 그 위로는 어울리지 않는 '어깨동무' 만화책과 '선데이 서울'이 놓여 있었다.

'참, 형답다.'

동수는 웃으며 자리에 앉았다. 그리고 그때, 문이 열리며 선배 이관우가 들어왔다.

"야, 동수야! 네가 진짜 서울로 올라왔구나!"

관우는 여전히 말투에 힘이 넘치고 상쾌한 사람이었다. 기분이 좋아지는 그런 사람이다.

"형, 오랜만이에요."

"이야, 이제 대학생이 다 됐네. 아니, 오늘부터 대학생이지? 근데 국문과라고? 법대 안 가고?"

"그냥… 그게 더 맞는 것 같아서요."

관우는 피식 웃으며 담배를 물었다.

"너도 참. 네 아버지 땅을 치시겠네."

"그러게요."

동수는 씁쓸하게 웃었다. 부모님의 기대를 충족시키지 못했다는 미안함과 그 기대에서 벗어났다는 해방감이 동시에 밀려왔다.

"형, 공부는 잘돼요?"

"공부? 죽을 맛이지. 하하하"

"형은 변호사 되시려는 거죠? 그때 말씀했던 인권 변호사? 조영래 변호사 같은 그런 변호사가 되겠다고 하셨는데?"

관우는 피식 웃었다.

"뭘, 인권이냐? 나 같은 주제가. 허허. 그냥… 살아남으려고 하는 거지."

그의 말투는 가벼웠지만, 그 안에는 묘한 비애가 서려 있었다. 그 순간, 동수는 자신의 미래를 떠올렸다. 부모님이 원하는 길이 아닌, 자신이 원하는 길을 걸을 수 있을까. 식당 바깥에서는 사람들이 오가는 소리가 들렸다. 녹두거리의 밤이 깊어가고 있었다.

동수와 관우가 만난 것은 동수 고2 때다. 당시는 충청도에서 최고의 고등학교라고 하는 광명 고등학교에 동수가 들어간 후, 공부는 하지 않고 엉뚱한 책만 읽는다고 동수 아버지 임규백의 친구이자 시청 공무원인 이정길이 임규백에게 자기 아들이 대명고 출신이고 지금은 서울의 최고의 A 대학 정치학과에 다니고 있으니 그 아이에게 동수 과외를 맡기라고 한 모양이다. 그것은 양쪽 부모들의 큰 실수(?)였다. 이정길의 심산은 자기 아들에게 용돈벌이나 하라고 나름 힘을 쓴 것이었다. 그러나 그 둘의 만남은 훗날 동수의 인생에 커다란 이정표가 되고, 부모들이 보기에는 똑같은 놈들이 서로 모여 빨갱이 책만 읽는 문제아가 된 것이다. 첫 만남은 동수도 관우도 별로(?)였다고 서로들 말한다. 당시 관우는 동수에게 과외 공부보다 더 열정적으로 시대의 아픔과 어려움에 대해 토로했다. 그는 조세희의 『난장이가 쏘아올린 작은 공』을 꺼내더니, 뫼비우스의 띠에 관해 설명하기 시작했다.

"이게 뭔지 아냐? 안과 밖이 구분되지 않는 구조야. 마치 우리 사회 같지 않냐? 가진 자들은 자신들만의 울타리 안에서 행복하다고 착각하지만, 사실은 우리가 다 연결되어 있어. 소시민적 개인주의? 그건 하나는 알고 둘은 모르는 거야. 진정한 행복은 모두가 함께여야 하는 거야."

동수는 충격을 받았다. 책을 읽고 나서도 이런 관점을 가진 적이 없었기 때문이다. 그의 생각이 흔들렸다. 그날 이후, 그는 공부보다 독서에 더 몰두했고, 관우와의 만남은 더욱 잦아졌다. 그리고 결국, 고등학교 시절 그는 학교 내 비리를 고발하고 데모를 주도했다. 당시 중등교육과 시설 개선 목적으로 정부에서 중·고교 시설 개선 지원비로 학교마다 화장실 개선 사업이 진행되고 있었다. 그러나 광명 고등학교는 교사 화장실 두 곳과 학생 화장실 한 곳만 개량용 수세식 화장실로 만들고 나머지 85% 이상의 시설 개선 지원비가 엉뚱한 곳에 쓰이기 시작했다. 일부는 자율이 없는 자율학습 경비로 교사들에게 지급되었고, 일부는 교장과 교감 교무주임의 대외 활동비로 지급되었다. 횡령 및 유용한 것이고 사적으로 공금이 사용되었다. 또한 자율학습 시 빵과 우유를 제공한다는 이유로 급식비를 교육청에서 수령하고는 횡령했고, 특정 학생들에게만 장학금을 몰아주는 부정을 저지르고 있었다. 동수는 그것을 알았지만, 고등학생이 감당하기엔 너무 큰 문제였다. 그러나 관우와의 대화는 그의 용기를 북돋웠다. 그는 교내에 대자보를 붙이고, 급우들을 선동했다. 그것이 그의 첫 항거였다. 그때부터 그의 길은 정해졌다. 이제 그는 단순히 부모의 기대에 맞춰 사는 사람이 아니었다. 자신만의 신념을 찾아가는 사람이었다. 관우가 동수의 아버지 임규백으로부터 혼쭐이 나고 내쳐질 그날 저녁, 그 수업이 마지막인 것을 알고 관우는 동수에게 이육사의 '절정'이란 시를 읽어 주고 마지막 수업을 마쳤다. 그리고 유쾌하게 너하고 나는 절정에 치닫는 아주 감각적 사이라고 했다. 그 말에 동수도 웃었다.

매운 계절의 채찍에 갈겨

마침내 북방으로 휩쓸려 오다.

하늘도 그만 지쳐 끝난 고원

서릿발 칼날 진 그 위에 서다.

어디다 무릎을 꿇어야 하나

한 발 재겨 디딜 곳조차 없다.

이러매 눈 감아 생각해 볼밖에

겨울은 강철로 된 무지갠가 보다.

이육사, 『절정』

'서릿발 칼날 진' 관우는 동수의 심장에 절정의 돌멩이를 던졌다. 그리고 꼭 서울서 보자고 약속했다. 동수는 과외 선생 없이도 문과 전교 338명 중 2등을 했다. 동수 아버지 임규백은 공장이 떠나갈 듯 외쳤다.

"그러면 그렇지! 임규백의 아들, 그놈의 씨가 어디가!"

14
공약삼장

1984년 6월 9일, 광명 고등학교. 오덕기는 담배를 비벼 끄며 학교 정문을 바라보았다. 교사용 화장실 앞이 아닌, 학생 화장실에 오덕기는 서 있다. 화장실을 죽 둘러보고는 손에 장갑도 끼지 않은 채, 화장실 안과 밖의 휴지와 담배꽁초들을 줍는다. 흡연 학생들이 오다가 돌아선다. 그리고 용변을 보려던 학생들도 함께 화장실 주변에 쓰레기를 줍는다. 오덕기 선생은 아무 말 없이 주운 쓰레기를 화장실 앞 쓰레기통에 넣고는 학생들을 돌아보며

"야, 이 녀석들아, 담배 피지 마! 머리 썩어."

하고는 웃는다. 오덕기는 2층 교무실 입구에서 들어가려다가 발걸음을 복도 쪽으로 옮긴다. 창밖을 보니, 이른 시간인지라 출근하는 교사들과 학생들이 하나둘씩 교정을 가득 메우고 있었다. 낡은 본관 건물 2층, 그곳에 있는 2학년 3반 교

실을 향해 무거운 발걸음을 옮겼다. 자율학습 시간. 보통 교사가 찾아오지 않는 시간이었지만, 오덕기는 그날 아침 문을 열고 교실 안으로 들어섰다. 칠판 앞 교탁에 서서 학생들을 둘러보았다. 고개를 숙이고 책을 읽는 아이들, 졸고 있는 몇몇, 작은 목소리로 속닥이는 무리. 그들은 평소와 다름없었지만, 오덕기의 눈에 그 모습이 평소보다 훨씬 흐릿하고, 멀게 느껴졌다.

"그냥 계속해. 공부할 놈은 공부하고, 잘 놈은 자고, 떠들 놈은 떠들고."

이상야릇한 말속에는 묘한 기운이 묻어 있다. 뭐랄까, 모든 것을 포기한 듯한 느리고 서글픈 소리랄까? 동수도 고개를 들었다. 순간 오덕기 선생과 눈이 마주쳤다. 반장으로서 동수가 뭔가 선생님이 할 말이나 있지 않을까? 하고 계속 주시했지만 오덕기는 이내 동수의 눈을 피하듯이 창가로 갔다. 오덕기는 운동장을 한번 쭉 훑어본다. 그리고 자신을 주목하는 학생들에게 하는 말인지 혼잣말인지 한마디 내뱉는다.

"개판이야. 나라도, 학교도, 썩을 놈의 세상!"

조용했던 교실이 웅성거린다. 뭔가 다짐했다는 듯이 다시 오덕기 선생은 교탁으로 온다.

"잘 들어! 그리고 정신 차려!"

학생들은 또 '공부 얘기겠구나'하고는 고개를 먼저 숙인다.

"고개 들어!" 그의 목소리는 단호했다. 학생들은 얼떨결에 고개를 들었다.

"너희들이 죄인이야? 아니지. 진짜 죄인들은 청기와 집에서 온갖 지랄을 하고 있지. 그 밑에서 똥파리들이 날아다니며 학교도, 세상도 망쳐놓고 있어. 정의 사회 구현? 교육을 통한 미래 인재 양성? 병영 국가에서 군바리들이나 키우고 있지!"

어느새 주먹을 꽉 쥐고 있었다. 학생들은 충격을 받은 듯 침묵했다.

"미안하다. 너희들에게 이런 푸념을 늘어놓을 줄이야. 누구도 이 문제에 관심을 가지지 않으니, 이젠 말할 곳도 없다."

동수가 조심스럽게 물었다.

"선생님, 무슨 문제가 있나요?"

오덕기는 동수의 눈을 보았다. 한동안 말이 없었다. 입술을 몇 번 떼었다 다물기를 반복하다가, 결국 조용히 고개를 숙였다. 한숨이 흘러나왔다. 그리고 다시 고개를 들었다.

"반장, 인사해봐."

"아, 지금 조회합니까?"

오덕기는 고개를 끄덕였다.

"차렷! 선생님께 경례!"

학생들은 우르르 일어나 인사를 했다. 그리고 다시 앉자마자 오덕기는 '조회 끝'이란 유언 같은 말을 남기고 교실을 나섰다. 곧장 교장실로 향했다. 교장실 문을 열었을 때, 교장은 교무부장과 몇몇 교사들과 이야기를 나누고 있었다. 오덕기는 속으로 생각했다. '더러운 공범들' 오덕기는 단호히 말했다.

"학교 그만두겠습니다."

"무슨 말인가? 갑자기 무슨 일이야, 오 선생?" 교장이 다급히 물었다.

"더는 못하겠습니다. 학생들에게 거짓을 가르치는 건 이제 지겹습니다."

"오 선생, 진정해! 지금 이 나라에서 그런 생각을 한다는 게 얼마나 위험한지 몰라?" 교무부장이 다가와 그의 팔을 잡았다.

오덕기는 천천히 교장과 교무부장을 번갈아 바라보았다. 그리고 한 마디만 남겼다.

"잘 먹고 잘사십시오!"

그는 미련 없이 문을 나섰다.

오덕기가 떠난 뒤, 교장은 한숨을 내쉬며 교감과 교무주임을 바라보았다.

"이 일을 어떻게 정리할까요?" 교무주임이 낮은 목소리로 물었다.

"개인 사정으로 사직했다고 공지해. 학생들이 이상한 말이라도 퍼뜨리면 바로 조치하고!" 교장은 단호했다.

"혹시라도 교육청에서 문제가 제기되면요?" 교감이 조심스럽게 물었다.

교장은 잠시 침묵하다가 낮은 목소리로 말했다.

"우리가 받은 지원금, 일부 조정한 건 우리만 아는 일이야. 몇몇 교사들도 연루 돼 있잖아. 다들 조용히 있는 게 좋을 거야."

교무주임이 끄덕였다.

"알겠습니다. 학생들한테도 입단속을 시키겠습니다. 오덕기 그 사람, 떠났으 니 더 이상 문제 삼을 일도 없겠지요."

교장은 깊이 고개를 끄덕였다.

"우리는 아무 일 없었던 것처럼 하면 돼. 알겠지?"

침묵이 흘렀다. 그 침묵 속에서, 서로의 이해가 교환되었다. 오덕기 선생의 갑작스러운 사직에 많은 학생은 동요했다. 누구보다 더 학생들을 사랑했던 선생인지라, 학생들도 느끼고 있었다. 그리고 '개인 사정'의 사직 핑계는 다 거짓말이라는 것을 모르는 학생들은 없었다.

동수는 집 근처 공중전화 부스에서 누군가와 열심히 통화하고 있다. 수화기를 꽉 움켜쥔 손에서 땀이 나는지 양손을 교환하면서 통화 중이다. 전화기 너머로 들려오는 익숙한 목소리에 가슴이 묘하게 두근거렸다.

"선배, 접니다. 동수!"

"그래, 동수야. 무슨 일인데 이렇게 다급하게 전화했어?"

잠시 머뭇거리던 동수는 깊이 숨을 들이마셨다. 그리고 결심한 듯 입을 열었다.

"우리, 움직이려고 해요. 학교에서."

잠시 정적이 흘렀다. 수화기 너머에서 관우가 낮게 웃으며 말했다.

"드디어 결심했구나. 너희도 이제 참을 수 없다는 거지?"

"네. 오 선생님이 떠난 것도 그렇고, 학교에서 계속 학생들을 억누르려고만 해요. 게다가 교장과 교감이 지원금을 빼돌린 것도 알아냈어요. 우리는 더 이상 가만히 있을 수 없어요."

동수의 목소리가 단단해졌다.

"맞아. 부당함에 맞서는 건 당연한 일이야. 하지만 너희는 아직 학생이고, 위험할 수도 있어. 정말 각오한 거지?"

관우는 동수에게 어떤 의지를 불어 넣어 주고 있었다. 동수는 잠시 눈을 감았다가 떴다. 그리고 하늘을 보니 별이 유난히 반짝였다. 전화기 부스 근처 놀이터는 평소와 다름없이 평온해 보였다. 모든 것이 겉으로는 평온해 보이는 세상에서 혼자서 전쟁을 치르고 있는 동수의 가슴은 콩닥거렸다. '각오?'

"네. 저희도 해야 할 일이 있다고 생각해요. 선배가 예전에 했던 말 기억나요? '참는 게 미덕이 아니라 때로는 저항하는 게 더 큰 용기'라고요. 지금이 바로 그때인 것 같아요." 수화기 너머에서 관우가 조용히 숨을 내쉬었다.

"좋아. 너희가 움직이면 나도 가만히 있을 수 없지. 우리 학교 광명 동문도 나름 움직여 볼게. 필요하면 우리 쪽에서 도움도 줄 테니까, 계획을 자세히 말해봐."

동수의 눈빛이 더욱 견고해졌다. 이 전화 한 통이, 그에게 확신과 용기를 주고 있었다.

6월 20일 점심시간, 2학년 3반 교실 뒤편. 교실 앞, 뒤에는 한 명씩 망을 서고 있다.

"이대로 있어선 안 돼. 오 선생님이 왜 떠났는지, 우리 눈으로 똑똑히 봤잖아."

"그렇다고 우리가 뭘 할 수 있겠어?"

2학년 5반 반장이 한숨을 쉬었다.

"우리가 목소리를 내야 해. 가만히 있으면 달라지는 게 없어. 학교가 우리를 위한 곳이 아니라는 걸 증명해야지."

"방법이 있어?"

동수는 교과서를 책상에 내리쳤다.

"도덕 교과서를 찢어버리는 거야. 우리가 배운 대로 학교는 운영되지 않아. 정의 사회 구현? 다 개소리라고. 우리는 저항해야 해."

반장들은 서로를 바라보았다. 일부는 동조하는 눈빛이었고, 일부는 망설이고 있었다. 동수는 갈등하는 반장들에게 우리만이 아니라는 것을 강조하기 위해 말을 계속 이어 갔다.

"우리끼리 하면 안 돼. 3학년 선배들, 특히 태권도부, 유도부도 움직이게 해야 해. 교무실 앞에서 교사들이 움직이지 못하게 막고, 운동장에서 우리가 행동하는 거야. 이건 대학교 선배 중 광명 동문이 3학년들을 설득하기로 했어."

"그럼 교사들이 막으면? 선생님들을 물리적으로 대할 수는 없잖아?"

"우리는 비폭력으로 가야 해. 한용운 선생의 공약삼장을 따르는 거야. 폭력이 아니라 신념으로 맞서야 해."

침묵이 흐르던 순간, 2학년 2반 반장이 결심한 듯 말했다.

"좋아, 같이하자."

이내 다른 반장들도 하나둘씩 고개를 끄덕였다. 동수는 결의를 다지며 손을 꽉 쥐었다. 동수는 '우리는 우리가 배운 대로 하자'고 다시 한번 반장들을 다짐시켰다. 3.1만세 운동과 기미독립선언서를 언급했다. 만해 한용운의 매력적인 행동 강령이 동수를 더욱 뜨겁게 했다. 또한 구호 이외에 어떤 변명이나 말도 하지 않는다. 이런 행동 강령은 3.1 만세 운동 때 기미독립선언서의 한용운 선생의 공약 삼장을 모델로 삼았다.

공약삼장

하나, 금일 오인(吾人)의 차거(此擧)는 정의, 인도, 생존, 존영을 위하는 민족적 요구이니, 오직 자유적 정신을 발휘할 것이오. 결코 배타적 감정으로 일주(逸走)하지 말라.

하나, 최후의 일인까지 최후의 일각(一刻)까지 민족의 정당한 의사를 쾌히 발표하라.

하나, 일체의 행동은 가장 질서를 존중하야 오인(吾人)의 주장과 태도로 하여금 어디까지던지 광명정대(光明正大)하게 하라.

도덕 교과서를 찢는 행위는 교과서의 내용대로 우리는 가르침을 받았으나, 학교는 그대로 행하지 않는다는 것에 저항! 즉, 이런 교과서는 찢어야 한다는 의미와 저항이 담겨 있다.

거사의 날! 동수와 7개 반 반장은 긴장하고 있다. 2개 반 반장이 자기들은 참석하지 않겠다고 했으나, 동수는 관우에게 배운 대로, 이렇게 가면 같이 망한다! 결국 비리는 밝혀질 것이다. 그러나 그 시간과 때가 중요하다. 우리에게 주어진 권리, 교육기본법 제3조의 즉 학습권과 건강권을 포기해서는 안 된다 말로 설득했다. 거사는 시행되었다. 6월 25일, 광명 고등학교 운동장. 그날, 오덕기가 떠난 광명 고등학교에서 학생들은 들불처럼 일어났다. 조회가 끝나자, 학생들은 준비한 대로 가방을 메고 운동장으로 나갔다. 그리고 각자의 가방에서 도덕 교과서를 꺼내 들었다. 동수가 외쳤다.

"하나!" 학생들은 교과서를 찢기 시작했다. 종잇조각들이 공중으로 흩날렸다.

"둘!" 교과서가 사방으로 날아갔다. 마치 흰 눈처럼 운동장을 뒤덮었다.

"셋! 정의 사회 구현!" 운동장이 울렸다. 남학생들만 있는 학교였기에, 그 함성은 교정을 넘어 시내로 퍼져나갔다. 교무실에서는 인간 바리케이드와 교사들이 몸싸움을 벌였다. 그들은 힘을 쓰느라 신음 소리를 내었지만 침묵했다. 3학년 태권도부, 유도부, 사격부 학생들이 동수를 도왔다. 교무실에 있지 않던 몇몇 교사들이 몽둥이를 들고 다가오려 했지만, 학생들의 기세에 눌려 물러났다. 1학년들은 교실 창문을 열고 따라 외쳤다. 3학년들은 손뼉을 치며 응원했다. 결국 전교생이 시위에 동참했다. 7개 반 만 참여할 줄 알았지만, 막상 행동으로 옮겨지니, 젊은 가슴들이 뜨거워졌는지, 아니면 재미 삼아 동조했는지 11개 반 중에서 9개 반이 참여했다. 500여 명의 학생들이 운동장에서 교과서를 찢는 광경은 동수의 눈시울이 붉어질 정도였다. 광명시 교육청에는 전화가 빗발쳤다. 교육감은 급히 차를 타고 광명 고등학교로 향했다. 날씨는 더욱 찌는 듯했다. 교육감의 얼굴이 붉어졌다. 장학사 두 명도 동행했다. 교육감은 눈을 감았고, 여자 장학사가 연신 옆에서 무언가 설명하고 있었다.

15
무례한 여자

무기정학. 동수와 7개 반 반장에게 떨어진 징계였다. 무기정학인데 학교는 계속 나와야 한다는 조건과 학교 수업 후 학교 운동장에 풀, 돌 등 이물질을 제거하는 시간이 2시간이라고 한다. 학교 측에서도 교장 이하 교감, 교무주임과 가담 교사들은 경위서 및 감봉의 징계를 받고 화장실 전체를 전면 수세식으로 개선하기로 교육청과 학교가 약속했다. 대신 이 사건이 학교의 전통과 명예에 누가 되지 않도록 경찰이나 외부 수사 기관으로 확대하지 않기로 했다. 선배 동문이 수사를 통한 진상 규명을 요구했으나 결국, 재학생들을 보호하는 차원에서 멈추기로 했다. 재학생들이 학교 기물을 파손하지는 않았으나, 교권을 침해하는 수업의 집단 거부와 교내에서 교과서를 찢는 행위 또한 집단 폭력에 따르므로 학생들에게 수사가 진행되면 학생들에게 고스란히 피해가 전가된다는 것이다. 동수 외 선동자

7명 무기정학, 그리고 교무실에서 인간 바리케이드를 섰던 27명 전체 유기정학으로 모든 것이 마무리되었다. 겉으로는 유기, 무기정학이었으나 학교 측에서는 행정적으로 처리하지는 않았다. 학교 측이 일말의 반성이 있어서가 아니라, 대부분의 선동자가 유력한 대학에 입학할 수 있는 상위권 학생들 이었기에 그들에게 행정적 피해를 준다면 학교 측은 대학 입학 성과에서 막중한 손해를 볼 것이기 때문이였다. 이는 학교 측의 배려라기보다는 학교 스스로 전통과 명문의 허울을 이어 나가기 위한 불가피한 선택이었다. 물론 이 모든 뒷거래(?)에는 동수의 아버지 임규백 사장의 입김이 작용했다.

운동장 한쪽에서는 학생들이 풀을 뽑고, 돌을 골라내고 있었다. 7월의 태양이 내리쬐는 늦은 오후, 공기마저 끈적거렸다. 몇몇 학생들은 축제 준비에 신이 나 있었다. 3년 전 없어진 축제가 부활한다는 소식에 교내 분위기가 들떴다. 하지만 동수에게는 이 모든 것이 불쾌했다.

"야, 너도 기대되지 않냐? 광명여고 애들도 온다는데?"

체육복 바지를 무릎까지 걷어 올린 5반 반장 종태가 옆에서 웃으며 말했다. 그의 손에는 뽑아낸 풀들이 가득했다.

"그렇겠지."

동수는 건성으로 대답했다. 종태는 낄낄대며 다른 친구들에게 가버렸다. 남은 풀과 돌을 손에 쥐고 있던 동수는 그것들을 다시 운동장 한가운데로 힘껏 던져버렸다. 작은 먼지가 일었다. 함께 무기정학을 맞은 5명이 동수를 보면서 눈치를 보고 있다. 2명은 두통을 호소하며 양호실에 있었다. 동수는 이 모든 것이 가증스러웠다. 불과 한 달 전, 학교에서 '화장실 사건'이 터졌을 때, 분위기는 싸늘했다. 학생들은 분노했고, 어른들은 침묵했다. 하지만 이제는? 축제라는 이름 아래 모든 것이 잊히고 있었다. 그것도 한여름의 무더위 속에서, 광명여고와 함께라니.

'우민화 정책이 따로 없지.'

동수는 혀를 찼다. 공부를 강조하던 학교가 갑자기 축제를 부활시킨다는 것은 뻔한 수였다. 저기 높은 분들 따라가는구나. 3S 정책. 스포츠! 스크린! 섹스! 우민화를 위한 교묘한 장치들. 생각할수록 기분이 나빠졌다. 교육청과 학교는 학생들을 들뜨게 만들고 있었다. 분노를 잊게 하려고, 환상을 심어주기 위해서. 그는 운동장 구석에 있는 벤치로 향했다. 벤치 위에는 햇볕이 내리꽂히고 있었지만, 그는 신경 쓰지 않고 털썩 주저앉았다. 바닥에 던져진 돌멩이 하나를 발끝으로 굴리며 생각에 잠겼다.

'결국, 다 잊게 되는 건가.'

그날, 운동장에서의 함성과 외침. 무언가 학생들이 해 내었다는 자부심. 물론 징계는 있었지만 그래도 뭔가 바뀌고 있다는 생각도 했다. 그러나 어쩌면 다시 모든 것이 원래 대로 돌아가고 있는 느낌이다. 화장실 개선한다고 자재들을 옮겼지만 정작 어떤 공사도 진행되지 않고 있었다. 어른들은 귀를 막았고, 교육청은 서둘러 사건을 무마했다. '이제는 축제라니. 바보가 되는 건 우리인가, 아니면 바보로 만든 저들인가?' 동수는 고개를 숙였다. 피로감이 몰려왔다. 손으로 얼굴을 훑자, 손끝에 이물감이 느껴졌다. 뺨을 타고 흐르는 것이 땀이 아니라는 걸 깨달았다. 그는 작게 헛웃음을 흘렸다. 누구를 위해 우는 걸까. 나를? 친구들? 고개를 드니 하늘에서는 만국기가 펄럭인다. 축제는 이미 시작된 느낌이다. 멀리서 공범자(?)들이 웃으며 운동장의 동쪽 편 나무 그늘 아래서 잡담하고 있다. 무기정학 받은 친구들을 감시하던 체육 교사도 이제는 우리가 관심 밖이다. 여름 축제 준비로 시끌벅적한 학교. 그러나 그 소음이 동수에게는 점점 멀어지는 듯했다. 붉어진 눈으로 고개를 숙인다.

축제 첫날, 동수는 학교에 가지 않았다. 무기정학의 징계도 끝났고, 더 이상 학교에 얽매일 필요도 없었다. 두 번째 날도 마찬가지였다. 애초에 갈 생각도 없었다. 그는 늦잠을 청하며 침대에 몸을 깊숙이 묻었다. 잠이 들었는가 싶었는데 초인종 소리가 계속 울렸다. 처음에는 무시했다. 부모님도 바쁜 일정으로 외출했고, 동생들도 학교에 갔으니 집에는 혼자였다. 하지만 벨 소리는 끊임없이 울려댔다.

"대체 누구야?"

투덜거리며 방문을 열고 거실을 가로질러 문을 열었다. 문 앞에는 긴 생머리의 여학생이 서 있었다. 얼굴보다는 광명여고 교복에 눈이 먼저 갔다. 이름표에 유경희. 유경희? 익숙한 이름이지만 바로 기억이 나지 않았다. 두꺼운 뿔테안경에 얼굴이 반쯤이나 가려졌지만 익숙한 얼굴이었다. 기억이 또렷하지 않았다.

"무슨 일로?"

여학생은 아무 말 없이 천천히 안경을 벗었다. 순간, 기억이 떠올랐다.

"아, 경희 누나!"

유경희. 중학교 때 같은 교회를 다녔던 누나였다. 교회 공부방에서 같이 공부했던 기억도 난다. 함께 공부했던 날은 그리 길지 않았다. 어느 날 갑자기 몸이 몹시 아프다며 공부를 중단했고, 이후 교회에서는 그녀의 쾌유를 위해 기도했었다. 동수도 아버지의 요구대로 고등학생이 되자마자 교회를 다니지 못했다. 이 일로 아버지와 할머니와의 갈등은 더 심각해졌다. 안 그래도 할아버지 돌아가신 후 재산 문제로 임규백 씨와 그 다섯 동생들 간의 재산 상속으로 할머니와 틀어져 있었는데, 할머니의 믿음의 자랑인 손자마저 빼앗겼다고 노발대발했던 기억이 어슴푸레하다. 이후 할머니로부터 경희 누나의 병이 더욱 심해져서 기도하라는 말을 들은 적이 있다. 그런데 지금은 멀쩡히 동수 앞에 서 있었다.

"누나, 아프다고 했는데, 괜찮아요?"

경희는 부드럽게 웃었다.

"응, 많이 나아졌어. 잘 지냈어?"

"네…. 그런데 어떻게 저의 집을?"

"오늘 너희 학교 축제에 갔었어. 너 보려고. 근데 네가 안 와서 너희 친구들에게 물어물어 찾아왔지. 그리고 옛날처럼 반말해. 어색하다 애!"

동수는 멋쩍게 머리를 긁적였다.

"아. 그래도, 근데 누나, 고3인데 축제에 와도 돼요? 아니, 돼?"

"야, 고3도 쉬어야지. 온종일 공부만 하면 숨 막혀. 너야말로 왜 안 왔어?"

"그냥, 뭐 이런저런 일로, 난 학교가 안 맞는 거 같아서"

동수는 괜히 고개를 숙인다. 경희는 동수를 빤히 바라보다가 살짝 웃으며 말했다.

"넌 예전부터 뭔가 고민이 많았어. 그렇지? 그리고 너, 우리 여고에서도 유명해. 데모 주동했다며? 대단하다. 너! 존경스러워!"

동수는 그 말에 피식 웃었다.

"누나도 여전하네. 사람 마음 잘 읽는 거."

경희는 장난스레 눈을 찡긋하며 말했다.

"계속 이렇게 이쁜 누나 세워둘래? 나가자. 오늘 날씨가 맑다고 했는데 조금은 흐려졌네."

동수는 이 누나가 이렇게 밝았나? 속으로 생각하고 잠시 기다려 달라고 하고 외출복으로 갈아입었다. 동수는 교복을 입지 않고 가벼운 티셔츠와 갈색 긴 바지를 입고 나갔다. 나갈 기분은 아니었다. 그런데 시간을 내어 굳이 이렇게 찾아온 데는 뭔가가 있지 않을까 생각했다. 거부할 수 없는 어떤 기운이 경희에게 서려 있어서 따라나섰다. 비라도 올 것처럼 하늘이 잿빛으로 물들고 있었다. 뜨거운 아스팔트 위로 바람이 한 줄기 지나갔다. 습기 머금은 공기가 몸을 휘감았다. 동수는 경희를 따라 무작정 걷고 있었지만, 어디로 가는지도 모른 채였다. 아니, 애초에 가야 할 이유조차 알지 못했다. 그런데 경희는 목적지가 있는 사람처럼 걸음이 빨랐다. 한 치의 망설임도 없이 앞서가는 그녀를 보며 동수는 속이 울렁거렸다. 뭐라도 아는 것처럼, 자신을 어디론가 끌고 가는 그 태도가 못마땅했다. 그때 경희가 돌아보며 물었다.

"기억나?"

동수는 한쪽 눈썹을 올렸다.

"뭐가?"

"정요셉 전도사님."

그 순간, 동수의 발걸음이 약간 느려졌다. 귀에 익은 듯한 이름이었지만, 선뜻 얼굴이 떠오르지 않았다. 전도사? 어디선가 들어본 적은 있는 것 같았지만, 이게 왜 지금 문제 되는지 알 수 없었다.

"누구?"

경희는 피식 웃었다.

"역시. 기억 못 할 줄 알았어."

"그럼 묻지 말던가?"

동수는 한숨을 쉬며 말했다.

"근데 그래서 그 사람이 뭐?"

"그분 어머니를 만나러 가는 길이야."

"왜? 무슨 일로?"

갑자기 동수는 자신이 알지도 못하고 약속도 하지 않았는데 누군가를 만나야 한다는 것이 아무리 직접 자신을 찾아온 사람이라 해도 무례하다고 생각하고 짜증이 났다. 땀을 훔치며 경희를 쏘아봤다. 대체 언제부터 자기 일정까지 정해주는 사람이 생겼던가. 그런데 경희는 동수의 불만 따위는 신경도 안 쓰는 표정이었다.

"정 전도사님, 돌아가셨어."

말이 너무 간단했다. 그가 누구인지도 모르는 동수 입장에선 더더욱.

"그래서?"

경희는 심드렁하게 고개를 끄덕였다.

"그리고 그분이 내게 심장을 주셨어."

동수의 발이 딱 멈췄다. 지나가던 자전거 한 대가 급히 핸들을 꺾으며 휙 지나갔다.

"뭐라고?"

"내 심장, 정 전도사님 거야."

경희가 가볍게 가슴께를 두드리며 말했다. 마치 교복 속에 작은 기념품이라도 숨겨 둔 사람처럼, 아무렇지 않게. 동수는 말문이 막혔다.

"……장기 기증?"

"응, 그분 덕에 여섯 명이 새 삶을 얻었거든. 나도 그중 하나고."

동수는 미간을 찌푸렸다. 머릿속이 복잡했다. 낯선 이름, 낯선 사연. 그리고, 터무니없는 연결고리.

"그러니까 그게 나랑 무슨 상관인데?"

경희는 여전히 여유로운 미소를 지었다.

"너도 그분 덕에 살아 있는 거야."

"뭐?"

"오래된 얘기지, 기억도 못 할 만큼. 적어도 너는"

이제는 말장난처럼 들렸다. 동수는 헛웃음을 지었다.

"웃기지 마! 그런 일이 있으면 내가 몰랐을 리 없잖아."

"그러게. 근데 몰랐잖아?"

경희는 태연하게 걸음을 옮겼다. 저 앞 건널목의 신호등이 깜빡이고 있었다. 그녀를 따라가는 동수의 머릿속을 온갖 생각이 헤집었다.

"우리 부모님도 알아?"

이번에는 경희가 대답을 미루었다. 동수는 그 침묵이 더 신경 쓰였다.

"말해 봐. 알아?"

경희가 가볍게 어깨를 으쓱였다.

"알지. 아니, 어쩌면 가장 잘 아는 사람들일걸?"

동수의 얼굴이 굳어졌다.

"그래서, 지금 나한테 뭘 하라는 거야?"

"이옥분 권사님한테 가서 감사하다고 해야지. 권사님도 너를 많이 보고 싶어하고. 너에게 아들의 흔적이 있다고 생각하거든."

"……감사하다고?"

"그래. 네 생명을 구한 사람의 어머니잖아."

"그렇다고 나한테 동의도 없이 무작정 가는 것은 아닌 것 같은데⋯⋯ 누나, 이렇게 막 나가는 사람이었어?"

동수의 목소리는 격앙되었다.

경희는 가만히 서서 그런 동수를 물끄러미 바라보았다. 지나가는 사람들이 힐끗 쳐다보았다. 경희는 동수를 앙탈 부리는 어린아이 보듯이 지긋이 보더니 말했다.

"너희 집에서 내가 여기 가자고 하면 너, 따라왔겠니? 나도 이렇게 하는 것이 무례하다는 거 알아? 그런데 너희 부모님은 말이 안 통하시는 분들이야. 적어도 너는 너의 생명이 그냥…. 그냥 사는 것이 아니라는 것을 알게 하고 싶었어. 뭐, 내가 너하고 무슨 관계가 있는 것은 아니지만, 너 건강하게 잘 사는 모습. 너무 감사했어. 그래도 너의 삶이 그냥 사는 삶이 아니라는 것을 알아야 할 것 같았어. 무례했다면 미안해."

이제는 화가 났다. 부모님은 왜 말하지 않았을까? 그리고 이 여자, 경희는 왜 이런 걸 자기보다 먼저 알고 있는 걸까?

하늘이 어두워지고 있었다. 먹구름이 몰려들며 빗방울이 떨어질 듯했다. 동수는 문득 기분이 묘해졌다. 어쩌면, 지금 자신이 알고 있는 삶이 전부가 아닐지도 모른다는 불길한 예감이 들었다.

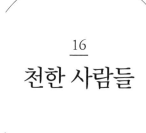

16

천한 사람들

비가 한두 방울씩 떨어졌다. 동수는 하늘을 올려다보며 걸음을 잠시 멈추었다. 우산을 챙기지 않은 게 아쉬웠다. 그 옆에서 유경희가 난처한 표정으로 걸음을 재촉했다. 안 그래도 푹푹 찌는 7월의 더위에 습기까지 더해지니, 온몸이 뜨거운 수증기 속에 갇힌 듯 불쾌감이 극에 달했다. 대로에서 언덕길로 접어들자 작은 산이 보였다. 매미 소리가 시끄러운 도시의 소음을 더욱 소란스럽게 만들었다. 막 골목길로 들어서려던 찰나, 뒤에서 동수를 부르는 소리가 들렸다.

"임동수! 임동수!"

뒤를 돌아보니 오은실 여사의 운전기사, 곽 씨 아저씨였다. 이른 퇴근길이었다. 오은실은 한창 개발 붐이 일고 있는 분당에 투자를 위해 양재동에서 한지 도매업과 부동산 사업을 하는 중이다. 아무리 사업이 잘되어도 아들이 제 뜻대로 되지 않으니 속이 편하지 않았다. 아들이 정학 맞고 학교와 불화하고 마음에 어려움이 있으니 아들도 위로할 겸 저녁이나 손수 지어 주려고 서둘렀다. 시간과 공간의 일치가 흔하지는 않으나 어느 지점에서는 하늘의 장난처럼 만나지 말아야 할 사람들이 만나는 경우도 흔히 있다. 맞다. 하필, 그 시간에 그 공간에서 그들은 만났다. 곽 씨 아저씨가 동수를 보고는 눈짓으로 아래를 가리킨다. 그 아래를 내려다보니 검은 승용차의 뒷좌석 문이 열려 있었고, 그 안에서 오은실 여사가 손짓하고 있었다. 동수는 경희를 힐끗 바라보았다. 그녀의 얼굴이 굳어 있었다. 두 사람은 천천히 차를 향해 내려갔다.

오은실 여사는 차에서 내렸다. 낮은 굽이 뜨거운 아스팔트 위에서 또각또각 소리를 냈다. 그녀의 매서운 시선이 동수를 지나 경희에게로 옮겨갔다.

"너희들, 언제부터 만난 거니?"

동수는 당황했지만 담담한 척 대답했다.

"오늘 처음 만났어요. 예전에 교회에서 알던 누나예요."

오은실 여사는 코웃음을 치며 경희를 보았다. 경희는 입술을 깨물었지만 이내 허리를 곧게 세웠다.

"안녕하세요, 어머님."

정중히 인사한 후 덧붙였다.

"동수하고 이옥분 권사님 댁에 가려던 참이었어요."

오은실 여사의 눈빛이 차갑게 빛났다.

"이옥분? 거길, 왜 동수가 가니? 그리고 넌 고3 아니니? 여기서 이럴 시간 있어?"

유경희가 말을 잇기 전에 오은실 여사가 날 선 목소리로 말을 자르며 이내 한마디 더한다.

"아무것도 모르는 애한테 이게 무슨 짓이니?"

경희는 두 손을 꼭 쥔 채 아무 말 없이 오은실 여사를 바라보았다. 동수는 답답함에 목소리를 높였다.

"아니, 대체 무슨 일이길래 다들 나한테 말을 안 해 주는 거야?"

경희를 바라보며 다시 물었다.

"누나, 대체 뭐야? 뭔데 이렇게들…"

경희가 조심스레 입을 열려던 순간, 오은실 여사가 손을 들어 또다시 말을 끊었다.

"집에 가자, 동수야. 알 필요 없어!"

그녀의 말투는 단호했지만, 표정은 한층 어두워져 있었다. 마치 그 이야기를 꺼내는 것이 극도로 불편하다는 듯이. 동수는 혼란스러웠지만 어머니의 눈빛에서 더 이상 거부할 수 없음을 느꼈다. 그는 경희를 돌아보았다.

"누나, 나도 자초지종을 알아야 움직일 수 있을 것 같아. 다음에 봐."

경희는 말없이 그를 바라보았다. 차가 출발했다. 뒷유리를 통해 보이는 경희는 뜨거운 햇볕 아래서 우두커니 서 있었다. 매미 소리가 더욱 요란하게 들려왔다.

차 안은 무거운 침묵 속에서 달리고 있었다. 곽 씨 아저씨는 백미러로 한 번 동수를 바라보았지만, 곧 시선을 돌렸다. 오은실은 창밖을 바라보며 아무 말이 없었다. 동수는 어머니가 이야기를 꺼낼 때까지 기다렸다. 그러나 그녀는 쉽사리 입을 열지 않았다. 한참을 달린 후, 동수가 먼저 조용히 입을 열었다.

"어머니, 도대체 무슨 일이에요?"

그녀는 한숨을 쉬며 고개를 돌렸다.

"넌 몰라도 돼."

"그게 말이 돼요? 경희 누나는 내가 반드시 알아 한다고 했는데?"

"그건…."

오은실은 말끝을 흐리며 잠시 뜸을 들였다. 손끝이 미세하게 떨리고 있었다. 어쩌면 그녀 자신도 이 이야기를 하는 것이 싫었던 것인지도 모른다. 동수가 알 필요 없는 이야기. 아니, 애초에 묻어두고 싶었던 이야기.

"동수야, 이건 그냥 지나간 일이야. 네가 알 필요도 없고, 알았다고 해서 달라질 것도 없어."

그녀의 목소리는 차가웠다. 아니, 차갑다기보다 애써 감정을 배제하려는 듯한 어조였다.

"하지만 어머니, 저분들이랑 우리 가족이 무슨 관계인지도 모르겠고, 왜 경희 누나가 그렇게까지 하려는 건지도 모르겠어요."

오은실은 조용히 눈을 감았다가 뜨며, 창밖을 바라보았다. 주마등처럼 솟아오르는 과거가 오은실을 아프게 한다. 가슴 저 밑이 아려움을 느낀다. 결국은 틀어져 버린 삶에 대한 불길한 직감들과 그것들로 인한 두려움과 고통스런 삶의 연속. 돈이나 권력도 해결해 주지 못하는 심적 압박과 한때의 자기 연민이 결국 자신들을 보호하는 것 같았으나 진실은 언제나 드러나는 것을 좋아한다는 사실을 깨닫는다. 그때 그 시절로 돌아가면 그렇게 살지 않을 수 있을까? 오은실은 고뇌 어린 눈빛 속에서 자신의 죄가 아들에게 형벌로 내려질까 두렵고 떨린다.

1971년 여름, 중랑 시장 입구. 장마로 불어난 중랑천. 항상 범람이 일상이었던 이곳 주민들과 시장 상인들은 조심에 조심을 더해야 했다. 그때, 세 살배기 동수가 시장에서 어머니 오은실의 손을 놓치고 길을 헤매다 개울 근처로 가게 되었다. 소나기가 쏟아지는 날, 한눈을 판 순간 동수는 미끄러져 급류에 휩쓸려 떠내려간다. 이를 목격한 중학생 정요셉은 당시 14살이었다. 자신도 몸이 불편한데도 개울로 뛰어들었다. 선천성 천식과 소아마비로 걷는 것도 불편한 몸이었지만, 그는 있는 힘을 다해 동수를 붙잡고 강가로 밀어 올린다. 하지만 그 과정에서 물을 잔뜩 마시고 천식 발작이 심해져 쓰러진다. 정요셉은 병원에서 한동안 치료를 받아야 했고, 그의 어머니 이옥분은 아들의 건강이 더 악화한 것을 보며 가슴을 쳤다. 오은실은 아들의 생명을 구해준 정요셉 모자를 찾아 감사의 인사를 전하며 친분을 쌓는다. 그러나 시간이 지나면서 동수의 집안이 사업으로 부유해지자, 오은실은 이옥분과의 인연을 점차 멀리한다. 자신이 이런 사람들과 친분이 있고 신세진 것이 어느 순간 부끄러웠다. '천한 사람들'과 가까이 지냈다는 사실이 수치스러웠다. 결국, 동수네는 강남으로 이사하며 연락을 끊는다. 정요셉 모자는 가난 속에서도 묵묵히 신앙을 지켰고, 정요셉은 목회자의 길을 걷기로 결심한다. 신학생이 된 정요셉은 자신의 건강을 돌보지 않고 헌신적으로 성도들을 위해 일한다. 그러나 과로와 지속된 천식 발작으로 인해 몸 상태가 급격히 나빠진다. 결국 청색

증을 동반한 심각한 천식으로 병원에 입원하게 되고, 상태가 악화된 그는 장기 기증을 결심한다. 그의 유언장에는 '내 심장은 유경희에게 가기를 원한다'라는 문장이 적혀 있었다. 유경희는 같은 교회의 성도로, 선천적 심장 질환을 앓고 있었다. 정요셉의 모친 이옥분과 유경희의 모친 정정화는 이 일의 전후 사정을 잘 알고 있었다. 특히 정정화는 오은실이 과거 정요셉을 외면했던 일을 기억하고 있었고, 늘 딸에게 "동수가 커서라도 이 은혜를 알아야 그 가정이 하나님의 복을 받을 수 있을 것"이라고 말했다. 몇 년 후, 유경희는 정요셉이 남긴 유언과 자신의 생명을 이어준 사람이 누구인지에 대해 깊이 고민한 끝에 동수를 찾아 나선 것이다.

"30년 전 일이야. 네가 세 살 때… 네가 개울에 빠졌던 적이 있었지."

동수는 그 말을 듣는 순간, 알 수 없는 싸늘함이 온몸을 타고 올라오는 걸 느꼈다. 그는 무의식적으로 숨을 들이마셨다.

"그때… 한 학생이 널 구해줬어. 이름은 정요셉."

그녀의 목소리는 점점 더 작아졌다. 동수는 조심스럽게 물었다.

"그럼, 그분이… 돌아가셨다는 게 사실이에요?"

오은실은 아무 대답도 하지 않았다. 그녀의 표정은 닫힌 문처럼 단단했다. 그러나 동수는 이제 감을 잡기 시작했다.

"그런데 어머니는 왜 그걸 숨겼어요?"

오은실은 갑자기 격앙된 듯한 표정을 지었다.

"왜냐고? 넌 몰라도 되니까! 시시콜콜한 과거사를 네가 알아서 뭐 할 건데? 너한테 무슨 도움이 된다고?"

그녀의 목소리는 흔들리고 있었다. 하지만 동수는 이제 더는 침묵할 수 없었다.

"하지만… 내가 살아 있는 게 그분 때문이라면, 그걸 모른 채 사는 게 더 이상한 거 아닌가요?"

그 말에 오은실은 고개를 돌려버렸다. 마치 더 이상 이 대화를 이어갈 힘이 없다는 듯이. 동수는 창밖을 바라보며 깊은 한숨을 쉬었다. 유경희의 갑작스러운 방문과 당혹스러운 만남의 이유. 그의 말처럼 '그냥 사는 인생이 아닌' 그런 삶이라면 최소한의 예의를 지키는 것이 도리가 아닌가? 동수는 머리를 흔들며 눈을 감았다.

"너와 나의 존재는 어떤 많은 사람의 희생과 아픔이 있었다는 사실을 기억해야 한다. 한 사람의 삶에는 수많은 사람의 삶이 연결되어 있다는 사실을 기억해야 한다."

동수는 차량의 창을 열었다. 뜨거운 바람일망정 마음을 시원하게 했다. 동수 혼자 중얼거려 본다.

"모든 삶은 연결되어 있다고? 저 바람처럼."

17
거자필반(去者必返)

노량진의 겨울은 을씨년스러웠다. 회색빛 하늘 아래 빽빽이 들어선 건물들, 바쁘게 움직이는 사람들. 동수는 정일여고 정문을 나서며 두터운 숨을 내쉬었다. 기말고사가 끝난 탓인지 학교는 평소보다 한산했고, 교무실 안도 조용했다. 그러던 찰나, 한 통의 전화가 걸려 왔다.

"선생님, 어떤 분이 정문 앞에서 기다리고 계십니다."

동수는 순간적으로 머릿속이 복잡해졌다. '누구지?' 그는 천천히 교문을 나섰다. 웬 낯선 남자가 서 있었다. 깔끔한 정장 차림, 중후한 인상이다. 처음 보는 사람이지만 굳게 다문 입술에서 가볍지만은 않은 이유일 것으로 생각했다. 가끔가다가 동수는 학교 동창들의 변화된 모습도 알아보지 못할 때가 많았다. 안면이 전혀 없는 인물이었다.

"임동수 선생님이시죠?"

"네, 그런데요?"

남자는 지갑에서 명함을 꺼내 건넸다.

『M 호텔 대표이사 지형택』

동수는 순간 굳어졌다. 지형택. 정임순의 남편. 그는 이 남자가 왜 자신을 찾아왔는지 궁금해졌다.

"잠시 이야기 나눌 수 있을까요? 중요한 일이라서요."

동수는 고민했다. 하지만 미희의 행방을 찾기 위해서라면 놓칠 수 없는 기회였다. 그는 고개를 끄덕이며 말했다.

"근처엔 패스트푸드점 밖에 없습니다. 그리로 가시죠."

작은 테이블에 마주 앉은 두 사람. 지형택은 깊은 한숨을 내쉬었다.

"직접 찾아와서 죄송합니다. 하지만 제 아내, 정임순이 너무 힘들어하고 있습니다. 딸을 찾기 위해서라면 무엇이든 하려고 합니다."

동수는 조용히 지형택의 말을 들었다. 그는 커피를 한 모금 마시며 천천히 말을 이었다.

"사방팔방 수소문했습니다. 그런데 얼마 전 한 사람을 만났습니다. 박수환이라는 이름, 혹시 기억하십니까?"

순간, 동수의 손이 미세하게 떨렸다. 너무나도 익숙한 이름이었다. 그는 무심코 커피잔을 쥔 손에 힘을 주었다.

"군대 시절 아는 사람이긴 합니다. 그런데 그 사람이 대체 무슨 이야기를 했습니까?"

지형택은 심각한 표정을 지었다.

"그가 말하길, 과거 군 정보기관에 있었다고 했는데, 아마 선생님이 잘 아실 거라고 하더라구요. 선생님과 안면이 있으신가요? 지금은 강북의 한 아파트에서 경비를 하고 있습니다."

동수는 자신도 모르게 미간을 찌푸렸다. 이것을 간파한 지형택은 이내 말을 이었다.

"불편하시면 말씀을 안 하셔도 됩니다. 죄송합니다. 갑자기 찾아와서 부담 드리려고 한 것은 아닌데…."

동수는 괜찮다는 손짓을 한 후 자신의 표정에 신경을 썼다.

"아닙니다. 제가 괜히 민감해서, 군에서 좋은 추억이 없었거든요. 군에서 만난 간부입니다."

"네, 그렇군요. 그러면 그 사람이 말한 사람이 선생님이 맞군요."

지형택은 여린 숨을 내쉬며 조심스레 말했다. 그리고는 어려운 문제를 해결한 학생처럼 잠시 안도하더니 말을 이어 나갔다.

"그가 더 중요한 이야기를 했습니다. '붉은 여우 사냥' 이라는 특수 임무를 아십니까?"

동수의 순간 눈이 빛났다. 그리고 박수환의 얼굴이 떠오르는 것만 같았다. 술만 먹으면 자랑처럼 떠벌리던 극비의 일들을 이제는 자신의 과거를 자랑하는 데 쓰고 있는 듯했다. 그러면서 지형택에 의하면 실종자를 두 부류로 나누는데 하나는 사망자이고 하나는 격리자인데 격리자 명단에서 '미희'의 이니셜을 본 적이 있다고 말했다는 것이다. 그 확보 경위는 더 이상 말해주지는 않았다고 했다.

"그 명단에서 이니셜 'MH'를 발견했다고 했습니다. 혹시 미희가 아닐까 해서요?"

동수는 순간 호흡을 멈췄다가 다시 내 쉬었다. 미희… 그녀가 그 명단에 있었다고? 사망이 아니라 격리?

"그런데 문제는 박수환이 쉽게 입을 열지 않는다는 겁니다. 하지만 그가 선생님을 언급했어요. 군 시절 자신과 친했던 사람이 찾아오면 직접 이야기할 수도 있다고 했습니다."

지형택이 단호한 눈빛으로 말했다.

"거액을 제시했습니다. 3천만 원. 그는 군부대 출신들을 만날 기회가 있다며 그때 알아보고 말해주겠다고 했습니다. 그리고, 만약 미희가 그 명단에 있다면… 반드시 알아내야 합니다. 제가 얼굴도 모르지만, 저에게도 딸이 아니겠습니까? 선생님도 찾기를 원하시겠죠? 도와주십시오. 딸이 아직 살아 있다면… 우리는 찾아야 합니다."

동수는 묵묵히 듣고만 있었다. 과거의 파편들이 한꺼번에 밀려오고 있었다. 집으로 돌아오면서 긴장된 마음이 풀어져서 그런지 졸음이 몰려왔다. 방으로 돌아오자마자 씻지도 않고 침대에 누웠다.

박수환은 여전히 군복을 입고 있었다. 그 특유의 비열한 웃음을 지으며 동수를 내려다보고 있었다. 동수는 그에게 묻고 싶었다. 하지만 입이 떨어지지 않았다. 혀가 굳어버린 것처럼 아무 말도 할 수 없었다. 그는 눈앞의 남자를 응시했다. 군복 위로 희미한 피 얼룩이 보였다. 그것이 언제 묻은 것인지, 누구의 것인지 알 수 없었다. 박수환의 뒤편에는 두 명의 여성이 서 있었다. 그녀들은 어둠 속에 숨어 있는 듯 보였지만, 바람결에 긴 머리가 펄럭였다. 옷의 색이 언뜻언뜻 보였다. 보라색, 하얀색, 노란색…… 그리고 빨간색.

빨간색?

동수는 눈을 가늘게 떴다. 그것은 옷이 아니었다. 그녀들의 입 주변에서, 눈에서, 코에서 피가 흐르고 있었다. 선혈이 끊임없이 흘러내리고 있었다. 붉은색이 어둠 속에서 더욱 선명했다. 여인들이 손을 뻗었다. 동수를 향한 손짓. 살려달라는 구조 신호였다.

동수는 본능적으로 앞으로 걸어 나갔다. 하지만 이상했다. 걸을수록 그녀들은 멀어졌다. 그녀들의 얼굴이 서서히 드러났다. 그 순간, 동수는 얼어붙었다. 그들은 미희도, 해연이도 아니었다. 하지만 어딘가 낯익었다. 어렴풋이 본 적이 있는 얼굴들. 하지만 기억이 나지 않았다. 그들이 누구였더라? 그는 필사적으로 머릿속을 헤집었다. 그러나 기억이 떠오를 틈도 없이, 몸이 점점 더 뒤로 밀려났다.

"미희야! 해연아!"

동수는 이름을 부르며 손을 내밀었다. 하지만 그 손은 허공을 갈랐다. 아무것도 닿지 않았다. 그녀들은 점점 더 멀어졌다. 그녀들의 흐릿한 얼굴이 점점 어둠 속으로 사라지고 있었다.

"미희야!"

그때, 박수환이 천천히 다가왔다. 그의 얼굴에는 조소가 떠올라 있었다.

"네가 나를 배신했어."

박수환이 낮은 목소리로 말했다. 그의 눈빛은 서늘했다. 동수는 숨을 삼켰다. 몸이 얼어붙은 듯 움직일 수 없었다.

"네가 날 속였어."

박수환은 천천히 총을 들어 올렸다. 그리고 그 총의 머리 판을 단단히 움켜쥐었다.

"이제 끝이야."

퍽!

동수의 머리가 뒤로 젖혀졌다. 눈앞이 번쩍였다. 강한 충격이 그의 귓속을 울렸다.

퍽!

다시 한번.

퍽!

세 번째 충격이 닥치기 직전, 동수는 소스라치게 눈을 떴다. 꿈이었다. 숨이 거칠게 몰아쉬어졌다. 가슴이 요동쳤다. 땀으로 흠뻑 젖은 그의 몸이 침대 위에서 부들부들 떨렸다.

똑똑똑! 밖에서 누군가가 문을 두드리고 있었다.

"오빠! 오빠! 동수 오빠! 괜찮아요?"

현관문 너머에서 익숙한 목소리가 들려왔다. 동수는 한참 동안 현실로 돌아오지 못했다. 심장은 여전히 가빴고, 손끝이 떨렸다. 분명 꿈인데 꿈같지 않았다. 조금 전까지 그의 눈앞에 있던 피투성이의 여자들, 박수환의 차가운 눈빛, 그리고 마지막 순간의 고통까지도 생생했다.

똑똑똑!

"오빠, 문 좀 열어주세요!"

이번에는 긴장된 목소리였다. 동수는 간신히 몸을 일으켜 침대에서 내려왔다. 다리는 아직도 힘이 없었다. 하지만 겨우 정신을 가다듬고 문 쪽으로 걸어갔다. 손잡이를 돌리는 순간, 그의 손이 살짝 떨렸다. 문이 열리자, 바깥의 도시의 흐릿한 불빛이 그의 눈을 찔렀다. 꿈에서 본 듯한 긴 머리칼이 바람에 의해 동수의 얼굴까지 닿았다. 살짝 닿은 머리칼에서 향수 냄새와 샴푸 냄새가 섞이어 동수의 코를 자극했다.

'해연이?'

18
그날의 진실

동수는 문 앞에서 한참을 서 있었다. 예상치 못한 얼굴이었다. 10년이 훨씬 넘었지만 한눈에 알아볼 수 있었다. 해연 역시 마찬가지였다. 동수는 그녀가 더 예뻐졌다고 생각했다. 나이를 거슬러 시간을 머금은 듯한 얼굴. 마치 그 시절과 지금을 이어주는 끈 같았다.

"어떻게 집을 알았어?"

해연은 웃었다. 그 말이 왜 이렇게 서운한지 자신도 알 수 없었다.

"그냥 알았어."

말을 덧붙이지 않았다. 두 사람은 집 근처 카페로 향했다. 어색한 정적이 흘렀다. 동수가 먼저 입을 열었다.

"그동안 잘 지냈어?"

해연은 조금 머뭇거렸다.

"잘 지내기도 하고, 못 지내기도 했어."

동수는 미안하다고 했다. 군대 있을 때, 면회 와 준 것을 알면서도 만나지 못한 것에 대한 사과였다. 해연은 고개를 저었다.

"괜찮아. 다 이해해."

해연의 표정에는 이미 지나간 일에 대한 체념이 담겨 있었다. 하지만 동수는 자기 말을 덧붙이고 싶었다. 해연이 자신을 흔들어 놓을 것 같다고. 가슴 속에 가득한 미희를 잊을 수 없기에 비겁하지만 피했다고 말하고 싶었다. 그러나 말하지 않았다.

"저, 그런데 어떻게 우리 집을 알았어? 또 물어서 미안해."

해연은 얼굴이 붉어졌다. 마침내 자신이 온 이유를 말해야 할 순간이 온 것처럼.

"오빠한테 꼭 해야 할 말이 있어서…."

머뭇거리다가 해연은 커피 한 모금을 마셨다. 커피를 내려놓을 때 잔이 탁자에 부딪히는 소리가 유난히도 크게 들렸다. 해연은 동수보다 더 오랫동안 미희를 생각했고, 동수를 생각하며 지냈다고 했다. 결혼하면 다 잊을 수 있을 줄 알았지만, 죄책감에 시달려 결국 결혼 생활이 원만하지 못했다는 것. 그리고 3년 만에 이혼하고 지금은 혼자 살고 있다는 것까지 덧붙였다. 동수는 더욱 궁금했지만, 조바심을 내지 않았다. 해연이 다 말하리라 생각했다. 그리고 왜, 해연이 자신과 미희를 생각하며 지냈는지도. 해연은 미희 실종 이후, 동수 주변을 맴돌았다고 했다. 미희의 어머니에게 편지를 전달한 사람이 자신이라고 말했다. 자신도 그들에게 당한 피해자였고 저들이 시키는 대로 할 수밖에 없었다고 했다. 저들은 치밀하게 계획하여 당시 가족들이 미희를 찾지 못하게 하려고 자신에게 전달해 주기를 원했지만 차마 그럴 수 없었다고 해연은 말했다. 해연은 그것을 보관하다가 자신 또한 미희를 찾으면서 어떤 희망이 보여서 미희를 찾고 있는 어머니 정임순을 생각하여 그 필체를 보고라도 힘을 얻고 희망을 얻으라는 의미에서 전달했다고 한다. 그리고 그 편지가 자신이 없애기에도 고통스러웠다고 했다. 미희가 정신없을 때 그들은 미희에게 받아 쓰라고 한 후에 그런 편지를 임의로 만든 모양이었다. 이것이 저들이 행하는 고도의 수법이고 가족에게 포기시키는 심리전이었다. 해연은 미희를 찾고 있었다. 간절히. 대학 때 수학을 전공한 덕에 학원 강사로 일하며 자유롭게 시간을 쓸 수 있었고, 그 시간 대부분을 미희를 찾는 데 쏟고 있었다. 그때 해연이 말했다.

"오빠, 사실 난 오빠를 고등학교 때부터 알았어. 유경희 언니가 내 사촌 언니야. 유경희, 알지?"

동수는 순간 커피를 마시다가 멈추었다. 그리고 잔을 내려놓았다. 커피의 씁쓸한 맛이 더욱 쓰리게 느껴졌다. 자기 가족과 관련된 치부가 드러나자 묘한 불쾌감과 고통이 밀려왔다.

"경희 언니는 한국에 없어."

묻지도 않은 말을 해연은 덧붙였다.

"경희 언니 많이 아플 때, 내가 병간호도 했어. 나도 광명여고 다닌 거 알아? 고등학교 1학년 때 오빠 얘기를 경희 언니한테 들었어. 언니는 오빠네 가족을 위해 많이 걱정하는 것 같았어. 그 언니 교회 엄청 열심히 다니잖아. 매일 오빠네 가족 기도였어, 나도 이모 때문에 다니기는 했지만, 신앙은 없었지. 경희 언니 엄마가 우리 큰이모야."

해연은 말을 하다가 잠시 창밖을 고개를 돌렸다. 어둠이 거리를 가득 메우고 있다. 해연은 자신과 동수만 남은 세상처럼 아득한 생각에 쌓여 간다. 그것을 보던 동수도 창밖을 보면서 해연의 말을 기다린다.

해연이 처음 동수를 의식하게 된 건 고등학교 1학년 때였다. 그때는 단순한 호기심에 가까웠다. 사촌 언니 경희가 집착하다시피 하는 사람이 대체 어떤 사람인지 궁금했다. 그러다 우연히 동수의 모습을 처음 본 날이 떠올랐다. 그날은 광명시가 주체하는 마라톤 대회가 있는 날이었다. 선수는 아니지만 동수도 일반부로 참가한다는 소식을 유경희가 들은 모양이다. 늘 그랬듯이 유경희는 동수를 먼발치에서 응원한다고 했다. 그러다가 만날 수 있다면, 또는 자신이 무슨 말을 해 줄 기회가 온다면 하겠다고 생각했다. 그날 해연이도 함께 했다. 해연은 처음으로 동수를 보았다. 멀리서 달리기 준비하는 그의 모습을. 그는 길 위에서 가볍게 몸을 풀고 있었다. 그리고 출발선에 섰다. 총성이 울리자 그는 누구보다 빠르게 내달렸다. 비록 등수 안에 들지는 못했지만, 유난히 빛나는 얼굴이었다. 아니면 유경희의 말처럼 어딘가 남다르고 멋지다고 생각했다. 결승선을 통과할 때의 표정은 이상하리만치 냉정했다. 해연은 그 순간, 어딘지 모르게 서늘하면서도 묘한 감정을 느꼈다. 그 뒤로도 몇 번인가 거리에서 동수를 마주칠 기회가 있었다. 그때마다 죄지은 것도 아닌 데 피하기도 하고 가슴도 두근거렸다고 했다. 유경희가 만들어 준 우상이었다. 우연히 버스 정류장에서 본 적도 있었다. 언제나 혼자였다. 묘하게 조용한 사람이었다. 친구들과 있어도, 어딘가 한 발짝 떨어져 있는 것처럼 보였다. 경희가 이야기한 것처럼 그의 가족은 뭔가 복잡한 사연이 있는 듯했다. 그리고 그 복잡함이 그를 만든 것만 같았다. 해연은 점점 그에게 관심이 가기 시작했다. 처음에는 동정이라고 생각했다. 그러나 시간이 가면서 동정은 자신의 틀을 사랑으로 바꾸어 버렸다. 어느 순간, 지나가는 바람이라고 생각했다. 봄바람처럼 감정이 사라지면 마음도 사라질 것이라고. 그러나 유경희의 동수에 대한 지속적인 애증의 마음과 아픔은 해연에게는 동수에 대한 이해와 사랑, 관심으로 변화되고 있었다. 해연 스스로 어느 순간 동수를 마음에 두고 있는 자신을 깨닫게 되었다. 짧은 순간이었지만, 달리기하던 그의 모습은 자유를 갈망하는 갇혀 있는 한 마리의 불쌍한 짐승 같았다. 그의 모습이 오래도록 머릿속에서 지워지지 않았다. 그리고 시간이 지나면서, 동수를 더 알아가고 싶다는 생각이 들었다. 결국 해연의 희망 대학은 동수가 다니는 곳으로 결정되었다. 누구는 꿈과 인생의 목표로 가는 것이지만 해연이는 동수가 목표가 되었다. 어느 순간 동수는 해연이의 가슴 가득히 들어와 있었다.

해연은 한참 만에 동수를 돌아보고는 순간, 멈칫하다가 미소를 보인다. 거기 그 시절 동수가 막 달리기를 한 후 자신 앞에 와 있는 것처럼 보였다. 동수도 해연이를 보고는 여린 미소를 짓는다. 해연의 마음은 더욱 깊어졌다. 유경희가 왜 동수를 그렇게까지 신경 썼는지, 그리고 그 배경에 정요셉 전도사가 있었다는 것까지. 경희는 정요셉을 사랑했고, 그의 죽음을 동수네 가족 때문이라고 여겼다. 처음엔 분노했지만, '미움과 애증은 그의 신앙심 때문인지 이해와 용서, 그리고 사랑하는 것으로 정리되고 있다.'고 했다. 유경희는 정요셉 전도사와 동수를 일치시키고 있었다. 그의 삶과 내면에서. 그런 모습을 보면서 해연은 이해가 되지도 않았고, 집착하는 경희가 불쌍하다고도 했다.

"경희 언니는 오빠네 가족이 그러면 안 된다고 했고, 정요셉 전도사님의 희생을 생각해서라도 다시 교회도 나오고 회개하고 돌아오길 기도했어. 부모님이 안 되면, 오빠라도 그 사실을 알아야 한다고. 그게 정요셉 전도사님의 뜻을 이루는 길이라고 생각했어. 처음엔 언니가 집착한다고 생각했어. 하지만 나도 어느 순간 오빠를 의식하고 있었어."

해연은 말을 멈추고 잠시 숨을 골랐다. 손끝이 떨렸다. 동수는 조용히 그녀의 말을 기다렸다.

"그래서 나도 오빠가 다니는 학교에 꼭 가고 싶었어. 그리고 결국 후배가 되었지. 하지만 오빠에겐 이미 사랑하는 사람이 있었어. 미희 언니를 보면서 질투심이 커졌어. 경희 언니의 집착이 나에게도 전염된 것 같아."

해연의 눈가가 붉어졌다.

"그리고 그날…… 그렇게 하면 안 되는 거였는데……"

해연은 말을 잇지 못했다.

"오빠, 너무 미안해. 군대 면회 때도 그 말을 하려고 했는데……"

동수는 아무 말도 할 수 없었다. 그녀의 말이 머릿속에서 천천히 퍼져나갔다. 해연은 미희의 실종과 깊이 연관되어 있다는 느낌이 들었다. 그러나 그게 어떤 의미인지, 어떤 사건을 의미하는지 아직은 알 수 없었다. 그저 그녀의 죄책감이 그 모든 것을 대변하고 있을 뿐이었다.

"그날? 그날이 언제라는 거지?"

해연은 눈을 감았다. 그리고 아주 천천히 숨을 내쉬었다. 그녀의 입이 열리려는 순간, 동수의 심장이 요동쳤다.

19
파괴된 일상

신촌 로터리는 혼란의 도가니였다. 연세대와 이화여대에서 몰려나온 학생들이 연합하여 시위를 벌이고 있었고, 지원 나온 각 대학의 학생들이 서강대 방향과 연세대 방향에 포진하고 있었다. 서울대, 고려대, 서강대, 성균관대, 중앙대 등 수십 개 대학의 학생들인 2,000여 명가량 함께 했다. 로터리 아래쪽 창천동 방면으로는 전경들이 삼엄한 진을 치고 있었다. 화염병과 최루탄이 뒤섞이는 거리 한복판, 동수는 신촌역 부근에서 연세대 시위대와 함께 구호를 외치고 있었다. 같은 시각, 미희는 아현 고가도로 정상에서 부상자를 치료하고 있었다. '노란 국화'라 불리는 이화여대 의대 또는 간호학과 학생들이 주축이 되었고, 연세대와 서강대, 홍익대, 서울대, 고려대 등 많은 학생들도 함께했다. 첫째 방어선 안에서, 미희는 피 흘리는 학생들의 상처를 지혈하고 있었다. 그 곁에는 해연도 있었다. 해연은 동수와 미희의 관계를 누구보다 잘 알고 있었다. 미희를 돕고 싶었지만, 동시에 질투심에 휩싸였다. 이 감정이 얼마나 지독한 것인지 해연은 알고 있었고, 자주 이지혜의 자취방을 찾아가 신세 한탄을 늘어놓았다. 그날도 그랬다. 자취방에서 소주를 한 잔 기울이며 해연은 흐릿한 눈빛으로 말했다.

"미희 언니가 없어졌으면 좋겠어."

술기운이었을까, 아니면 속마음이었을까. 분명한 것은 그 말이 누군가의 귀에 들어갔다는 것이었다. 그로부터 하루 뒤, 해연은 사복 경찰들에게 붙잡혔다. 그날은 별다른 의심 없이 집으로 가던 길이었다. 해연은 오전 수업을 마치고 편한 옷으로 갈아입으려 잠시 들렀다가 다시 학교로 향할 계획이었다. 그런데 사복경찰들은 해연의 동선을 파악하고 있었다. 해연이 자주 가는 '개미 슈퍼' 안과 밖에서 드러나지 않게 4명의 사복조가 대기하고 있었다. 개미 슈퍼는 해연이 아버지가 사업하는 근처 빌딩 1층에 있었다. 사복 경찰이 설마 거기까지 와서 대기하고 있을 줄 해연은 꿈에도 몰랐다. 집 근처이고, 개미 슈퍼 아저씨, 옆집 청과물 가게 아저씨, 건너편 화장품과 미장원을 운영하는 고씨 아줌마, 다 아는 사람들이라 안심했다. 그러나 가게들은 문은 열렸으나 해연이 눈에 익숙한 사람은 한 사람도 없었다. 아마도 모든 조치를 한 모양이다. 개미 슈퍼에 아무 의심 없이 들어간 해연 앞에 낯선 사람이 말을 건다.

"해연 학생? 잠깐 얘기 좀 합시다."

해연이는 준비하고 있었고 이럴 땐 어떻게 해야 하는지도 교육받아 알고 있었다. 소리를 지르거나 도망가는 것이었는데 목소리는 나오지 않았고, 도망칠 수도 없게 입구는 이미 두 명이 막고 있었다. 순식간이었다. 그녀는 사람들의 시선에서 벗어나 골목길로 끌려갔고, 거기서부터 어딘가로 실려 갔다. 안대를 씌웠고 한 시간가량 차는 목적지가 없는 목적지를 향해 빙빙 도는 듯했다. 한강이 느껴지는 휜한 바람 소리가 두세 번 느껴졌다. 그리고 도착했다. 지하로 들어가는 것 같았다. 좁고 어두운 방이었다. 퀴퀴한 곰팡내가 코를 찔렀다. 방 한쪽에는 철제 책상이 놓여 있었고, 그 뒤로 몇 명의 남자가 앉아 있었다. 그 남자들이 입은 옷에도 '주식회사 삼진 상사'가 이름표 대신 달려 있었고, 벽면에도 같은 이름으로 검은색 글씨로 조잡하게 쓰여 있었다. 누가 봐도 정상적인 회사는 아니었다. 그 중 한 명이 '부장'이라 불리는 남성이었다. 그는 해연을 흘겨보며 천천히 말했다.

"임동수 알지? 한미희도 알고? 임동수를 차지하려면 미희가 없어져야겠지? 한미희가 너무 싫지?"

해연의 심장이 철렁 내려앉았다. 그녀는 숨을 삼키며 입술을 굳게 다물었다.

"다 알고 있어. 네가 미희를 미행한 것도, 질투한 것도. 그러니 우리랑 협력하면 돼."

사복경찰들은 이미 해연이의 신분과 그의 가족의 내막을 다 알고 있었다. 또한 해연이가 미희에 대한 질투심도 많다는 것을 알게 되었다. 원인은 속을 참지 못하는 해연 자신에게 있다고 생각했다. 학교 근처에 자취하는 친구를 찾아가 술 한잔한 후 자신의 마음을 털어놓은 것이 화근이었다. 당시 대학가의 '녹화 사업'으로 웬만한 운동권 학생들은 코에 걸면 코걸이 귀에 걸면 귀걸이 마냥, 국가보안법으로 모조리 잡혀들어갔다. 대학생들의 사생활, 말 한마디에도 법적 근거를 대어서 잡아 가두었다. 남학생들은 군대나, 전투경찰로 보냈다. 또는 쉬쉬거렸지만 '이젠 없어졌다.'라고 생각하는 '삼청교육대'의 흔적도 여기저기에 소문으로 망령처럼 떠돌았다. 누구는 끌려가서 죽었고, 누구는 끌려가서 반신불수가 되었다는 그런 부류의 소문이다. '삼청교육대'의 공포는 운동권 학생들을 사시나무 떨듯이 떨게 하는 저승의 길목처럼 각인되었다. 또한 여학생들에게는 납치 감금을 통해 수치심을 주는 성적 학대와 폭력을 일삼았고 그중에 아주 지독한 학생들은 수치심을 못 이겨 자살하기도 했다. 긴 세월 감금당한 사람들도 있었다고 했다. 봉사활동이라는 명목하에 사이비 불법 시설들로 보내고 두당 얼마씩 받기도 했다는 것을 훗날 동수는 신문 지상이나 매스컴을 통해서 알게 되었다. 또한 그곳에서 수년간 살다가 각서를 쓴 후에 몇 년 만에 집으로 돌아간 이들은 폐인이 되거나 적응하지 못해 다시 시설로 돌아오기도 하였다. 이미 구속되고 속박된 삶에 적응한 것이다. 자유가 그들에게 어색하고 불편한 것이다.

가끔 해연은 같은 수학과 친구 이지혜의 자취방을 찾았다. 마음이 심란하여 동수와 미희의 풀빛 서점 데이트, 포장마차 데이트, 밤길에 서로 은밀한 나눔들을 모두 미행하면서 신세 한탄하는 자신이 밉기도 했고, 한심하기도 했다. 동수와 미희를 미워할 수 없는 사람이지만 사랑이란 것이 애증을 담고 있어서인지 동수도 밉고 미희도 미웠다. 그런 속이 매스꺼운 날은 이지혜에게 찾아갔다. 경상도 어디쯤인가가 고향인 이지혜는 사투리처럼 속도 시원했다. 그래서 마음을 터놓고 이런저런 이야기를 했다. 술기운에 속에 있는 저 더러운 감정들도 말한 것 같다. 미희가 없어졌으면 좋겠다고. 그런데 이런 속 깊은 얘기를 지혜 말고는 알 사람이 없는데, 지혜가 그럼? 해연은 물었다. 지혜도 여기 잡혀 와 있느냐고? 그러나 회사원 신분으로 가장한 사복경찰들은 알 필요 없다고 말하고는 미희를 자기들에게로 잘 유인해 주면 해연의 미희에 대한 질투와 미움의 얘기들은 없던 것으로 하겠다고 말했다. 해연은 단호히 거부했다. 그랬더니 이제는 더 깊은 얘기를 하고 있다. 해연의 아버지가 봉제 공장을 하고 있는데, 하루아침에 그 사업을 날릴 수 있다고 협박했다. 그리고 유경희가 독일로 간호사 비자를 받아 이민 가려는 것도 막을 것이고, 유경희의 어머니이자 해연의 이모, 정정화가 부동산 투기를 통해서 돈을 벌고, 그 와중에 탈세한 것이며, 한둘이 아닌 불법들도 열거했다. 해연은 그런 불법을 안 저지른 사람이 세상에 어디 있느냐고 항변하고 싶었지만, 더 비굴해질까 봐 침묵했다.

"싫다면요?"

해연이 이를 악물고 말했다. 아니라고 단호하게 외쳤다. 경찰들은 물리적인 폭력을 가하려고 했으나, 그중에 '부장'이라고 불리는 자가 그들을 제지하고 해연에게 치명타를 가했다. 그러면 동수의 목숨이 사흘 내로 끝낼 수 있다. 자신들은 교통사고로, 자살로 언제든지 조작하여 죽일 수 있다고 자랑처럼 엄포를 놓았다. 한참을 고통스럽게 울고불고하던 해연이 왜 나한테 이러냐고, 내가 동수 오빠를 사랑한 것이 죄냐고, 부르짖고 부르짖었다. 남자 경찰들이 나가고 젊은 여경이 들어와서는 '잘 생각해 보라'고 또 회유한다. 한 번만 눈 감으면 된다. 안 그러면 당신도 몸과 마음이 버려지고 가족들은 뿔뿔이 흩어지고 고통 속에서 평생을 후회할 것이다. 미희를 자신들이 원하는 곳, 일명 '안가'로 데리고 오면 된다는 것이다. 해연은 고개를 돌렸지만, 눈에서는 눈물, 아니 피눈물이 흐르고 벌써 스스로 살기 위한 승낙을 하고 있었다. 그러다가 지쳤는지 해연은 잠이 들었다. 깨어보니 아무도 없었다. 그렇게 혼자 두 시간을 있었다. 경찰들은 익숙한 기다림인지 고도의 심리전인지 그렇게 해연을 혼자 두었다. 공포와 외로움이 밀려왔다. 지하 방 모서리에 기어가고 있는 조그마한 벌레에게도 말하고 싶었다. 외로움이라는 병이 일상에서는 기겁하던 벌레에게조차 친화력을 주는 듯했다. 해연은 누구에게라도 말하고 싶었다. 그리고 모든 것을 스스로 포기하고 있었다. 해연은 밖에서 보고 있다면 '대리'라고 불리는 여경을 들어오라고 하고 자신이 무엇을 해야 하는지 알려 달라고 한다. 여경은 아주 친절하고 부드럽게 말한다. 마치 오래된 친구처럼. 그들의 요구는 마치 너무도 간단하여서 식당에 가서 음식을 주문하는 것처럼 평범해 보였다.

'미희에게 동수와 만나기로 했다고 하고 조용히 추계예대가 있는 북아현동 도로 끝에서 세 번째 골목 한옥으로 데리고 오면 된다'라고 했다. 그 골목에는 한옥이 한 집 밖에 없다고 친절히 말해주었다. 그때 남자 경찰들이 들어와서 각서를 쓰게 했는데 거기에는 부모님 사업, 자신의 친인척의 연락처, 유경희의 유학 조건 등에 대해서 후한 대우를 해 주겠다고 하면서 서명하라고 했고, 만약 어길 시 이 모든 혜택이 사라짐과 동시에 온 집안이 풍비박산이 날 것이라고 협박했다. 그렇게 각서를 썼다. 해연은 자신의 부모님 사업과 언니의 이민 계획을 지켜야 했다. 동수의 목숨을 구해야 했다. 하지만 미희를 배신해야 했다. 손이 떨렸다. 종이에 적힌 글자가 눈물로 번졌다. 해연은 다시 한번 약도와 번지를 숙지한 후에 알겠다고 하고는 보내 달라고 했다. 그리고 해연의 눈을 안대로 감고 여경 둘이 그를 차에 태웠다. 한 시간 정도 갔을까? 안대를 벗었다. 앞이 희미했다.

얼마 뒤 그녀는 눈을 가린 채 어디론가로 이동했다. 1톤 트럭이 멈추고 안대를 벗었을 때, 해연은 집 앞에 서 있었다. 무서웠다. 이들은 자기 집이 어디 있는지 구체적으로 알고 있었다. 여름임에도 이른 아침 공기가 싸늘했다. 거리에는 여전히 사람들이 분주하게 움직였다. 출근하는 사람들, 학교 가는 학생들. 모두가 평범한 하루를 시작하고 있었다. 하지만 해연의 시간은 멈춰 있었다. 그녀는 한 걸음도 움직일 수 없었다. 그 순간, 골목 끝에서 어색하게 솟아오른 성당의 십자가가 빛났다. 여명 속에서 더욱 또렷이 보였다. 해연은 입술을 깨물었다. 마치 자신이 가롯 유다가 된 것만 같았다. '배신자' 집으로 향하던 발걸음을 돌려 근처 기사식당으로 들어갔다. 이른 아침이지만 식사를 해결하려는 택시 기사들과 대학생들이 즐비하다. 몸이 녹초가 되어 있었다. 국밥 한 그릇과 소주 한 병을 시켰다. 따끈한 국물을 한술 떠 입에 넣었다. 순간, 눈물이 터져 나왔다. 혹시 꿈이지 않았을까? 해연은 국물이 자신의 꿈을 깨는 듯했다. 흐르는 눈물을 닦지 않았다. 주인이 보고 두루마리 휴지를 가져다주었다. 그리고는 힘내라는 듯 어깨를 토닥여 주었다.

<u>20</u>
민들레 영토

해연의 말이 끝나자 동수는 조용히 일어섰다. 말없이 등을 돌려 걸어가는 동수의 뒷모습을 보며 해연은 더 이상 참지 못하고 울음을 터뜨렸다. 흐느낌이 새어 나왔다. 동수는 그 신음 같은 울음소리를 들으면서도 멈추지 않았다. 카페 문을 열고 나서는 순간, 차가운 밤공기가 그의 얼굴을 덮쳤다. 거리에는 네온사인이 번쩍이고 있었다. 저마다 다른 색깔을 뿜어내며, 사람들의 마음과는 상관없이 화려한 빛을 내뿜었다. 그 아래에 놓인 카페 간판이 유난히 반짝였다. '민들레 영토'. 문득 기억이 떠올랐다. 해연을 그리워하며 떠올렸던 꽃이 민들레이던가? 아니면 과꽃이었나? 기억이 흐릿했다. 한때는 꽃을 보며 해연에 대한 그리움을 느꼈는데, 지금은 그 감정조차도 희미해져 있었다. 동수는 해연의 아픔을 이해하려 했다. 하지만 이해하는 것과 받아들이는 것은 다른 문제였다.

　해연이 자신을 용서하지 못한 그의 삶, 아직도 그 망령에서 벗어나지 못하는 삶이었다. 해연은 그 죄책감으로 미희를 찾아다녔다. 새로운 인생, 새로운 삶을 살려고 했지만, 미희에 대한 죄책감은 그를 정신적으로 망가트렸다. 남편에게 이해를 구할 수도 없었다. 결혼 후 몇 개월간 행복한 척 연기를 했지만, 소용없었다. 남편은 아내의 냉랭함에 고통스러워했고, 그렇게 3년이라는 지옥 같은 생활을 서로 정리했다. 해연은 또 한 사람, 한 가족을 무너뜨렸다고 생각하니 더 고통스러웠고 그 근원을 찾아서 해결해야 다시 환한 세상에서 살 것 같았다. 자신의 배신이 사람들의 삶을 무너뜨렸다고 생각하니 매일 매일 고통과 눈물이 자기 양식이라고 했다. 아니, 한, 두 사람 정도가 아니다. 해연의 가족과 동수 오빠의 삶도 자신이 무너뜨린 것 같았다. 결혼 전이기는 하지만 동수에 대해 사랑의 감정이라고 생각했던 것이 사실은 죄책감이란 것을 알게 되었다. 그것은 동수를 만나면서, 또는 동수와 더 가까워지면서 깨닫게 되었다. 해연은 동수가 더 이상 미희에 연연하지 않도록 많은 노력을 했다. 자신의 마음을 주려고도 했고, 야학에 함께 있으면서 동수를 위로해 주려고도 했다. 모든 것을 다 주더라도. 그러나 동수는 미희를 잊지 못했고, 그것은 해연에게 고통의 연속이었다. 그러다가 마침내 동수에게도 미희와 똑같은 제재가 시작되었다고 생각했다. 동수의 이른 입대가 해연의 마음을 혼란스럽게 하고 고통스럽게 했다. 해연은 자신을 이용했던 경찰들의 짓이 아닐까 두려웠다. 어떻게 하면 그들에게 연락을 취할까 하여 그 한옥을 서성거리기도 했다. 그러나 이미 흔적도 없이 그들은 사라졌다. 북아현동 한옥엔 다른 사람들이 살고 있었다. 해연은 자신에게 위협했던 그들의 짓이 아닌가 생각했다. 그러나 이후 동수 아버지의 힘이었다는 것을 알고 한편으로는 안심했다. 그렇게 해연은 동수를 떠나보내면 된다고 생각했다. 동수의 군대 시절 마지막 면회 가는 날 모든 것을 털어놓고 싶었다. 그것도 뜻대로 되지 않았다. 동수는 해연을 만나주지 않았다. 하늘이 해연을 버린 것 같았다.

1987년 6월 9일. 저녁 6시 38분. 해연은 미희를 따로 불렀다.

"동수 오빠가 기다려."

그 말로 미희를 속였다. 미희는 잠시 멈칫했다.

"왜 직접 안 오고?"

해연이 이쪽 아현 고가와 아래쪽 시위 투쟁 본부와 연결책을 맡고 있는 것을 미희도 알고 있는 터라 자연스럽게 물었다. 해연은 귓속말로 대화를 시작했다.

"쉿, 언니도 알잖아? 오빠는 수배 중이야. 여기도 프락치들이 있을지 몰라서. 몰래 만나야 해. 나야 의심을 덜 받지만, 그리고 언니한테 아주 중요한 말을 할 때가 되었다고 하던데. 나한테도 자세히는 알려주지는 않았어. 혹시, 언니? 동수 오빠랑 결혼해? 프러포즈 하려나?" 해연은 스스로의 능청에 놀랐다. 자신이 이렇게 자연스럽게 거짓말을 할지 몰랐다. 미희는 쑥스러운 미소를 띠며, 아직 그런 사이는 아니라고 했다. 그리고는 미희는 한동안 해연의 얼굴을 빤히 바라보았다. 그녀의 눈빛에는 미묘한 의심이 서려 있었다. 하지만 해연이 재촉하듯 손을 잡아끌자, 결국 고개를 끄덕였다.

"언니 빨리 움직이자, 서둘러"

아현 고개 쪽 골목으로 나가서 시장을 지나 추계대학교 아래쪽 골목으로 내려 갔다. 전날 밤, 미희는 세 번이나 동선을 돌았다. 자신도 그 치밀함에 놀랐다.

"여기서 얼마나 가야 해?"

"금방이야, 조금만 더 가면 돼."

미희는 걸음을 늦추면서 주변을 둘러보았다. 길거리에는 여느 때와 달리 사람 이 적었다. 이상할 만큼 조용한 저녁이었다. 어둠이 내려앉은 골목길에 간간이 희 미한 가로등 불빛만이 흔들리고 있었다. 바람이 불어 나뭇잎이 사각거렸다. 멀리 서 들려오는 개 짖는 소리마저 쓸쓸하게 들렸다. 해연은 미희의 손을 꼭 잡았다. 마치 도망치지 못하게 하려는 듯한 강한 힘이 느껴졌다. 미희는 다시 한번 발을 멈 추려 했지만, 그 순간 해연이 문을 열었다.

"여기야."

한옥 안가는 희미한 불빛이 새어 나오고 있었다. 미희는 문을 바라보았다. 그 안 에서 동수가 기다리고 있을 거라는 믿음이 그녀의 발걸음을 재촉하게 했다.

"들어가. 나도 의심받기 전에 빨리 가니까. 오빠 바로 나올 거야"

해연은 미희를 향해 희미한 미소를 지었다. 순간 미희는 또다시 무언가 이상함 을 느꼈다. 하지만 그녀는 해연의 미소를 보며 마음을 놓았다. 그리고 자신을 위 해 수고해 준 해연에게 환한 미소로 답했다. 서둘러 가고 있는 해연에게 손을 흔 들었다. 그리고 문을 열고 대문 안으로 들어갔다. 직원인 듯 한 사람이 한옥 안쪽 의 방으로 안내했다. 방의 문을 열고 들어가자 방 안의 불빛이 그녀의 얼굴을 환하게 비추었다. 마치 무대 위에 선 배우처럼, 미희는 한순간 빛에 감싸였다. 앞에는 아무것도 보이지 않았다. 갑자기 미희 눈으로 쏟아진 불빛이 눈에 비치자 순간 앞이 캄캄했다.

미희를 보내고 나온 해연은 골목을 빠져나오자마자 눈물이 났다. 해연은 그날부터 죄책감에 시달렸다. 그녀는 자신을 감시하는 시선을 느꼈다. 공중전화 부스 옆에 서 있던 남자, 슈퍼 앞에서 담배를 피우던 남자. 본능적으로 도망쳤다. 그녀의 임무는 끝났다. 가족에 대한 위해도 없었다. 유경희는 독일로 떠났고, 가족은 아무 일도 없다는 듯 살아갔다. 문제는 오직 해연 자신이었다. 죄책감을 떨쳐버릴 방법은 없었다. 예배당에 나가고, 예배 중에 '사죄의 은총' 시간에 고개를 숙였지만, 마음은 절대로 가벼워지지 않았다. 이제 동수도 마음에서 떠나보내야 했다. 잊어야만 했다. 그래야만 했다. 하지만 해연은 언제나 미희의 마지막 웃음을 떠올렸다. 동수가 기다린다는 말에 해연을 향해 손을 흔들던 그 순간이 마치 사진처럼 해연의 뇌리에 박혀 있었다. 미희를 찾는 것이 그녀가 살아갈 유일한 이유가 되었다. 북아현동 한옥은 카페로 바뀌었고, 아현 고개는 개발되었다. 하지만 해연은 여전히 그곳을 맴돌았다. 시간이 지나면서 일상이 조금씩 회복되었지만, 미희를 찾는 일은 중단되지 않았다. 그리고 그녀는 동수가 교편을 잡았다는 소식을 들었다. 다행이었다. 미희가 사라진 그곳을 다시 갔을 때 다른 사람이 살고 있었지만, 해연은 북아현동 거리를 지속해서 찾아갔다. 거기에 가는 것만이 자신에게 위로가 되었다. 해연은 이혼 후 직장도 옮겼다. 아현동 한성고등학교 근처에 작은 학원을 인수했다. 이제는 시대가 '전문'을 원하니 '수학 전문학원'을 열었다. 그리고 이혼 후 받은 작은 위자료를 가지고 원룸을 얻었다. 아현동 고갯길 허름한 고시촌이다. 이렇게 발버둥 치면서 미희가 사라진 그곳에서부터 미희를 찾아야 했다. 그래야 살 것 같았다. 그래야 하늘을 좀 볼 것 같았다. 한동안 화장도 하지 않았지만 조금씩 일상이 회복되었다. 그러나 미희를 찾는 일은 중단되지 않았다. 정부에서도 국가인권위원회를 만들어서 독재정권하의 실종자와 사망자 찾기와 보상 등에 관한 법률이 국회에서 논의 중이라고 한다. 이제 좀 살기 좋은 세상이 되는가? 마음 놓고 사랑해도 되는 세상? 그러나 해연은 아직도 자신은 끝나지 않은 전쟁중이라고 생각했다.

막 겨울이 접어들던 11월 중순, 학생들 시험 대비 수업을 해 주고 늦은 귀가였다. 퇴근길 아현 골목에는 노래방 근처에 취객들이 여럿 모였다. 회사의 회식인 모양이다. 해연은 그냥 지나쳤다. 그리고 막 그들을 지나치려는 그때, 묵직하고 귀에 익은 소리, 절대 잊지 못하는 그 소리가 들려왔다. 어디선가 들은 듯한 소리, 잊을 수 없는 그 목소리는 해연이 감금되었을 때 듣던 그 소리였다. 잊힐 수 없고, 잊을 수 없는 그 목소리다!

"임동수 알지? 한미희도 알지? 임동수를 삼일 안에 죽일 수 있다!"라던 그 목소리. 8년이 지났지만, 그 목소리는 잊을 수 없다. 자신의 인생을 송두리째 바꿔 놓은 목소리, 중저음이지만 어색한 경기 방언이었다. 해연은 그를 찾기 위한 근거를 알아두어야 한다는 생각에 그 말투를 찾아보았다. 구체적으로는 수원 쪽 방언이라고 했다. 해연과 대화할 때는 알지 못했지만, 혼자 말을 하거나 자신들끼리 대화에서 대체로 '~하는 거, ~할 거' 식의 종결어미 어투였다.

"오늘 뭐 먹을 거?", "혼자서도 잘 할 거?" 하지만 모든 말에 붙이지는 않고 주로 물어보는 말에 쓰이는 '~할 거?'가 수두룩했다. 그 잊을 수 없는 말을 해연은 듣고 다시 뒤를 돌아보았다. 얼굴은 선명하지 않았지만 사장인 듯했다. 해연은 속으로 생각했다. 이제는 부장에서 사장이 되었나? 이것도 그런 회사인가? 위장한. 그것은 아닌 것 같았다. 옆에 직원이 3차를 말하자,

"오늘 죽을 거?"라고 하는 그 말이 해연이의 귀에 익숙하면서도 치를 떨게 했다. 해연은 더 자세히 보려고 앞으로 나가려다가 그와 눈이 마주친 것 같아서 돌아섰다. 뒤에서 말하는 소리가 들린다.

"우리 이종수 사장님이 오셔서 사무실 분위기가 싹 바뀌었습니다. 감사합니다. 사장님!" 애교와 아부를 뒤섞어 놓은 여직원의 말소리였다. 이종수? 그가 맞다. 그 이름이 실명이었던가? 키며 외양도 비슷하다. 해연은 그 회사를 알아야 했다. 해연은 자신도 모르게 그들의 뒤를 따라갔다. 이번이 하늘이 자신에게 준, 즉 용서받을 마지막 기회라고 생각했다. 한참을 걸었다. 가면서 주고받은 이야기들이 일에 관한 이야기, 특히 부동산에 관한 이야기로 말의 꽃을 피웠다. 마포구, 대흥동, 염리동 등이 서울특별시 도시 촉진 지구라는 둥, 알 수도 없는 말들을 하고 있다. 삼삼오오 이런저런 말로 두런거리며 걷더니 그들이 다시 어떤 술집인지 바인지 어두컴컴한 지하로 들어갔다. 해연도 그들이 들어간 후 5분을 기다리고 망설였다. '웨스턴 바'라는 간판이 보였다. 해연은 잠시 망설였지만, 결국 문을 밀고 들어갔다.

"위스키 하나, 클래식으로 주시면 감사하겠습니다."

바텐더가 미소를 띠며 술을 준비했다. 해연은 자연스럽게 대화를 유도했다.

"이 동네는 어떤 회사들이 많아요?"

"대체로 부동산 업자들이 많죠. 저쪽 테이블에 있는 분들도 유명한 부동산 신탁 회사 사람들이에요. '대지부동산 신탁'이라고. 부동산에 관심 있으세요?"

"아, 그런 건 아니고? 대지부동산 신탁이요?" 해연은 일부러 한 번 더 되물었다.

바텐더는 잔을 닦으며 의미심장한 미소를 지었다.

"네, 꽤 영향력 있는 곳이죠. 사람들에게서 땅을 사들이고, 개발하고, 때로는 법의 테두리를 살짝 넘기도 하고."

바텐더는 그런 얘기를 하면서 슬쩍 그 무리들의 눈치를 보는 듯했다. 그 순간, 해연은 왼쪽 구석에 앉아 있던 남자의 시선을 느꼈다. 그는 조용히 잔을 내려놓고 해연을 향해 시선을 돌렸다. 마주 보지는 않았지만, 미묘한 긴장감이 감돌았다. 마치 상대가 해연의 존재를 인식하고 있다는 듯한 느낌이었다. 해연은 의도적으로 시선을 피한 채 위스키를 한 모금 더 마셨다. 하지만 상대도 쉽게 눈을 거두지 않았다. 대화는 없었지만, 서로의 기척을 견제하는 묘한 신경전이 이어졌다. 그가 해연에게 오려고 일어섰다. 해연도 화장실 가는 척하고 일어서려다가 더욱 의심받을까 봐 그대로 앉아 있었다.

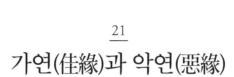

21

가연(佳緣)과 악연(惡緣)

수원. 밤이 되면 네온사인이 번쩍이는 도시. 그 한가운데에 서 있는 M 호텔 '골든 타워'의 최상층 스위트룸에서 지형택은 조용히 창밖을 내려다보고 있었다. 60을 바라보는 나이. 건장한 체격과 강렬한 눈빛, 하지만 세월이 그 얼굴 위에 깊이 팬 주름과 함께 흘러가고 있었다. 과거, 그는 이 도시에서 불우한 어린 시절을 보냈다. 어머니는 세 번째 남동생을 낳고 아버지의 주정에 견디지 못하고 집을 나갔고, 아버지는 막노동을 전전하다가 결국 병을 얻어 세상을 떠났다. 어린 지형택은 동생들과 보육원에 맡겨졌다. 그러나 지형택은 그렇게 살 수 없었다. 18살이 되자 동생들을 데리고 보육원을 나가서 월세방을 얻었다. 삼 남매는 서로를 의지하고 열심히 살았다. 허름한 단칸방에서 겨울을 버텼고, 주린 배를 채우기 위해 구두닦이, 신문 배달, 심지어 뒷골목에서 심부름까지 마다하지 않았다. 그렇게 생존을 위한 본능으로 세상을 배웠다. 그러던 그가 사업가로 성장할 수 있었던 것은 수원이 양념 갈비로 이름을 알리기 시작하면서였다. 그는 사람들의 관심이 어디에 쏠리는지를 재빠르게 파악했다. 수많은 식당이 양념 갈비를 내놓았지만, 제대로 된 양념장은 적었다. 그는 몇 개의 유명 갈빗집을 찾아다니며 양념 비법을 배웠고, 연구 끝에 독자적인 레시피를 개발했다. 그의 양념장은 불티나게 팔렸다. 관광특구로 지정되면서 수원의 음식점들이 그의 제품을 경쟁적으로 사용하기 시작했다. 돈이 들어오기 시작하자 그는 동생에게 사업을 맡기고, 오래전부터 꿈꿔온 숙박업에 손을 댔다. 처음에는 작은 여관부터 시작했지만, 이후 모텔, 호텔로 사업을 확장하며 숙박업계에서 독보적인 입지를 다졌다. 그의 성공은 누구도 부정할 수 없었다. 그러나 그의 개인적인 삶은 순탄하지 않았다. 첫 결혼은 실패로 끝났다. 그의 첫 아내는 수원에서 최고로 손꼽히는 양념갈비 집 '수원성 식당'의 장녀였다. 어린 시절부터 부족함 없이 자라온 그녀는 돈이 어떻게 벌리는지에 대한 개념이 없었다. 지형택이 젊은 시절 맨손으로 일어섰던 시절과는 정반대의 삶을 살아온 사람이었다. 그녀는 명품을 좋아했고, 값비싼 가구와 장식품으로 집을 꾸미는 것에 열을 올렸다. 신혼 초반에는 그저 기분을 맞춰주려 했지만, 시간이 지날수록 그녀의 소비 습관은 감당할 수 없는 수준이 되었다. 그는 땀 흘려 번 돈이 사치품과 불필요한 모임 비용으로 순식간에 사라지는 것을 보며 점점 지쳐갔다. 이야기를 나눠 보려 했지만, 그녀는 "돈을 버는 건 당신이니까, 쓰는 건 내 몫이야. 그리고 이 정도도 감당 못하는 당신이라면 좀 무능한 거 아닌가? 난, 시집오기 전에 비하면 지금은 거지꼴로 사는 거 안 보여?"라며 반박했다. 사업을 확장하며 바쁜 나날을 보내던 그에게, 집은 점점 더 머물고 싶지 않은 공간이 되어 갔다. 결국, 결혼 10년 만에 두 사람은 합의 이혼했다. 남들 앞에서는 성공한 사업가였지만, 그의 결혼 생활은 씁쓸한 끝을 맺고 말았다. 세 아이는 아내가 양육권을 가져갔고, 거액의 위자료 및 양육비를 지급하기로 했다. 홀가분하고 씁쓸한 세월이었다. 그의 성공은 누구도 부정할 수 없었다. 이혼 후 몇 년 만에 다시 또 다른 여자를 만나리라는 것은 생각지도 못했다. 그러나 정임순은 달랐다. 나이가 들어 만나서인지 그의 모든 행동을 이해하게 되었다. 몇 번의 프러포즈 끝에 결혼 없는 부부 생활이 시작되었다. 한동안 행복했다. 그리고 행복할 것이라 생각했다. 오직 행복만이 이 중년 부부에게 있을 줄 알았다. 그러나 정임순의 행복은 딸을 찾아야 완전했다. 그리고 그런 아내에 대해 지형택은 모른 척할 수 없었다.

정임순이 아무래도 꿈자리가 사나워서 다시 그가 살던 서울 마포구 대흥동으로 간다고 했을 때, 처음에는 말렸지만 소용없었다. 어쩔 수 없이 아내를 그냥 보낼 수 없어 사람들이 자주 왕래하는 좋은 곳에 소일거리로 편의점을 하게 되면 돌아다니면서 찾는 것보다는 나을 것이라고 했다. 정임순은 지형택의 배려에 감사하며 서울로 가게 되었다. 이후 지형택 또한 손 놓고 있을 수 없다고 생각했다. 지형택은 정임순을 만나면서 자신의 인생에 처음으로 '가족'이라는 감정을 품었다. 첫 결혼은 실패로 끝났지만, 정임순과 함께한 시간은 달랐다. 하지만 그녀의 딸 미희가 실종된 상태라는 것은 언제나 두 사람 사이의 응어리였다. 그는 자신이 가진 모든 인맥과 자원을 동원해 미희를 찾아보기로 결심했다. 그렇게 탄생한 것이 'FS기획'. Find Someone. 실종자를 찾기 위한 탐정 조직이었다. 그는 전직 경찰 출신 다섯 명을 고용했고, 과거 정보 부서나 대공 부서에서 근무했던 사람들에게도 손을 내밀었다. 하지만 이 일이 단순하지 않다는 것은 시작부터 알 수 있었다. 그가 본격적으로 움직이기 시작하자 알 수 없는 사람들로부터 경고가 들어왔다.

"조용히 있는 게 좋을 겁니다."

하지만 그는 물러설 생각이 없었다.

FS기획을 운영한 지 6개월이 지나던 어느 날, 전직 특수부대 출신이자 청와대 경호관이었던 박철웅이 새로운 정보를 가져왔다.

"사장님, 쌍문동 주공아파트에 특이한 사람이 하나 있습니다."

지형택은 그의 보고를 들으며 가만히 잔을 기울였다.

"전직 정보과 출신인데, 술만 마시면 입이 헐거워진다고 합니다. 대학생들을 빨갱이라 부르면서, 자기가 한때 나라를 위해 얼마나 큰일을 했는지 떠들고 다닌다고요."

그 인물의 이름은 박수환. 47세. 군 정보 기관에 근무하다가 하급자 폭행 사건으로 문제가 생겨 결국 전역했다. 파면을 면했지만, 경비원 생활을 하면서도 여전히 군 시절을 그리워하며 술만 마시면 큰소리를 치는 사람이었다. 지형택은 판단이 빨랐다.

"접근해 봐."

박철웅은 자연스럽게 그와 친분을 쌓기 시작했다. 술자리를 함께하며, 그를 부추기고, 인정해주면서 정보를 캐내는 과정이었다.

"선생님 같은 분들이 많아야 나라가 제대로 돌아가는 건데, 요즘은 다들…"

박수환은 그 말에 기분이 좋아졌는지, 더 큰소리로 떠들었다.

그렇게 몇 차례 만남을 가진 후, 그는 결국 자신의 과거 이야기를 술술 풀어놓기 시작했다. 쌍문동 네거리 포장마차가 즐비한 길거리이다. 취객들이 요란한 구역질 소리가 여기저기 들리고 호탕한 2차, 3차 얘기들을 꺼낸다. 포장마차 안에는 막걸릿잔이 몇 개 엎질러져 있고, 안주 그릇은 거의 비어 있었다. 박철웅은 박수환이 혼자 앉아 막걸리를 들이켜는 모습을 지켜보다가 조용히 옆자리에 앉았다.

"박 선배, 오랜만입니다."

군대 문화에 익숙한 둘은 이미 형, 동생 하는 사이가 되었다. 물론 박철웅은 일의 연속이지만 말이다.

박수환은 손에 쥔 잔을 휘휘 돌리며 눈을 가늘게 떴다. "누구신가?"

"저, 철웅입니다."

박수환은 코웃음을 쳤다.

"그래, 요즘엔 당신 같은 멋진 충성파 사내만 날 찾는다니까? 어서 와! 좀 늦었네. 뭐 할 말이 있다며?"

"그냥… 형님 과거가 화려하잖아요? 저도 형님을 존경하지만 제가 아는 형님이 또 형님에 대해 관심이 많아서 한번 보자고 하시네요."

박수환은 흥미롭다는 듯 턱을 쓰다듬었다.

"과거라… 과거에 나는 별 볼 일 없는 놈이었지. 이런 놈한테 뭔 관심? 후후후. 그 사람도 할 일 없다. 그거 너희 사장이지?"

박철웅이 막걸릿잔을 채우며 물었다.

"아니, 형님이 어떻게?"

박수환이 피식 웃으며 말을 이었다.

"이래 봬도 나도 정보과 출신이야. 하하. 뭐 호텔을 크게 하고 있다고, 그런데 나한테 왜 이렇게 관심이 많지? 뭐, 찾는 사람 있나? 동생 말 들어보면 말이야 그런 거 같아."

순간, 박철웅은 긴장했다. 이 사람을 술주정뱅이로만 보면 안 되겠다고 생각했다.

"와 형님, 역시 정보력은 대단하시네요. 네, 사실 저희 사장님이 잃어버린 딸을 찾고 있어요. 벌써 10년도 넘었는데 대학생 때 실종이 되어서요."

그랬더니 박수환의 눈빛이 달라졌다.

"딸이 언제? 몇 살?"

박철웅은 뜸을 들이며 대답한다. 모른 척하기 위해서다.

"대학교 2학년인가? 그러면 21살인가요?"

박수환은 아는 척을 하기 시작한다.

"여대생들 관리하는 작전이 있었어. '붉은 여우 사냥'이라고. 거기서 여대생들을 관리했을걸? 그거 한번 해보고 싶었는데 못했어. 그때 그걸 했으면 자네 사장 딸도 찾아 줄 수 있었는데. 아깝네!"

박철웅이 잔을 내려놓으며 시선을 고정했다.

"붉은 여우 사냥? 군에서 여대생들도 그렇게 했나요?"

박수환이 실눈을 뜨며 박철웅을 훑어봤다.

"쉿, 조용. 그랬지. 왜 당신도 구미가 당기지? 당신도 여대생 좋아하는구면. 하여튼 사내들은 다 늑대야. 흐흐"

박철웅은 빙그레 웃었다.

"그런 건 아니고, 관심이 가네요."

박수환이 잠시 침묵하다가 낮은 목소리로 말했다.

"군에도 그런 놈이 하나 있었는데… 거기도 여대생 누구를 찾았지. 임 뭐더라…"

"임, 동수? 맞아. 동수! 그래, 임동수. 그놈도 뭔가를 찾았었지."

"누굴 찾았다고요?"

박철웅이 자기도 모르게 큰 소리로 말했다.

박수환은 그런 박철웅을 유심히 쳐다 보았다. 뭔가 관찰하는 모양으로. 그리고는 박수환은 헛웃음을 지었다.

"그래. 그때 그놈한테 조금 미안하긴 해. 내 과거에 야학에서 신세 진 적이 있거든. 그 시절에…"

박철웅이 잔을 비우고 나직이 말했다.

"그 얘기, 좀 더 자세히 해 주실 수 있겠습니까?"

박수환은 여전히 실눈을 뜨고는 박철웅에게 말한다.

"동생, 언제든지 얘기해 주지. 어떤 얘기든. 하하하! 우린 서로 통해."

그러다가 박수환은 뭔가를 눈치를 챘는지 잔을 쥔 채로 천천히 돌렸다.

"흥… 흥미롭군. 근데 말이야."

그는 갑자기 목소리를 낮추고 박철웅을 예리하게 쳐다보았다.

"당신 정체가 뭐야? 나한테 유도 신문하는 건가?"

박철웅은 손을 내저으며 웃었다.

"오해 마십시오. 저희 사장이 딸과 조금이라도 연관이 있으면 찾으려고 하시니, 너무 간절해서 저도 이렇게 안달이네요. 하하. 정말 궁금한 것도 있어서 그렇습니다."

박수환은 한동안 의심스러운 눈빛으로 바라보다가 다시 막걸리를 한 모금 들이켰다. "뭐… 좋다. 말이나 계속해보지."

박철웅은 잠시 침묵하더니 낮은 목소리로 말을 이었다.

"그 이야기, 우리 사장님께도 해 주시면 어떻겠습니까?"

박수환이 그 말을 듣고 의미심장한 미소를 지었다.

"흥, 뭔가 알고 있군. 그래, 나한테 정보가 있긴 해."

"정보요?"

"그거 사가라고."

"사가라고요?"

박수환은 막걸리를 한 모금 들이켰다.

"1억! 하하하! 1억이란다. 농담인 거 알지? 농담이야 농담! 무슨 정보는?"

박철웅은 당황하면서 한 손을 들고는

"아니, 괜찮습니다. 우리 사장님께서 따님 찾는데 그깟 1억이 대수겠습니까?

제가 얘기해 볼까요?"

박수환도 따라 웃으며 손을 흔들었다.

"농담이야. 군 제대한 지 얼마나 됐는데…. 정보 같은 것이 있을 리 있나? 하하하!" 그러면서 박수환이 막 일어서려고 할 때,

"제가 사장님께 5천만 원 정도는 말해 볼 수 있습니다."

정색하던 박수환이 한마디 했다.

"임동수! 그놈과 한 패거리지? 모를 줄 알아? 그놈하고 같이 오면 3천만 원에 합의해 주지. 나도 그놈한테 궁금한 게 많아서 말이야."

박철웅은 잠시 생각에 잠겼다가 고개를 끄덕였다.

"알겠습니다."

삼 일 후, 토요일 오후 1시. 장소는 수원의 M 호텔, 지형택의 사무실에서 보기로 했다.

22
동상이몽(同床異夢)

장해연은 천천히 잔을 들어 올렸다. 깊고 어두운 붉은 색의 위스키가 잔을 타고 흔들렸다. 그녀는 자연스럽게 마시며 바텐더와 가벼운 대화를 나누었다. 마치 아무 일도 없다는 듯한 표정을 유지했지만, 시선은 여전히 주위의 흐름을 예의주시하고 있었다. 자신에게로 오는 사람이 이종수가 아니라는 것. 그것이 분명해지는 순간 해연의 등줄기를 타고 내려오던 싸늘한 긴장이 조금은 완화되었다. 그런데도 계속되는 긴장으로 약간 손이 떨리는 듯하여 왼손 엄지로 검지와 중지를 꽉눌렀다. 그녀는 태연한 척하며 바의 은은한 조명 아래서 쓴 미소를 지었다. 그러나 귓가로 들려오는 음악과 사람들의 웅성거림 사이로, 균형이 미세하게 흐트러진 공기가 느껴졌다. 그 남자는 낯선 얼굴이었다. 짧게 자른 머리칼과 다부진 체격, 그리고 어딘지 모르게 군기가 잡힌 듯한 걸음걸이. 그는 해연에게 다가오다

순간적으로 걸음을 멈췄다. 그리고 어색한 미소를 지어 보이더니, 곧장 화장실 방향으로 발걸음을 돌렸다. 하지만 그 순간, 해연의 예리한 시선은 그의 미묘한 행동을 놓치지 않았다. 그 남자는 분명 자연스럽게 움직이려 했지만, 실수처럼 보일 정도로 명확하게 해연을 스캔하고 지나갔다. 위아래로 재빠르게 훑어보는 시선. 손끝 하나까지도 놓치지 않겠다는 듯한 집중력. 그리고 그녀가 들고 있는 핸드백과 테이블 위의 소지품까지 일별하는 능숙한 태도.

'군인이거나 군 출신?'

해연의 머릿속에서 단정적인 결론이 내려졌다. 순간적으로 심장이 두어 번 빠르게 뛰었다. 그러나 얼굴에는 여전히 여유 있는 미소를 머금은 채, 바텐더에게 농담을 던졌다. 손가락 끝이 살짝 차가워졌지만, 잔을 손에서 놓지 않았다.

"여기 올드패션드 한 잔 더 부탁할게요."

목소리는 평온했다. 그러나 해연은 이미 신경을 곤두세우고 있었다. 시야를 넓게 가져가며 이종수의 위치를 파악하려 했다. 그는 여전히 보이지 않았다. 이상했다. 해연은 천천히 숨을 들이마셨다. 그리고 다시 한 모금 술을 넘겼다. 몸을 돌려, 바에 걸쳐 앉으며 자연스럽게 공간을 훑었다. 벽면의 거울을 통해 방금 지나간 남자가 화장실에서 나오고 있음을 확인했다. 그는 무심한 얼굴로 손을 털고 있었지만, 그녀는 본능적으로 감지했다. 그 남자는 이제 해연의 뒤쪽 테이블로 향했다. 원래 자리가 아니다.

'날 감시하는 건가?'

의문이 들었다. 단순한 관심일 수도 있다. 하지만 숙달된 듯한 사람 특유의 동작과 시선, 그리고 지나칠 정도로 세밀한 관찰력을 가진 사람이 우연히 같은 바에서 그녀를 지켜본다는 것은 너무나 개연성이 없었다. 해연은 가볍게 고개를 숙이며 미소를 지었다. 그리고 바텐더에게 한마디를 더 건넸다.

"여기 조용하고 좋네요. 혼자 와서 즐기기엔 안성맞춤인 것 같아요."

바텐더가 한마디 거든다.

"네. 혼자서 오시는 여성 손님이 많습니다. 특히, 손님처럼 아름다우신 여자분들이요."

바텐더는 미소를 지으면서 진심인지 장삿속인지 한마디 한 후에 씩 웃어 보인다. 해연은 더 말을 섞지 않고 함께 웃어줬다. 어색한 듯 조용한 재즈 음악이 흐르면서 시간이 가고 있다. 해연은 바의 공기와 소음에 익숙해질 무렵, 자연스럽게 빠져나갈 타이밍을 재고 있었다. 굳이 지금 이종수를 만나야 할 이유는 없었다. 기회는 다시 올 것이고, 불필요한 위험을 감수하고 싶지는 않았다. 그러나 문제는 바로 뒤에 앉아 자신을 뚫어져라 바라보는 사내였다. 해연은 그 시선을 무시하는 것이 오히려 부자연스러우리라 판단했다. 그녀는 차분하게 잔을 들어 한 모금 머금은 후, 고개를 돌려 자연스럽게 말을 걸었다.

"여기 자주 오세요?"

사내는 고개를 숙이고 뭔가 생각하다가 해연의 말에 처음에는 당황한 듯했으나 조금도 주저하지 않고 답했다.

"가끔 옵니다. 분위기가 괜찮아서요."

해연은 남자의 동의도 없이 자연스럽게 일어나서 그 앞에 가서 앉았다. 남자는 웃으면서 그 자리를 내주는 것 같았다. 싫은 기색이 아니었다. 해연은 용기를 내어 더 대담하게 행동으로 옮겼다.

"여기 잠깐 앉아도 될까요? 저기 일행분들 아니세요?"

"아. 괜찮습니다. 일행 맞는데요. 전 누굴 좀 기다리고 있어서요."

남자가 서둘러 둘러대는 느낌이었다. 기다리면 일행과 함께 기다리면 되지 굳이 해연의 근처에서 기다리는 것은 이상하다고 해연은 생각했다.

"아. 네, 제가 방해하는 건 아닌지 모르겠습니다."

"아, 아닙니다. 잠깐은 괜찮습니다."

"그렇군요. 무슨 일하세요?"

"부동산 일을 합니다."

해연은 흥미로운 듯 고개를 끄덕였다.

"부동산이라면… 아, 참 궁금한 게 하나 있는데요. 아현 3동 꼭대기에 허름한 집이 있는데, 개발이 언제쯤 될까요? 지금 파는 게 좋을까요?"

해연은 이종수와의 만남에 대한 목적과 의식이 뚜렷했는지 있지도 않은 집 얘기를 했다. 사내는 잠시 생각하더니 친절한 목소리로 설명하기 시작했다. 해연은 그의 말을 들으며 그의 태도를 세심하게 관찰했다. 예상보다 더 유창하고 능숙한 태도였다. 그러나 어딘지 모르게 어색했다. 그때, 해연은 주변의 미세한 변화에 신경을 곤두세웠다. 한 여직원이 이쪽으로 다가오고 있었다. 그녀는 남자를 보며 물었다.

"정 대리님, 아시는 분이세요? 아니면 고객?"

해연의 눈이 가늘어졌다. 정대리? 사내는 순간적으로 미세하게 굳었다. 그러나 이내 자연스럽게 대답했다.

"아, 네. 과장님. 손님인데 오늘 여기서 또 이렇게 뵙네요."

해연은 그의 말을 듣고는 그의 얼굴을 쳐다보았다.

'손님?' 정대리라는 사내도 해연을 보면서 의미심장한 미소를 보내고 있었다. 그의 태도에는 둘만이 교감하고 싶다는 사내의 어떤 욕망도 서려 있는 느낌이었다. 해연은 이것도 기회라고 생각했다. 이 사내를 통해 얼마든지 이종수에 대해서 알아낼 수 있을 것 같았다. 정대리라는 사내에게는 미안하지만 말이다. 일종의 미끼가 덫에 걸린 것이다. 과장은 해연을 힐끗 보더니 장난스럽게 웃으며 말했다.

"정 대리님, 이쪽에 아는 분이 많으시네요?"

그녀의 말투에는 장난기가 섞여 있었지만, 눈빛은 예리하게 정대리를 관찰하고 있었다. 정대리는 애써 무심한 표정을 지으려 했지만, 목소리는 어딘가 조급해 보였다.

"지난번 영업 나갔다가 한번 뵀었는데 이런⋯. 우연히 여기서 또⋯. 하하하"

과장은 의미심장한 미소를 짓더니, 해연에게 눈길을 주며 말했다.

"얘기 잘하세요. 좋은 시간 되시고요."

해연은 가만히 과장의 뒷모습을 바라보았다. 그녀는 몇 걸음 떨어지더니 화장실 쪽으로 가는 척하다가 다시 자신들의 무리로 돌아갔다. 그 순간, 해연은 직감했다. 그녀를 이쪽으로 보낸 사람이 있었다. 그리고 해연은 그가 누구인지 알 것 같았다.

'사장.'

해연은 슬쩍 매장 저 끝 안쪽 테이블을 바라보았다. 깊숙이 박혀서 키 큰 나무 화분이 시야를 일부 가리고 있었지만, 옆모습을 보는 순간 확신이 들었다. 이종수였다.

여자 과장과 이종수는 몇 마디를 주고받더니 잔을 들었다. 그리고 이종수는 조용히 해연을 바라보았다. 해연도 그쪽을 보고 있는 터라 눈이 마주쳤다. 순간적으로 고개를 돌릴까 망설였지만, 곧 가벼운 미소를 지으며 잔을 들어 멀리서나마 손으로 인사를 보냈다. 이종수의 입가에도 희미한 미소가 스치는 것을 느꼈다. 그러나 해연의 등줄기는 서늘한 감각에 휩싸였다. 자신이 잘 해내고 있다고 생각하면서도, 긴장의 끈을 놓을 수 없었다. 앞에 앉아 있던 정대리는 이 상황을 의식한 듯 말을 더듬으며 어색하게 설명했다.

"우리 사장님하고 직원들인데요. 좋으신 분들이죠. 그런데 혹시 오늘 시간 되시면… 더 친절히 설명해 드릴 수도 있는데…."

사내는 이제는 마음이 급했다. 아예 노골적이다. 그가 몸을 앞으로 살짝 굽히면서 해연에게 다가온다. 해연은 몸을 뒤로 뺄까 하다가 인내했다. 특유의 술 냄새가 해연의 온몸으로 침투하는 느낌이다. 해연의 향수 냄새가 그에게 흘러 들어갔는지 숨을 크게 들이키더니

"이거 샤넬 거죠? 그, 뭐 마드모아젤?"

해연은 그 향수는 아니지만 귀찮아서 말을 건넨다.

"네, 맞아요. 와, 여자 향수까지 잘 아시네요. 남자들 대개 잘 모르는데. 신사네요!"

해연은 호감 있는 듯 답하면서 더 이상 참지 못하고 몸을 뒤로 젖혔다. 그때 남자가 살짝 당황했는지

"아, 제가 초저녁부터 술을 먹어서, 냄새가 좀 나죠?"

해연은 당황한 척, 손을 내 저으면서 말했다.

"아, 아닙니다. 저는 생각지도 못했는데요. 괜찮습니다. 냄새 안납니다. 호호"

그는 용기가 났는지 해연을 조용한 곳으로 데려가고 싶다는 듯 다시 말을 이어간다. 목소리가 조금 낮아지며 의미심장하게 말했다.

"이곳은 시끄러우니까… 조용한 자리에서 좀 더 얘기 나눌까요?"

해연은 순간적으로 그를 바라보았다. 그의 눈빛에는 단순한 호기심 이상의 무언가가 담겨 있었다. 마치 자신이 무엇인가를 원한다는 것을 들키지 않으려는 듯한 억제된 욕망이 깃든 눈빛이었다.

"좋아요."

해연은 태연한 척 대답했다. 그리고 고개를 숙이고 있었다. 순간 정대리의 눈빛이 빛났다. 뭔가 큰 건을 한 사람처럼 온몸이 자신감으로 가득 찼다. 해연은 정대리의 시선을 느끼며 고개를 들었다. 그 남자는 마치 기대에 부풀어 있는 듯한 얼굴이었다. 해연과 단둘이 있을 수 있다는 확신이 그를 들뜨게 만든 듯했다. 정대리는 자리에서 일어나 일행에게 다가가서 업무 일정으로 먼저 퇴근하겠다고 말하고 오겠다고 했다. 해연은 태연한 척 고개를 끄덕였다.

"그러세요."

그가 다시 돌아왔다. 해연 앞에 앉으며 조심스레 물었다.

"사장님하고 아는 사이신가요?"

해연은 속내를 감추며 짧게 답했다.

"아니요. 그렇지는 않아요."

정대리의 표정이 살짝 일그러졌다. 마치 예상과 다른 답을 들은 듯했다. 그러더니 머뭇거리다가 말했다.

"사장님께서 여자분을… 아, 참. 제가 이름도 안 여쭤봤네요."

해연은 반사적으로 거짓된 미소를 지으며 가명을 대답했다. 해연 나름대로 가명까지 생각할 정도로 치밀하게 준비하고 있었다.

"최혜진이라고 합니다."

"아, 혜진 씨군요. 사장님이 혜진 씨를 아시는 분과 많이 닮았다고 하셔서… 잠시 인사라도 하고 싶다고 하시네요."

해연은 순간 심장이 철렁 내려앉았다. 저쪽도 자신을 의식하고 있었던 것인가? 단순한 호기심이 아니라 확신이 있었기에 과장이라는 여직원까지 보내 자신을 미행하고 있었던 것이라는 생각에 이르자 조금은 두려웠다. 여기 정대리라는 자를 자신에게 보낸 것이 아닌가? 정대리는 순전히 개인적인 욕망으로 접근했단 말인가? 혼란이 밀려왔다. 어차피 잘된 일이다. 피하지 말자. 미희 언니를 찾기 위해 여기까지 왔다. 물러설 곳이 없었다. 해연은 애써 미소를 띠며 대답했다.

"알겠습니다. 잠시 인사하고 나가죠."

정대리는 끝까지 조심스러웠다.

"불편하시면 제가 가서 오늘은 어렵다고 전하고, 우리 둘만 나갈 수도 있는데요?"

해연은 능청스럽게 맞받았다.

"그러면 대리님? 아, 대리님 성함은?"

"정민식입니다."

"네, 정민식 대리님이 곤란하면 안 되잖아요? 저쪽은 사장이잖아요?"

해연은 결연한 표정으로 자리에서 일어섰다. 이 한 걸음이 미희 언니를 향한 첫발이었다. 미희 언니를 찾는 그 첫걸음. 어깨를 펴고 앞으로 걸었다. 정민식이 뒤따랐다. 저쪽에서 누군가 천천히 일어섰다. 해연의 시선이 그를 향했다. 조명이 비추며 그의 얼굴이 선명해졌다. 순간 공기가 무거워졌다. 마치 폐 속까지 압박하는 듯한 감각이었다. 세월이 흘렀지만, 그 얼굴은 변하지 않았다. 악몽처럼 되풀이되던 음흉하고 저열한 미소. 깊게 팬 주름 속에 숨어 있는 잔인함. 고통스러웠던 세월이 새겨진 얼굴. 해연은 숨을 삼켰다. 손끝이 떨리기 시작했다. 손가락이 의식적으로 움츠러들었다. 해연은 엄지로 검지와 중지를 꼭 잡았다. 떨림을 숨기기 위해. 두려움을 삼키기 위해. 피할 수 없다. 이 순간을 위해 살아왔다.

"안녕하세요? 우리 언제 뵌 적이 있지 않나요?"

이종수가 미소를 지었다. 음성마저도 익숙했다. 해연은 조금 높은 음으로 대답했다. 그래야 자신의 목소리에 자신을 숨길 수 있을 것 같았다.

"최혜진이라고 합니다. 저는 사장님 처음 뵙습니다."

이종수는 손을 해연에게 내밀었다.

23
국가를 위하여

어두운 방 안에서 유동희는 핸드폰을 내려다보았다. 손끝이 떨렸다. 통화기록에 남아 있는 '박수환'이라는 이름이 마치 뱀처럼 꿈틀거리는 것 같았다. 조금 전, 그는 박수환과 통화했다. 박수환은 낮은 목소리로 말했다.

"그 사람들이 맞는 것 같습니다."

유동희는 침묵했다. 확신을 내비치지 않은 채 박수환을 떠봤다.

"가족이 확실해? 가족은 아니고? 좀 더 알아봐."

그렇게 말한 후에도 심장은 요동쳤다. 박수환이 말한 미희라는 여자. 지금은 30대 초반이라고, 분명 청주 병원에도 그 이름과 이니셜이 유사한 MH가 둘 정도 있다고 했다. 그는 문득 10여 년 전의 기억 속으로 빨려 들어갔다. 1980년대 후반, 365 정보부대 작전 과장이었던 유동희는 '붉은 여우 사냥' 작전의 마지막 정리를 맡고 있었다. 군 내부에서도 극소수만 아는 비밀 작전이었다. 법적으로 처리할 수 있는 이들과 그렇지 않은 이들을 분류해야 했고, 문제를 일으킬 가능성이 있는 이들은 적당한 방식으로 사라져야 했다.

"과장님, 저도 참여하고 싶습니다."

어느 날 박수환이 찾아와 말했다. 유동희는 그를 바라보았다. 그는 신뢰할 수 있을까? 아니, 이런 일에 끼어들면 안 되는 놈이었다. 술에 취하면 폭력적으로 돌변하는 버릇도 있었다. 유동희는 냉정하게 거절했다.

"이미 끝났어. 이런 일에 발 들이지 마."

하지만 박수환은 끈질겼다. 계속 주변을 맴돌며 작전의 세부 사항을 캐물었다. 한번은 유동희도 방심하고 술잔을 기울이다가 취하고 말았다. 그때 그에게 실수로 일부 내막을 흘리고 말았다. 그게 화근이었다. 붉은 여우 사냥 작전이 종료된 후, 유동희는 관련된 자들을 세 부류로 나눴다. 첫째, 법적으로 처리할 수 있는 자들은 합법적 틀 안에서 처리했고, 그 부분은 유동희의 손을 떠났다. 군 검사들이 해결할 것이다. 둘째, 정신적으로 위험한 자들은 공식적인 국립 병원이 아닌 비공식적인 종교 단체나 봉사 단체의 시설로 넘겼다. 셋째, 위에서 말한 주의할 인물들로 끝까지 저항하는 자들은… 사라졌다. 그때의 결정을 후회한 적은 없었다.

'그럴 수밖에 없었던 시대였다'는 말로 자신을 합리화했다. 하지만 가끔 악몽을 꿨다. 어두운 방, 벽에 새겨진 손톱자국, 마지막까지 울부짖던 목소리들이 귓가를 맴돌았다. 그리고 이제, 그 일이 다시 현실로 떠오르고 있었다. 유동희 자신도 피해자라고 생각했다. 국가가 필요할 때 자신들은 사용되어진 것일 뿐이다. 유동희는 박수환이 한 말을 곱씹었다.

'그 사람들이 맞는 것 같습니다.'

직계 가족은 아니지만, 관련자들이라고 한다. 실종자들이 이렇게 가족을 찾아 다닐 때는 법적이고 정치적으로 연대해서 일했기에 유동희는 언제나 피할 수 있었다. 유동희는 드러내놓고 일하지는 않았기 때문이다. 그러나 이렇게 개인적으로 찾는다는 건 실로 부담이었다. 서로가 서로에 대해서 정보가 노출되고 알고 있다는 것이다. 그것도 박수환이라는 인물이 개입되었다면 더 골치 아프다. 그 사람이 원하는 것은 '가족을 찾는 일'일 것이다.

그는 휴대전화기를 집어 들고 청주 병원에 연락했다. 직원은 기록을 찾아보더니 말했다.

"두 분 중 한 분은 60대이고 한 사람인 30대입니다만⋯."

심장이 철렁 내려앉았다.

'그 한 명이 그녀일까? 만약 그렇다면, 자신이 한 일이 결국 밝혀지게 될까? 아니다. 이대로 조용히 묻혀야 한다.'

하지만 박수환은 다 알고 있는 눈치였다. 청주 병원의 위치까지는 알지 못하지만, 중간에 사고를 칠 가능성이 농후했다. 이것을 방치하면 일은 더 크게 벌어진다. 사전에 막아야 한다. 제일 좋은 시나리오는 조용히 그들이 가족들과 만나게 해 준다. 조건은 이 일을 외부로 발설하지 않는다는 것으로, 그리고 박수환은 아마도 이 일로 '돈벌이'를 하고 싶어 할 것이다. 저쪽에서도 그가 요구한 대로 줬을 것이다. 박수환이 말하는 투를 보면 그러면 일은 자연스럽다. 워낙, 술과 돈을 좋아하는 인간 말종인 것을 유동희도 잘 안다.

'나는 단지 명령을 따랐을 뿐이었다. 나라에 충성한 것뿐이었다.'

하지만 머릿속에서는 그때의 장면이 떠오르고 있었다. 끌려가던 사람들의 눈빛. 그들 중에는 MH도 있었을 것이다. 당시에는 가명을 사용하거나 이니셜만으로 기록했으니, 청주 병원 직원들도 처음에는 본명을 알지 못했을 터였다. 유동희는 창문을 열고 차가운 바람을 들이마셨다. 이렇게 하는 것이 맞는 것일까? 그는 다시 박수환에게 전화를 걸었다. 신호음이 길게 이어졌다. 드디어 전화가 연결되었다.

"박 중사!"

"네, 과장님."

"그거, 과장이라는 말 그만 좀 하고! 그 가족들, 어디서 만날 건가? 일정을 잡았다고 했지?"

박수환이 흡족한 듯 웃었다. 제 뜻대로 되어간다는 안도의 표정이었다.

"저쪽에서도 얼마나 속이 달겠어요? 제가 직접 그 지형택이라는 사람을 만나기로 하고, 재밌는 것은 365에 제가 전출 오기 전에도 이 MH를 찾던 놈이 있는데 그놈도 같이 보기로 했습니다. 제가 수원으로 가려고요. 이번에 한 건 한 것 같습니다. 하하하"

"박 중사! 박 중사! 정신 차려! 가서 다른 것 더 요구하는 것은 들어 주지 말고 외부에 노출만 시키지 않으면 만나게 해 준다고 해. 그러나 아직 확실치는 않다고 해줘. 찾는 사람이 맞는지 아닌지는. 박 중사도 그들을 만나게 해 주는 역할만 하고 더 이상 소란 피우지 말고. 알겠어? 박 중사! 이건 마지막으로 박 중사에게 명령하는 거야! 우리가 전역은 했지만 군인 정신이라는 게 있잖아! 알겠어?"

전화가 끊어졌지만, 유동희의 가슴속 혼란은 가라앉지 않았다. 그는 한숨을 내쉬었다. 모든 것이 다시 시작되고 있었다. 유동희는 가슴이 두근거렸다. 박수환은 알겠다고 했지만, 여전히 불안했다. 유동희는 따로 움직여야겠다고 생각하고 모든 일정을 뒤로 미루고 청주로 차를 몰았다.

박수환은 호텔 로비에 들어서자마자 박철웅을 알아봤다. 화려한 샹들리에가 쏟아내는 빛이 대리석 바닥에 반사되며 로비를 가득 채웠고, 그 속에서 박수환은 천천히 고개를 들었다. 그의 입가엔 희미한 웃음이 번졌다.

"이야, 이거 제대로 대접받는 기분인데?"

그는 가볍게 코를 훌쩍이며 거만하게 어깨를 들썩였다.

"이런 데는 대통령이나 오는 거 아냐?"

박철웅은 표정 하나 변하지 않고 침착하게 대답했다.

"사장님께서 51층에서 기다리고 계십니다."

"51층?"

박수환이 비릿한 미소를 지으며 되물었다.

"VIP룸이구만?"

박철웅은 고개를 끄덕였다.

"그렇습니다."

"거봐, 내가 안다니까."

박수환은 주위를 둘러보며 일부러 크게 헛기침했다.

"VIP룸이라, 허 참. 사람은 출세를 해야 해. 안 그래? 동생?"

그는 박철웅에게 말하는 것인지 지나가는 호텔리어들에게 말하는 것인지 모를 정도로 목소리가 커져서는 의미 없는 눈길을 던지며 거들먹거렸다.

"저는 1층에서 대기하고 있겠습니다. 잘 만나고 오십시오."

박철웅은 공손하게 말했다. 박수환은 턱을 한 번 치켜들며 손을 휘저었다.

"알았어, 알았어. 근데 그 임동수라는 작자는 왔나?"

박철웅은 잠시 망설이다가 대답했다.

"아직 도착하지 않았습니다. 오시면 안내하겠습니다."

"오케이, 오케이."

박수환은 만족한 듯 고개를 끄덕이고는 콧노래를 부르며 엘리베이터에 탔다. 문이 닫히는 순간까지도 거만한 웃음이 그의 입가를 떠나지 않았다.

그때, 호텔 앞에 한 대의 택시가 멈춰 섰다. 문이 열리자마자 임동수가 천천히 내렸다. 그는 주변을 둘러보며 깊게 숨을 들이마셨다. 무겁고 화려한 호텔의 공기가 낯설었다. 박철웅이 다가가 조용히 물었다.

"혹시 임 선생님이십니까?"

임동수는 짧게 대답했다.

"그렇습니다."

"사장님께서 기다리고 계십니다. 제가 모시겠습니다."

엘리베이터가 다시 한번 열렸다. 박철웅은 임동수를 안내하며 조심스럽게 입을 열었다.

"임 선생님, 사장님께서 당부의 말씀이 있었습니다."

임동수는 말없이 고개를 끄덕였다.

"혹시 불편하시면 안 들어가셔도 됩니다. 들어가시더라도 말씀하시고 싶지 않으시면 안 하셔도 되고요. 혹시 군에서 피해를 보시거나 어려운 일이 있었다면, 우리 회사 변호사들이 도와드릴 수도 있습니다. 모든 것은 선생님의 선택입니다."

임동수는 잠시 생각에 잠겼다. 10년이라는 세월이 흘렀다. 그날의 기억이, 그때의 공포가 여전히 그의 가슴 한구석에 묻혀있었다. 그러나 그는 단호하게 말했다.

"괜찮습니다. 배려에 감사드립니다. 박수환이 저를 만나는 조건으로 미희의 정보를 주겠다고 했으니, 들어가야죠."

엘리베이터 문이 다시 열렸다. 사장실 입구에서 비서가 임동수를 안내했다. 그 순간, 안쪽에서는 박수환의 시끄러운 웃음소리가 흘러나왔다. 임동수는 침을 삼켰다. 10년. 긴 시간이었지만, 아직도 그 시절의 공포가 악몽처럼 떠올랐다. 그는 천천히 사장실 문을 밀었다. 문이 열리자마자 박수환이 자리에서 벌떡 일어났다. 과장된 몸짓으로 두 팔을 벌리며 환하게 웃었다.

"야~ 이게 누구야! 임 선생님, 잘 지냈어?"

임동수는 침착하게 대답했다.

"오랜만입니다."

박수환은 눈을 크게 뜨고 임동수의 손을 덥석 잡았다.

"야야, 세월이 이렇게 흘렀구먼! 그때는 솜털 보송보송한 아기였는데, 이제는 어른이 다 됐네! 참, 세월 무섭다, 그렇지?"

임동수는 가볍게 수긍했지만, 손을 잡힌 채로 미세하게 긴장했다. 박수환의 손에서 느껴지는 힘이 불쾌했다. 그때 지형택 사장이 분위기를 가라앉히며 손짓했다.

"자, 자리하시죠."

박수환은 여전히 웃으며 임동수의 어깨를 툭툭 쳤다. 하지만 자리에 앉자마자 본론을 얘기하자고 한다. 표정도 돌변했다.

"단도직입적으로 갑시다."

그는 낮고 빠르게 말을 던졌다.

"나는 확인했어. 그 여자, 거의 100% 당신들이 찾는 사람이야."

지형택이 눈썹을 살짝 찌푸렸고, 임동수는 조용히 손을 모았다.

"그렇다면..."

박수환이 비릿하게 웃었다.

"대가를 줘야 하지 않겠어?"

임동수가 천천히 고개를 들었다.

"그럼, 나를 부른 이유는?"

박수환이 큭큭 웃더니 천천히 몸을 앞으로 숙였다.

"야, 임 선생님, 다 잊으셨군요."

그는 일부러 혀를 차며 말했다.

"저와 만나야 할 이유를 모르세요? 사람들은 그러더라고. 때린 놈은 다리를 못 뻗고 자도 맞은 놈은 다리를 뻗고 잔다고. 그런데 다리 뻗고 주무셨나 봐요? 임 선생님!"

그는 고개를 기울이며 눈을 가늘게 떴다.

"임 선생! 이럴 거요?"

임동수는 얼굴에 아무런 감정도 드러내지 않은 채 그를 바라보았다. 방 안의 공기가 순간 무겁게 가라앉았다.

24

토사구팽(兎死狗烹)

이종수는 경찰을 떠난 7년이란 세월이 지났지만 늘 마음은 허전했다. 하루아침에 정든 자리를 내려놓고 나니, 비로소 알 것 같았다. 경찰이라는 직책이 그의 삶에서 얼마나 많은 부분을 차지했는지를. 스무 두 살에 순경이 되어 온갖 풍파를 겪으며 살아온 세월이었다. 그는 고향 수원으로 돌아가고 싶었다. 마음속에선 여전히 경찰서 사무실의 전화벨 소리가 울리는 듯했다. 수원의 매탄동, 그가 어릴 적 뛰놀던 마을. 옛사람들은 이곳을 '물골'이라 불렀다. 물이 솟아나는 땅이니 큰 인물이 나온다던 전설 같은 이야기가 전해 내려왔다. 어린 시절 그는 그것이 자신을 가리키는 말이라 믿었다. 경찰이 되어 고향으로 돌아와 서장으로 근무하며 여생을 보내리라는 꿈을 품었던 것도 어쩌면 그 착각의 연장선이었는지 모른다. 하지만 현실은 달랐다. 진급이 누락 되고, 결국 그는 스스로 퇴직을 결심해야 했다. 그의 퇴직 후 삶은 그래도 여유로웠다. 부동산 사업을 하던 아내 덕이었다. 이종수의 아내 나지은은 경찰 생활을 하는 남편 대신 사업을 키워놓았고, 이종수가 퇴직한 뒤에는 모든 것을 그에게 맡겼다. 처음엔 그저 아내를 돕는다는 생각이었으나, 그는 경찰 시절의 인맥을 활용해 정보를 모으고 사업을 확장해갔다. 옛 동료들은 말했다.

"야, 서장 자리보다 낫네. 돈이 진짜 권력이야."

그러나 그는 쓸쓸한 미소만 지었다.

이종수의 가슴속에는 지워지지 않는 한 사건이 남아 있었다. 그가 마지막으로 맡았던 수사. 그 사건이 결국 그의 진급을 가로막았고, 나아가 경찰 생활의 마무리를 흐리게 만들었다. 그 사건은 원래 단순한 경제 사기 사건이었다. 투자자를 속여 거액을 가로챈 기업 대표가 주범이었고, 피해자는 수십 명에 달했다. 그러나 수사가 진행될수록 복잡한 관계가 얽혀 있음을 알게 되었다. 피의자의 변호사는 검찰 고위직과 밀접한 인맥을 가지고 있었고, 사건을 은폐하려는 움직임이 포착됐다. 이종수는 이를 파헤치려 했다. 하지만 그 순간, 그의 과거가 발목을 잡았다. 그는 젊은 시절 대공분실에서 근무했을 당시의 비리가 있다는 것이다. 그는 스스로 결백했다. 상부의 명령에 따라 움직였을 뿐이었다. 그러나 검찰은 그의 과거를 조사하며 그가 가혹행위에 연루되었음을 밝혀냈다. 폭력, 강압 수사, 심지어 성추행까지. 그는 그런 짓을 저지른 적이 없다고 항변했지만, 몇 가지 사건은 그가 모르는 사이 그의 손을 거쳐 갔을 수도 있었다. 검찰은 이를 빌미로 협박해왔다.

"이 사건 덮어. 안 그러면 네 과거가 세상에 드러나게 될 거야."

그는 끝까지 버티려 했지만, 결국 무너졌다. 사건을 무마했고, 본청 감찰의 조사 끝에 서로 합의한 후 가벼운 징계만 받고 경찰을 떠났다. 그러나 이 사건은 또 다른 제보자에 의해 파장이 더해졌다. 인터넷 신문 기자 한 명이 집요하게 물고 늘어진 끝에 결국 세간에 소문이 퍼졌고, 그는 경찰 조직 내에서조차 찬밥 신세가 되었다. 퇴직 후에도 이종수의 꿈속에는 그 시절이 반복됐다. 차가운 취조실, 무력한 용의자의 눈빛, 그리고 손발이 묶인 채 울부짖던 젊은이들. 그는 꿈속에서도 변명했다.

"그땐 어쩔 수 없었어. 그게 국가를 위한 일이었어."

하지만 꿈에서 깨어난 후엔 그의 심장이 터질 듯 뛰었다. 그가 정말 믿고 있는 것은 무엇일까? 정의? 애국? 아니면 단지 자기 합리화일까? 힘이 들 땐 도시의 밤거리를 걸었다. 그 밤 거리에서 수사를 하고 범인을 잡던 자신과 만나는 공간이고 시간이었다. 그러나 이제는 경찰서 정문 앞을 지나칠 때, 그는 본능적으로 몸을 움츠렸다.

'그때 내가 끝까지 버텼더라면?'

하지만 그는 안다. 그랬다면 그는 경찰서장이 아니라 감옥에 갔을 수도 있다는 것을. 결국 그는 선택했고, 그 대가를 치렀다. 하지만 그 선택이 옳았는지, 그는 평생 확신하지 못할 것이다. 경찰을 떠나서도, 그리고 죽는 날까지도. 그의 그림자는 여전히 과거 속에서 벗어나지 못한 채 흔들리고 있었다. 국가를 위해서 무엇인가를 할 수밖에 없었던 그 시절의 일들이 주마등처럼 떠 오른다. 그리고 그것은 이제 좋은 추억이 아니다. 불편하고 고통스러운 과거가 되었다. 권력의 밖에서 이종수는 동네북이었다. 이종수는 다시 불려 나갔다. 경찰 과거사 진상조사위원회, 이번이 몇 번째인가. 그는 변호사의 조언을 따라 기계적으로 대답했다. 기억나지 않는다. 모른다. 국가를 위한 수사였다. 인권 침해는 없었다. 그렇게 몇 번의 질문이 오가고, 담당 조사관이 새로운 자료를 내밀었다.

"행방불명자에 대한 신고와 고발이 있었습니다. 한미희라는 이름을 기억하십니까?" 신고자는 그의 어머니 정임순. 서로 대면은 시키지 않았지만 유리 밖으로 정임순의 얼굴에서 한미희가 보였다. 정임순은 이종수를 볼 수 없었다. 그러나 이종수는 분명히 보았다. 낯이 익은 얼굴. 정임순과 한미희는 그렇게 닮아있었다. 한미희. 그 이름이 낯설지 않았다. 하지만 그의 기억 속에는 너무나 많은 이름이 있었다. 그 시절, 그는 그들을 피의자로만 불렀다. 그들의 얼굴, 그들의 삶, 그들의 공포 어린 눈빛조차도 애써 지우려 했다. 그러나 그녀는…. 아현동 안가. 차가운 조명 아래서 들려왔던 섬뜩한 목소리.

"저는 임동수! 동수 씨! 동수 씨! 임동수를 만나러 왔어요! 임동수를 찾게 해 주세요! 제발! 그리고 아, 해연아…. 해연아…. 네가 이럴 수가…."

그녀였다. 배신과 절망의 처절하게 절규했던 목소리. 처음에는 여느 피의자들과 다르지 않았다. 조사 과정에서 혐의를 인정하지 않는 것은 흔한 일이었다. 하지만 그녀는 달랐다. 보통은 시간이 지나면 변하기 마련인데, 그녀는 침묵했다. 아무 말도 하지 않았다. 울지도, 항변하지도 않았다. 그녀의 침묵은 거대한 벽처럼 단단했다. 직원들은 그것이 쇼라고 했다. 연기일 거라고. 하지만 이종수는 알았다. 그건 연기가 아니었다. 너무나 완전하고 절대적인 절망이었다. 식사도 거부했다. 기진맥진한 모습으로 구석에 웅크리고 있던 그녀에게 한 여직원이 말했다.

"여기서 살아서 나가야 해요. 그래야 사랑하는 사람을 다시 만날 수 있어요."

여직원의 수십 번의 설득 끝에 그에게도 희망이 생겼는지 그녀는 조금씩 밥을 먹기 시작했다. 하지만 여전히 말은 없었다. 침묵하는 그에게서 어떤 단서도 찾을 수 없었다. 그렇다고 다시 돌려보낼 수도 없었다. 혐의점과 수사 과정을 보고해야 하는데 죄를 적시한 후 결과가 석방이라면 앞뒤가 맞지도 않을뿐더러 같이 일하는 직원들에게 실적도 없는 수고를 하도록 하면 안 되기 때문이다. 이럴 때는 사건을 인계하는 것이 맞다고 생각하고 군으로 인계했다. 당시 군에서는 군, 경, 검 합동으로 '전 국토녹화사업'을 통합으로 관리하고 진행했기 때문에 가능했다. 그녀가 가던 날도 그녀는 아무 말이 없었다. 그의 침묵과 여린 눈빛, 그리고 처연한 슬픔에 찬 입술에 이종수는 애간장이 다 녹았다. 피의자들에게 이런 감정을 느낀 적이 없었다. 다들 자신이 살고자 하여 사람을 배신하고 인간의 저열한 욕구와 본성이 계속되는 고통 속에서 드러날 뿐인데, 한미희는 달랐다. 여전 고고한 학처럼 자기 모습을 잃지 않는 그대로. 그저 그 모습이 존경스럽기도 하고 끝내는 사랑스럽기까지 했다. 이종수는 그런 자신이 어떤 감정을 느낀다는 것에 스스로 놀랐다. 그것도 빨갱이 피의자 때문에. 그러나 그녀는 설득되지 않았다. 여직원들이 갖가지 협박과 회유를 해 보았지만, 여전히 침묵했다. 이종수는 그녀가 군으로 떠나기 전 자기 방으로 보내 달라고 했다. 그녀가 방에 들어왔다. 옷을 갈아입혀서 그런지 말끔했다. 여전히 침묵하였다.

그녀의 모습을 보자 순간 그를 품고 싶다는 생각이 들었다. 이종수는 34살! 정신없이 일에 쫓기다 보니 감정이 메마른 느낌. 그러나 여기 한미희. 21살의 생기 있고 젊은 여성, 그러나 차디찬 유리와도 같은 여자를 안고 싶었다. 순간 이종수는 고개를 흔들고는 말했다. 진심이었다.

"사적인 감정은 없다. 수고했다. 잘 이겨내어 꼭 가족을 만나라."

여전히 말이 없다. 정적이 수 분간 흘렀다. 이종수는 이제 그녀를 보내야겠다고 생각하고 직원을 부르러 문 쪽으로 나가려는 순간, 그때였다. 수개월 동안 한마디 없던 그가 말을 한다. 이종수도 감격했다. 그토록 침묵하던 그녀가 말을 하다니! 직원들을 다 부르고 싶었다. 그러나, 아니다. 그녀를 여기서 괴롭게 하고 싶지 않았다. 이 사실을 알면 인계 보류하고 그러면 또 시간이 가고 그녀는 괴로울 것이다. 모기만 한 목소리로 다시 뭔가 말을 한다. 아니 계속 중얼거리고 있었다. 이 방에 들어온 순간부터였나? 분명 여직원들과 대화가 된다는 것은 정신적으로는 문제가 없는 것이다. 가끔 있는 정신 분열과 착란? 그녀는 아니다. 이종수는 깜짝 놀라서

"뭐라고? 뭐라 했지?"

이종수는 한미희를 쳐다보았다. 눈이 붉어져서 눈물을 흘리고 있다.

"풀이 눕는다. 풀이 눕는다. 바람 보다 더 먼저 일어난다. 날이 흐리고 풀뿌리가 눕는다. 바람 보다 더 먼저 웃는다."

훗날 알았다. 이종수는 이 시가 김수영의 '풀'이라는 것을. 이종수는 그래 웃어야 한다. 그리고 그에게 품었던 수놈의 욕정은 어느새 사라지고 꼭 안아 주고 싶다는 마음에 그녀를 두 손을 벌려 안으려 하다가 그의 눈가에서 떨어지는 눈물 한 방울이 자기 구두에 떨어지는 순간, 그는 그 손을 걷고는 그녀의 힘없는 손을 잡아서 그의 손에 악수만 했다. 그렇게 보냈었다. 그리고 그의 마음속에 여인으로 한미희는 남았는데. 그의 어머니였다. 이종수는 숨을 삼켰다. 변호사가 하라는 대로 응대한 후 돌아서 나왔다. 하지만 잊혔던 기억이 다시 떠올랐다. 그녀의 눈물, 그녀의 목소리. 그리고 '풀이 눕는다'는 그 한마디. 그는 그 시절을 정당화할 수 없었다. 국가를 위해서였다고 말할 수도 없었다. 그저 그녀의 마지막 표정만이 선명하게 남아 있을 뿐이었다.

이종수는 최혜진과 악수한 후, 가볍게 미소를 지으며 자리에 앉았다. 익숙한 얼굴이었다. 정확히 기억났다. 이 여자. 한미희를 데리고 온 그 후배. 하지만 이름이 달랐다. 최혜진? 아니다. 어렴풋이 떠오르는 이름. 해연? 장해연! 분명했다. 그가 그녀의 시선을 처음 인식한 것은 저녁이 막 어둑해질 무렵이었다. 익숙한 느낌이었다. 자신을 따라다니는 눈길, 흔들리지 않는 발걸음. 이종수는 바에 들어오면서 이미 바텐더에게 부탁을 해두었다.

"잠시 후, 뒤따라오는 여성이 있으면 자연스럽게 맞이해 줘. 특별히 신경 써서."

바텐더는 처음엔 접대하라는 의미로 이해한 듯했지만, 이종수가 조용히 접힌 수표 한 장을 건네며 덧붙이자 바로 감을 잡았다.

"알죠? 어떻게 하는지. 모른 척하면서 잘 감시해 줘요."

바텐더는 가볍게 고개를 끄덕였다. 장해연의 행동은 흥미로웠다. 바에서 멀찌 감치 앉아 잔을 기울이며 시선을 분산하는 듯했지만, 그녀의 눈길은 꾸준히 같은 곳을 향했다. 대지 부동산신탁회사 직원들이 모여 있는 테이블, 그리고 그 주변 을 오가는 사람들. 신경 쓰지 않는 척하면서도 그녀는 자신이 놓인 환경을 끊임 없이 의식하고 있었다. 이종수는 자연스럽게 먼저 말을 걸었다.

"어디서 많이 뵌 것 같습니다. 아니, 너무 닮았다고 해야 하나요? 미인이셔서 그런 걸까요?"

해연은 눈을 가늘게 뜨며 미소를 지었다.

"제가 그렇게 흔한 얼굴은 아닌데요."

그녀의 목소리는 부드러웠지만, 어딘가 날이 서 있었다. 정민식 대리는 불안 한 기색이 역력했다. 그의 시선은 해연과 이종수를 번갈아 오갔다. 어쩔 줄 몰라 하며 서 있던 그를 향해 이종수가 손짓했다.

"정 대리, 앉아. 손님을 내가 빼앗지는 않을 테니. 5분 정도 얘기 나누고 가셔 도 될 것 같은데…."

장해연이 부드럽게 고개를 끄덕이며 말했다.

"그러죠. 정 대리님도 앉으세요. 잠깐 얘기하고 나가는 거, 괜찮죠?"

그녀의 말투는 마치 오래 알고 지낸 사람을 다루듯 자연스러웠고, 정 대리는 의외로 그 분위기에 반발하지 않았다. 오히려 그의 표정에서 긴장감이 풀리는 듯 했다. 이종수는 그녀의 태도를 흥미롭게 바라보았다. 이건 단순한 만남이 아니었다. 상대는 계획을 세우고 접근하고 있었다. 하지만, 그가 원하는 건 무엇이었을까. 그의 입가에 느슨한 미소가 번졌다. 이 여자가 한미희와 연관이 있을까? 그의 어머니처럼. 문득, 가슴 한편이 서늘해졌다.

25
하극상

　박수환은 1988년 10월 4일 화요일을 절대 잊을 수 없었다. 그의 군 생활 중 가장 치욕적인 날이었다. 영문도 모른 채 77** 보안대장 길지호 중령에게 호출당했다. 전출 명령서가 떨어졌다. 그것도 365 정보부대. 후방이라지만, 누구나 꺼리는 곳이었다. 보안 사건이나 녹화 사업의 뒷수습을 하는 곳. 그곳으로 발령받는다는 것은 곧 군에서 '문제 인물'로 낙인찍혔다는 의미였다. 부대장실의 문을 열고 들어서며 박수환은 반쯤 몸을 돌려 문을 닫았다. 그의 눈빛은 단단했다.

　"부르셨다고 들었습니다."

　엉성한 경례를 하자 길 중령이 인상을 찌푸렸다. 박수환은 일부러 자세를 고쳐 잡지도 않았다. 길 중령이 당번병을 불러 차를 가져오게 했다. 찻잔이 내려앉는 소리가 무겁게 공간을 눌렀다.

"거 통신 대대에 왜 자꾸 가는 거요?"

길 중령이 담배를 물고 라이터를 튕겼다. 퍽. 불꽃이 일고 연기가 피어올랐다.

박수환은 순간 몸이 굳었다. 불안이 엄습했다. 그러나 태연한 척 찻잔을 만지작거리며 대답했다.

"아, 거기 아는 놈이 하나 있어서 그냥 옛날 인연으로 가끔…"

"임동수! 아는 놈이요?"

박수환의 손이 움찔했다. 그는 애써 미소를 지으며 고개를 저었다.

"아, 알긴 합니다만, 군에 오기 전에 스쳐 지나간 인연일 뿐입니다."

길 중령이 피식 웃었다.

"스쳐 지나간 인연치고 꽤 깊었나 봐. 만리장성도 쌓았나 보지? 보안 허가도 박 반장이 내줬다면서? 내가 그건 이해했다 치자고. 그런데 자꾸 들락거리면 통신 대대장이 뭐가 되겠소? 일반 부대는 우리 직원이 가기만 해도 벌벌 떠는데, 박 반장 자네가 들쑤시면 곤란하단 말이야."

길 중령은 연기를 길게 내뿜었다.

"게다가…"

그는 찻잔을 들어 손가락으로 가장자리를 톡톡 두드렸다.

"올림픽 기간엔 위에서도 신경을 곤두세우고 있는데. 좀 조심합시다. 엉?"

길 중령은 비아냥거리는 투로 말하다가 갑자기 공손하고 부드러운 말투로 목소리를 바꿨다.

"나도 어쩔 수 없어. 지금까지 막아준 것도 나름 신경 쓴 거 라는거 박 반장도 알잖아? 안 그래? 가서 조용히 있으면 좋은 날 또 부르리다. 박 반장."

그러면서 그의 어깨를 토닥이면서 일어섰다.

"대대장님!" 박수환이 끼어들었다.

"저는 국가에 충성했을 뿐입니다. 저만큼 일 잘하는 간부는 없습니다!"

일어서다가 다시 앉은 길 중령이 눈살을 찌푸렸다.

"그래, 일은 잘하지. 문제는 너무 거칠다는 거야."

"일 처리를 하다 보면, 이런저런 일들이 벌어지는 거 대장님도 아시지 않습니까? 우리 일이 거칠지 않으면 처리가 늦어지고….."

"그러면 왜 경진욱 상병을 그렇게 패놓은 거요?"

박수환은 손을 꽉 쥐었다. 이건 뭔가 이상했다. 단순히 전출 문제가 아니다. 결국 본론이 튀어나왔다. 박수환의 얼굴이 굳었다. 그는 입술을 깨물었다.

"아, 그렇군요. 결국은 경진욱. 그 새끼….."

길 중령이 혀를 찼다.

"지금 일반 병원에서 치료 중이란 거 아오? 가족들 난리 났소. 특히 그놈 삼촌이 육군 본부에 있는 우리 대 선배라는데 전략정책기획관. 자그마치 투스타야! 감당하겠소. 일개 예하 부대 정보부 간부가?"

"그 새끼가 맞을 짓을 했습니다." 박수환이 낮게 내뱉었다.

길 중령이 담배를 눌러 끄며 말했다.

"맞을 짓 하는 사람이 어디 있소? 잘못했으면 절차대로 움직였어야지. 서류는 다 정리했으니 나가봐요! 전출할 때 따로 인사 안 해도 되니까. 그리고 이 말까지는 안 하려고 했는데 임동수! 더 이상 만나지 말고 그 아버지가 국회의원과 연줄이 있던데. 아니 우리 부대서만 사고 치지 왜, 남의 부대까지 가서 일을 만들어 만들길."

"임동수 쪽에서도 압력이 있던 모양이죠?"

"아, 이 사람이! 더는 모르니까. 나가요! 바빠!"

박수환은 대대장실을 나오면서 두 주먹을 불끈 쥐었다.

'임동수! 경진욱! 이 새끼들 오냐 두고 보자!'

박수환은 두 달 전 일을 떠올렸다. 서울 88올림픽 안보 준비 태세의 하나로 정보 사령부에서 공문이 내려왔다. '충정훈련 안보 대비 태세 강화'로 올림픽이 치러지는 인근 스포츠 센터와 운동장에 대해 경계 및 안보 태세 완비를 빈틈없이 하라는 것이다. 77**부대 또한 인근 지역 안보 상황판을 작전과의 계원들과 작업하고 있었다. 경진욱은 선임급 병사였다. 안보 상황판을 만들던 중이었다. 박수환이 이것저것 명령을 내리자, 경진욱이 늘 그렇듯이 빈정거렸다. 아니 박수환이 그렇게 느낀 것이다.

"박 중사님, 이렇게 하는 것은 효율적이지 않습니다. 아니, 대체 이 방식이 맞는지 모르겠습니다! 초등학생들 모자이크 놀이도 아니고…."

함께 작업하던 서너 명의 병사들도 경진욱의 말이 일리 있다고 여겼는지 고개를 끄덕였다. 이에 박수환은 얼굴이 벌게져서 화를 냈다. 박수환이 쏘아봤다.

"이 새끼들이 뭘 알아? 하라는 대로 해. 그리고 경진욱, 너 좀 따라와!"

박수환은 초조했다. 요즘 들어 애들이 말을 잘 듣지 않았다. 단순한 불복종이 아니라, 예전 같으면 얼차려 한두 번이면 싹 정리되었는데, 이제는 대들고 따지는 놈들이 늘어갔다. 군대가 나날이 유해진다며 불만을 토로하는 선임들도 많았지만, 박수환은 그 이전에 자신이 만만하게 보인다는 사실이 더 화가 났다.

그날도 그랬다. 작전 상황을 누구보다 더 잘 이해하는 것이 간부인 자신인데 사병들이 시키는 대로 하지 않고 짬밥을 먹고 좀 안다고 나서는 꼴이란. 하기 싫은 건지⋯. 골탕을 먹이려는 건지⋯. 이것들이 말은 안 듣고, 이렇게 해야 한다, 저렇게 해야 한다고 하니, 박수환은 화도 나고 난감했다. 그래도 설득해야 한다고 생각하고 조개탄 창고 앞에서 담배나 한 대 나눠 피면서 설득하려 했다. 경진욱은 담배를 피지 않는다고 사양했다. 순간 당황한 박 중사는 경진욱에게 권한 담배를 위 호주머니에 넣으면서 담배 연기를 후, 하고 내뱉었다. 그때 그게 역했던지 경 진욱이 기침했다.

"아, 미안. 그런데 말이야 경 상병! 나도 생각이 있어 지휘관 회의에서 듣고 우리 작전과 애들하고 잘 만들어 보겠다고 생각한 것을 전달하는 것뿐인데, 대대장님의 의도는 누구보다 더 내가 잘 알지. 안 그래?"

"박 중사님! 맞습니다. 그런데 그 일이라는 게 저희도 보면 뻔하거든요. 그래서 좀 합리적으로 해야 합니다. 저는 합리적인 것이 효율적이라고 생각하거든요. 효율적으로 해야 애들도 고생을 덜 하지 않겠습니까? 요즘 애들 이거 하면서 초등학생도 아니고 자괴감 든다면서 힘들어하는데, 이렇게 무턱대고 시키는 건 좀 그렇지 않습니까?"

순간 박수환의 얼굴이 굳었다.

"자괴감?"

"예, 다 큰 애들이고, 그중에는 대학물 먹은 애들도 있는데, 이런 거 하면 자신들이 이거 하려고 군대 왔나 하고 생각하거든요. 방법을 좀 바꿔보자는 거죠."

'대학물.'

그 단어가 박수환의 머리를 후려쳤다. 대학, 대학. 그놈의 대학. 박수환은 고졸이었다. 그것도 정규 졸업이 아니라 검정고시로 겨우 군에서 해결한 것이었다. 그런데 대학을 나온 놈들은 꼭 그것을 들먹이며 자존심을 건드렸다. 자신을 무시한다는 생각이 들자 속이 부글부글 끓었다.

"야, 대학 대학 하지 마!"

경진욱이 피식 웃었다.

"아…. 박 중사님, 그건 그런 뜻이 아니라. 저희가 대학 다니다가 온 건 맞지만, 그걸 자랑하려고 한 말이 아닙니다. 기분 나쁘셨다면 죄송합니다."

경진욱의 말투는 분명 사과를 담고 있었지만, 그 표정이 문제였다. 조소를 머금은 듯한 미소. 마치

"그래도 중사님은 이해 못 하시겠지만요."라고 덧붙이는 듯한 태도. 박수환의 속에서 무언가가 끓어올랐다.

"야! 경 상병! 차렷! 열중쉬어! 차렷! 앉아! 일어나! 좌로 굴러! 우로 굴러!"

경진욱은 당황한 듯했지만, 군기가 박힌 몸이 반응했다. 하지만 얼마 못 가 소리쳤다. "제가 뭘 잘못했다고 얼차려를 줍니까!"

그 한마디가 기름을 부었다. 박수환은 단숨에 다가가 경진욱의 멱살을 움켜잡았다.

"뭘 잘못했냐고? 너 지금 나한테 대드는 거야? 이 새끼! 대학물 먹으니까 고졸한테는 하극상도 하냐?"

"그게 아니라, 부당하다고 생각하니까요."

박수환의 손아귀가 더 강하게 조여졌다.

"그래? 부당하다고?"

박수환은 경진욱의 멱살을 잡고 조개탄 창고 안으로 끌고 들어갔다.

"부당, 부당한 게 뭔지 가르쳐줄게."

안에서 눈치 보던 작전과 계원들도 소리를 듣고 나왔다. 경진욱은 순간 얼굴이 굳었지만, 부하들 앞에서 물러설 수도 없는 노릇이었다. 주변의 병사들은 숨을 죽이고 눈치를 봤다. 조개탄 창고는 어두컴컴했다. 박수환은 문을 닫고 한숨을 크게 쉬었다. 그리고는 천천히 경진욱을 바라봤다.

"너, 대학 나왔다고 사람 가려가면서 존중하는 거냐?"

"아닙니다. 그냥, 방법을 바꿔야 한다고 생각했을 뿐입니다."

"방법? 그래. 방법 가르쳐줄게."

그리고는 주먹이 날아갔다.

경진욱은 미처 피하지 못한 채 얼굴을 얻어맞고 뒤로 휘청거렸다.

"뭐 하는 겁니까, 박 중사님!"

박수환은 이미 이성을 잃었다.

"군대가 만만하냐? 너희 같은 것들 때문에 군이 개판이 되는 거야!"

연달아 몇 대의 주먹이 날아갔다. 경진욱이 필사적으로 저항하려 했지만, 상대는 군에서 잔뼈가 굵고 특수 훈련까지 받은 정보기관원이었다. 얼마 지나지 않아 주저앉았고, 박수환은 거친 숨을 내쉬었다. 그때, 철문이 벌컥 열렸다.

"박 중사님! 그만하십시오!"

타 중대 병장들이 뛰어 들어왔다.

"이거 큰일 납니다!"

병사들이 밖에서 웅성거리고 있었다. 이미 소문이 퍼지기 시작했음을 직감한 순간, 박수환은 뒤늦게 자기 손을 내려다봤다. 주먹이 떨리고 있었다. 그리고 바닥에 쓰러진 경진욱은 흐릿한 시선으로 그를 노려보고 있었다.

그날 저녁, 박수환은 대대장에게 불려갔다.

"박 중사. 무슨 짓을 한 건지 알고 있나? 단단히 각오해!"

그리고 한동안 잠잠하길래 다 마무리된 줄 알았다. 정보부대의 장점이라고도 생각했다. 그런데, 이렇게. 그리고 여기에 임동수는 뭐지? 박수환은 그때부터 경진욱, 임동수를 벼르고 있었다.

그 임동수가 자기 앞에 있다.

26
1억이라는 가치

임동수는 박수환의 태도에서 뭔가 오해가 있음을 직감했다. 그의 아버지 임규
백이 군 내부의 문제를 알 리가 없었다. 하지만 박수환은 자신에 대한 원망으로
가득 차 있었고, 조소 어린 눈빛으로 임동수를 조롱하듯이 말을 이어갔다.

"우리 임 선생님은 때깔 좋은 옷 입으시고 신수도 훤하니 잘 지내신 것 같네요?
제가 군에 있을 때 참 잘해 드렸는데. 이렇게 은혜를 원수로 갚아도 되는 거요?"

임동수는 잠시 침묵을 지켰다. 감정을 앞세울 수는 없었다. 현재로서 미희의
생존 여부와 행방에 대한 유일한 단서를 가진 사람이 바로 박수환이었다. 그는 감
정을 조절하며 차분한 목소리로 입을 열었다.

"음···. 저는 도무지 무슨 말씀을 하시는지 모르겠습니다. 그렇지만 혹시 제가
모르는 어떤 일이 박 선생님을 힘들게 했다면 용서하세요. 저는 몰랐습니다. 그

리고 저는 박 선생님과 부대가 달라서 왕래가 뜸해지다가 아예 소식이 끊겨 저도 궁금했습니다. 이렇게 오랜만에 뵈니 반갑기도 하지만, 힘든 세월만큼이나 얼굴이 많이 야위셨네요… 그래도 옛 전우여서 그런지 반가운 마음도 있습니다. 하여튼 자초지종은 나중에 얘기하고 혹시 저나 저희 아버지로 인해 섭섭한 일이 있으면 다시 한번 말씀드립니다. 용서해 주세요."

갑자기 말이 많아진 임동수를 물끄러미 바라보던 박수환은 자신이 주도권을 쥐고 있음을 확신한 듯 고개를 끄덕였다. '계속해보라'라는 듯한 태도였다. 그러다 잠시 정적이 흘렀고, 이를 깨기라도 하듯 지형택이 나섰다.

"아, 두 분 군 생활에서 서로 의지하고 친하셨군요?"

박수환이 코웃음을 쳤다.

"친했나? 한때는 그랬을 수도. 임 선생은 그때도 나한테 뭔가 바라는 게 있었는데… 지금도 마찬가지고? 안 그래요?"

지형택이 빠르게 응수했다.

"맞습니다. 지금 제 아내와 임 선생님이 간절히 찾고 있는 사람이 있습니다. 한미희 씨, 꼭 찾아야 합니다. 제발 도와주십시오."

그때 문밖에서 노크 소리가 들렸다.

지형택이 "누구신가요?"라고 묻자, 비서실 직원이 들어와 차를 올릴지 묻고는 작은 쪽지를 건넸다.

'사모님 오셨는데 어떻게 할까요?'

지형택은 쪽지를 확인하고는 직원에게 잠시 대기하라고 손짓한 뒤 다시 본론으로 돌아갔다. 지형택은 정임순과 소통하며 미희를 찾기 위한 여러 가지 방법을 세워나가고 있었다. 그러던 중 미희를 찾을 수 있다는 희망적인 소식을 전했더니 서울서 달려 온 모양이다. 지형택은 지금은 확실치 않으니 나중에 오라고 했지만, 자식을 잃은 부모 마음의 아픔과 찾고자 하는 열망이 한달음에 오게 했다.

"박 선생님, 우리가 충분히 후하게 보상해 드릴 겁니다. 소재가 파악되었습니까?"

박수환은 마치 도박에서 확실한 패를 쥔 사람처럼 여유로운 태도로 말했다.

"글쎄요? 물론 정보는 확실합니다. 아까도 말했듯이 100% 한미희라는 사람, 임 선생님과 연배도 비슷하죠? 30대 초반쯤. 그런데 저는 그 사람이 누군지는 모르죠? 두 분이 찾는 분인지 아닌지? 확인해 봐야겠죠."

임동수의 눈이 빛났다. 자신도 모르게 침이 넘어갔다. 그러나 박수환에게 끌려가선 안 됐다. 임동수는 자신도 주도권을 쥐어야 한다는 생각에 차분히 입을 열었다. 이제 와서 박수환이 무슨 의인도 아니고 사람을 찾아주겠다고 자발적으로 나설 사람이 아니다. 그런데 퇴직 후 생활이 어려운 것을 직감했다. 군에서 은퇴 후 좋은 일자리를 얻지 못해서 아마 아파트 경비를 서고 있는 모양이다. 이 사람의 약점은 돈이다. 그것을 간파한 임동수는 차분하고 부드러운 음성으로 박수환을 대했다.

"박 중사님. 군 생활에서 제게는 좋은 분이었고, 좋은 인연이었습니다. 그리고 군 생활 마무리가 잘 안된 것에 대해 저도 위로를 보냅니다. 하지만 제 아버지가 박 중사님께 원한을 가질 이유도, 제 군 생활에 개입한 일도 없었을 겁니다. 저는 단지 한 여자를 찾겠다는 의지로 접근했습니다. 순수한 마음이었는데, 혹시 오해하셨다면 죄송합니다. 그리고 그간의 삶을 들어보니 안타까울 뿐입니다. 지 사장님과 제가 도울 수 있도록 하겠습니다. 그러니 금전적인 부분도 자존심 상하게 듣지 마시고, 충분한 보상을 받으시길 바랍니다."

임동수는 잠시 말을 멈췄다. 그리고 조용히 덧붙였다.

"만약 제가, 아니 저도 모르는 사이 저희 아버지가 손을 써서 박 중사님께 어떤 조치와 피해를 보게 했다면 그리고 또 박 중사님께 상처를 줬다면… 그것도 용서를 구합니다. 하지만 지금은 제발 마음을 풀어 주십시오. 지 사장님이 3천만 원을 제안하셨지만, 저는 얼마 되지는 않지만, 저의 전 재산을 드리겠습니다. 저에게는 미희라는 사람이 돈으로 따질 수 없는 소중한 사람입니다. 아, 저에게는 미희가…"

임동수는 결국 말을 잇지 못하고 눈물을 흘렸다. 그러더니 자리에서 일어나 박수환 앞에 무릎을 꿇었다. 임동수는 주마등처럼 지난 세월이 떠 올랐다. 미희와 해연과 그리고 한미희의 어머니 정임순까지. 또한 바로 앞에 지형택도 그렇게 미희를 찾고자 하는 마음이 애틋하고 슬프고 괴로웠다. 자신도 모르게 주체하지 못하도록 눈물이 흘렀다. 지난 세월 참고 참았던 그 그리움이 이제야 다 솟아나 터지는 느낌이다. 세월이 약이라고 했다. 이제는 망각이 되어서 감정도 메말랐을 것으로 생각했다. 그러나 어떤 희망이 보이니 다시 감정이 솟아오른 것일까? 처음에는 박수환을 잘 아는 터라 진실하지 못한 사람의 말을 들을 필요가 없다고 생각했다. 그러나 느낌. '거자필반' 헤어진 자는 반드시 다시 만난다는 어떤 알 수 없는 힘에 대한 진리가 임동수를 덮쳤다. 박수환 때문에 받은 느낌이 아니다. 온

몸이 들썩이도록 임동수는 울었다. 아, 이제 10년, 11년? 만에 다시 만날 수 있다는 그 희망이 임동수를 격정적으로 만들었다.

"제발, 미희를 찾아주세요. 미희를…"

예상치 못한 행동에 지형택도, 박수환도 당황했다. 박수환은 순간 마음이 조금 흔들린 듯 보였지만, 이내 여유로운 미소를 지었다.

"아니, 그새 많이 약해지셨네. 다시 일어나 앉아요. 뭐 다 지난 일이긴 하죠. 이렇게 하면 내가 더 곤란해요. 참 나…. 좋아요. 좋아. 그럼 1억으로 정리합시다. 나도 이거 공짜로 하는 거 아니고, 시간도 내고, 뭐라도 먹고는 살아야지, 안 그래요?"

박수환은 두 사람의 얼굴을 번갈아 바라보았다. 지형택은 당황했지만, 다시 자리에 앉은 임동수를 한 번 흘깃 본 후 이내 고개를 끄덕이며 동의하는 듯한 표정을 지었다.

지형택은 인터폰을 두 번 눌렀다. 순간 사무실 안에는 묘한 긴장감이 감돌았다. 몇 초 후, 문을 두드리는 소리와 함께 문이 열렸다. 허락도 없이 들어선 이는 중년 여성이었다. 한눈에 봐도 단정한 차림의 여성은 당당하게 걸어왔지만, 얼굴과 눈에는 슬픔이 가득하였다. 두 눈동자가 붉은 눈물이 고여 있었다. 그리고 임동수에게 다가가서는 두 손을 잡고 그 뜨거운 눈물을 흘렸다. 두 사람은 마치 시간이 멈춘 듯 서로를 바라보았다.

"동수 씨…."

정임순이 떨리는 목소리로 말했다. 그러자 임동수는 자리에서 일어섰다. 그의 얼굴도 이미 눈물로 얼룩져 있었다. 그리고는 고개 숙여 인사를 했다. 고개 숙인 머리는 들지 못하고 눈물을 흘렸다. 그간 세월 속에 얼마나 딸을 찾고 또 찾았을까 생각하니 임동수는 죄책감이 들었다. 자신은 망각하고 지냈는데.

"어머니⋯!"

그의 목소리는 갈라지고 있었다. 두 사람은 아무 말 없이 두 손을 잡고 울었다. 흐느낌이 방 안을 가득 채웠다. 가슴속 깊이 묻어둔 슬픔과 후회, 절망이 한꺼번에 쏟아지는 듯했다. 임동수는 이제 더 이상 숨길 수 없다는 듯, 마치 어린아이가 된 것처럼 엉엉 소리 내어 울었다. 다시 눈물바다가 되었다. 지형택은 조용히 그 모습을 바라보았다. 그의 얼굴도 덩달아 굳어졌다. 눈빛이 잠시 흐려지며, 눈시울이 붉어졌다. 옆에 서 있던 박수환은 난처한 표정을 짓고 있었다. 그는 깊은 한숨을 내쉰 뒤,

"화장실 좀 다녀오겠습니다."라며 조용히 방을 나갔다. 밖에서는 박철웅이 대기하고 있었다. 박수환이 나오자 그는 자연스럽게 그를 따라붙었다. 박수환은 짜증스럽게 고개를 돌리며 말했다.

"어디 안 가니까, 따라오지 마."

그러나 박철웅은 묵묵히 그의 옆을 지켰다. 화장실에 들어선 박수환은 깊게 한숨을 내쉬었다. 그는 담배를 꺼내 입에 물었다. 성냥을 켜는 손이 미세하게 떨렸다. 창밖을 바라보니, 흐릿한 하늘이 잔뜩 찌푸려 있었다. 그는 눈을 감고 담배 연기를 길게 뿜어냈다.

잠시 후, 그는 화장실을 나와 비서실 직원에게 다가갔다.

"전화 한 통만 할 수 있을까요?"

비서실 직원이 눈치를 보다가 박철웅을 힐끗 바라보았다. 그러자 박철웅은 조용히 말했다.

"탕비실로 안내해 주세요."

탕비실 안에는 구식 전화기가 하나 놓여 있었다. 박수환은 수화기를 들고 빠르게 번호를 눌렀다. 신호음이 몇 번 울린 뒤, 전화가 연결되었다. 유동희에게 전화를 걸었다. 잠시 대화가 오갔고, 박수환의 얼굴이 서서히 밝아졌다. 그는 수화기를 내려놓고 흡족한 표정으로 다시 지형택의 사무실로 향했다. 방 안은 조용했다. 정임순은 소파에 앉아 손수건을 만지작거리며 깊은 생각에 잠겨 있었다. 임동수는 여전히 감정을 추스르지 못한 채 조용히 눈물을 훔치고 있었다. 지형택은 팔짱을 낀 채 박수환을 바라보았다. 박수환은 자리로 돌아와 앉으며 말했다.

"확인했습니다. MH라는 사람이, 바로 한미희 씨 맞습니다."

방 안이 순간 정적에 휩싸였다.

임동수와 정임순, 그리고 지형택까지 일제히 눈을 크게 떴다.

"미희…. 우리 미희가 살아 있는 거죠?"

정임순이 다급하게 물었다. 그녀의 손이 떨리고 있었다.

"네."

그 짧은 대답만으로도 그녀의 눈에서는 또다시 눈물이 흘러내렸다. 임동수는 말을 잇지 못하고 입술을 꾹 깨물었다. 그러자 정임순이 다시 다급하게 물었다.

"그럼 어디에 있어요? 지금 어디 있는 거예요?"

박수환은 한숨을 내쉬며 잠시 머뭇거렸다. 그리고 지형택과 임동수를 번갈아 바라보았다.

"그 전에, 계약서를 먼저 쓰셔야겠습니다."

정임순의 얼굴이 굳어졌다. 그녀는 분노 섞인 눈빛으로 박수환을 노려보았다.

"우리 딸이 어디 있는지 말하는 게 그렇게 어려운 일입니까?"

박수환은 시선을 피했다. 지형택이 조용히 말했다. 아내를 다독이면서 잠시 나가 있으라고 손짓한다. 정임순은 고개를 끄덕이면서 조용히 나간다. 나가면서도 한, 두 번 뒤를 돌아본다. 그때 박수환이 말을 이었다.

"충청도에 있습니다."

"충청도…?"

정임순은 입술을 떨며 다시 한번 되물었다.

"네. 지금 충청도에 있습니다."

박수환은 정임순의 간절한 눈빛을 피하며 말을 이었다. 방 안의 공기가 무겁게 가라앉았다. 정임순은 두 손으로 손수건을 꼭 쥐며 중얼거렸다. 기도라도 하듯이. 그녀의 목소리는 떨리고 있었다.

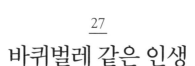

27

바퀴벌레 같은 인생

이종수는 사람을 보는 눈이 있었다. 군에서, 또 정보기관에서 그렇게 훈련받았다. 눈빛, 손의 각도, 말끝의 흐름, 문장 사이에 끼워 넣는 단어 하나까지. 그 사람의 모든 행동은 그 사람이 누구인지 알게 한다. 그 능력은, 이제는 재앙이 되어 그를 따라다녔다. 누구든 그를 향해 다가오는 이가 있으면, 이종수는 먼저 그 이유를 읽어냈다. 상대의 목적, 숨기고 싶은 감정, 오늘도 마찬가지였다. 그 여자가, 장해연이 문을 열고 들어왔을 때부터였다. 단 한 걸음, 숨소리 하나로도 느낄 수 있었다.

'피해자다.'

그녀는 피해자였다. 그리고 그 피해자들이, 하나둘 그를 향해 오고 있었다. 미희의 어머니가 찾아왔을 때도, 경찰서에서 연락이 왔을 때도, 이제는 장해연까지도. 더 이상 숨을 곳이 없었다. 그는 원했다. 다 덮여버리기를. 시간이라는 것이 어쩌면 이런 죄를 조금은 희미하게 해 줄지도 모른다고 생각하고 다 잊히기를 바랐다. 그러나 덮이지 않았다. 그 시절의 이름과 얼굴들, 비명과 두려움이 밤마다 이불 속으로 스며들었다. 아무도 없는 방에서도 누군가가 자신을 지켜보는 듯한 착각 속에 살아왔다. 자신은 그저 국가에 충성했을 뿐이다! 처음엔 그렇게 자신을 달랬다. 하지만 그 말은 너무 쉽게 무너졌다. 그 국가란 것이 누구였던가. 그 충성이란 것이 누구를 위한 것이었나.

그는 사람을 부쉈다. 삶을 뒤틀었다. 미희는, 장해연은, 그리고 그 밖의 무수한 사람들은… 그 '충성'의 이름 아래에서 고통을 받았다. 어떻게 이 죄를 덜 수 있을까. 어떻게 용서를 구할 수 있을까. 이 세상에 그런 곳이 존재는 하는 걸까. 이종수의 아내 나지은은 성당에 가자고 했다. 고해성사를 보자고 했다. 그러나 그는 절에 갔다. 거기가 더 편했다. 어릴 적 어머니의 손에 이끌려 다녔던 절이 그에게는 더 익숙했다. 산을 오르며, 사찰 앞에서 조용히 손을 모았다. 숨이 턱에 찰 때까지 걷고, 무릎을 꿇었다. 잠시 마음이 가라앉는 듯했다. 잠시. 아주 잠시뿐이었다. 산에서 내려오는 길마다 그는 다시 자신을 변명하기 시작했다.

'나 혼자만 그런 게 아니었어. 다들 그렇게 했어. 그 시절엔 어쩔 수 없었지.' 그러나 그 말들이 그의 심장을 더 조여왔다. 말할수록, 변명할수록, 더 깊은 수렁이었다. 그의 심장엔 구멍이 나 있었다. 아무리 달래도, 아무리 꿰매도, 피가 새어 나왔다. 그는 자신이 죽어가고 있다는 걸 알고 있었다. 아니, 이미 한참 전부터 죽어가고 있었다. 그래서, 그는 경계했다. 누가 자신을 따라오는 것 같으면 숨을 죽이고, 미행이라도 있는 듯하면 사람을 붙였다. 직원들에겐 그냥 '개발 호재로 인한 경쟁 업체의 감시'라고 둘러댔다. "경호원을 붙이자"라는 말에 그는 오히려 더 노출된다고 반박했다. 겉으론 당당한 척, 속으론 무너지고 있었다.

장해연이 자신을 향해 다가올 때, 두려웠다. 그래도 살아야 하니 준비해야 했다. 바텐더에게, 여직원에게, 부탁했다. 이렇게 두려워 떠는 자신이 참 한심하고 바보 같다는 생각도 했다. 그녀의 눈빛은 이미 어떤 목표를 정해 놓은 맹수처럼 이종수 자신에게 달려오는 것 같았다. 가까이 다가오는 그녀를 보니 냉정해졌으며, 더 확고해져 있었다. 그의 지난날의 고통과 아픔이 사람을 변화시키고 있다는 걸, 그녀가 증명하고 있었다. 그리고 그는 점점 작아지고 있었다. 이제 그는 묻는다. 속죄란 무엇인가. 기도로 되는가? 고해성사로 되는가? 아니면, 죽음으로써만 가능한 것인가? 그의 몸은 점점 말라갔다. 잠을 자도 잔 것이 아니고, 눈을 감아도 쉼이 없었다. 거울 속의 얼굴은, 그가 알던 이종수가 아니었다. 모든 것이 무너져 내리고 있다. 자신은 그 옛날의 세상의 모든 빨갱이를 잡아내겠다고 호령하던 맹수에서 이제는 벌레가 된 느낌이다. 바퀴벌레 같은 인생이 되었다. 스스로 그렇게 생각하고 사는 것이 편하기도 했다. 자신을 한없이 학대하고 자조하여서 자신을 끌어내리면 조금 위로가 되었다. 그러나 지금 자신 앞에 있는 저 사람들은, 저 피해자들은.

이날 저녁, 이종수는 오정은 과장과 정민식 대리를 통해 장해연에게 다시 한

번 접근을 시도했다. 장난삼아 "정 대리는 여자한테 강하니까 잘해 보라"고 했더니, 정말로 정민식은 마음을 홀딱 빼앗긴 눈치였다. 예전 20대 초반, 어수선한 상황 속에서 처음 만났던 장해연은 가까이서 보니 훨씬 세련되고 아름다워졌다. 이종수는 그렇게 생각하며 조용히 그녀를 바라보았다. 장해연은 자신에게 반해 눈을 반짝이던 정민식이 옆자리를 원하자 자연스럽게 자리를 내주었다. 정민식은 얼굴이 활짝 피며 그 옆에 앉았고, 이를 지켜보던 직원들은 속내를 숨긴 채 엷은 미소만을 띠었다. 분위기가 묘하게 흘러가자, 주변에 있던 직원들은 하나둘 자리를 떴다. 이종수의 테이블에 있던 오정은 과장과 개발 사업본부 1과 직원들까지 인사만 남기고 빠져나갔다. 이제 남은 것은 셋뿐이었다. 이종수는 정민식을 향해 슬쩍 웃으며 말했다.

"우리 정 대리는 역시 미인을 알아봐요. 그렇죠?"

정민식은 민망한 듯 웃었다. 그 순간 장해연이 부드럽지만 단호하게 말했다.

"아, 오해하지 마세요. 저희 그런 사이 아니에요. 정 대리님이 사업 얘기하고 싶다고 해서요."

거리 두는 말투. 하지만 은근한 유혹이 담겨 있었다. 이종수는 장해연의 의도를 읽었다. 정민식은 어리둥절한 듯 웃으며,

"그렇죠, 맞아요. 사업상으로요, 하하…."라며 더듬거렸다.

이종수가 던진 한마디가 분위기를 단숨에 얼어붙게 했다.

"그럼, 사업 얘기는 내일 해도 되겠네. 정 대리."

정민식은 자신이 더 이상 여기에 있을 자리가 아니라는 걸 직감했다. 정민식

은 이 둘이 무슨 사연이 있을 것이라고 눈치로 알았다. 그래서 이종수가 자신에게 미행까지 시켰던 게 아닌가? 정민식은 이제야 자신의 임무를 깨달은 것처럼 사무적인 말투로 말을 했다.

"아, 그렇죠! 네! 그럼 내일 연락해 주세요… 혜진 씨."

그 말에 장해연은 잠시 멈칫했다. 자신이 가명을 쓰고 있다는 사실을 다시 한번 인지하게 되었다. 그리고는 웃으며 말했다.

"그런데 대리님 연락처를 주셔야죠. 아니면 제가 회사로 갈까요?"

정민식은 당황한 기색을 감추지 못한 채 지갑에서 명함을 꺼내 건넸다. 그리고 헛기침하며 급히 자리를 떴다. 둘만 남은 조용한 공간. 장해연은 명함을 조심스레 챙기고는 조명을 등진 채 앉아 있는 이종수를 바라보았다. 은은한 불빛 속, 그의 눈가가 미세하게 떨리고 있었다. 그 떨림을 놓치지 않은 장해연은 눈을 가늘게 뜨고 그를 응시했다. 이종수는 더는 피하지 않았다.

"어떻게 찾았죠? 저를, 장해연 씨."

술잔이 반쯤 비어 있는 테이블 위에 이종수는 묵직하게 두 팔을 얹고 있었다. 노란 조명 아래서 그는 세상의 그림자라도 품은 사람처럼 굳은 표정이었다. 장해연은 그의 앞에 앉아 있었다. 처음에는 숨을 골랐고, 그 숨결은 분명히 짧게 떨리고 있었다. 하지만 이내 눈동자가 날카롭게 빛나더니, 입술이 천천히, 그리고 단호하게 움직였다.

"간절히 찾았죠! 반장님!"

그 말에 이종수의 얼굴이 일그러졌다. '반장'이라는 호칭은 이미 그에게 속하지 않은 단어였다. 그는 손을 들어 가볍게 흔들며 말했다.

"좀…. 편한 호칭으로 해줘요. 사장이라든가, 아저씨라든가."

그러자 장해연이 입꼬리를 비틀며 비웃었다.

"왜요? '반장' 하면 부담스러우세요? 이제는 경찰도 아니시니 그게 걸리나 보죠?"

이종수는 대꾸하지 않았다. 하지만 그 침묵은 무기 같았고, 장해연은 그 무기에 맞서듯 그의 눈을 정면으로 바라보았다. 아니, 거의 쏘아보며 말을 이었다.

"미희 언니… 어떻게 했죠?"

그 순간, 이종수의 어깨가 아주 미세하게 움찔했다. 장해연은 그것을 놓치지 않았다.

"저한테 준 편지는 또 뭐고요. 그렇게 해서, 가족들이 미희 언니를 이 세상에 없는 존재니 찾는 것을, 다시 만나는 것을 포기하라는 건가요?"

한참의 정적 끝에 이종수가 입을 열었다. 목소리는 마른 입술 사이로 힘겹게 새어 나왔다.

"한미희… 그 어머니도 나를 찾았지요. 그러나 만나지는 못했습니다. 나도….
나도 한미희라는 분이 어디 있는지 알면 백 번, 천 번이라도 알려주고 싶습니다.
하지만 나도 군으로 인계한 후로는 그 행방을 모릅니다. 온통 극비리에 진행된 것이라…."

그때, 장해연이 그의 말을 자르고 외쳤다.

"우리는 모두 죄인이에요! 저는 배신자고요. 반장님은… 살인자예요!"

그 외침은 기습처럼 공간을 가로질렀고, 순간적으로 바 안의 모든 소음이 사라졌다. 사람들의 시선이 일제히 그들에게 꽂혔다. 바텐더는 당황해 컵을 떨어뜨릴 뻔했고, 한 손님은 자리에서 벌떡 일어섰다. 그러나 장해연은 아무것도 개의치 않았다. 오히려 더 강하게, 더 날카롭게 소리쳤다.

"어쩌면 그럴 수 있느냐고요! 당신들… 당신들 때문에 한 가족, 아니 몇 가족이 그렇게 고통받았어요! 그래서 목적은 이루었나요? 임동수는… 처리했어요? 그리고 그때 그 조직을 일망타진했나요? 빨갱이들 다 잡아서 이제 속이 시원해요?"

격렬한 숨소리, 흘러내리는 눈물, 그 모든 것이 그녀의 말에 실려 공간을 뒤흔들었다. 직원들이 다가왔다. 조용히 술을 마시는 장소이니, 나가달라는 정중하지만 단호한 요청이 이어졌다. 그제야 장해연은 주변을 돌아보았다. 사람들의 시선이 날카롭게 그녀를 찔렀지만, 그녀는 고개를 숙이지 않았다.

"죄송합니다…."

작은 목소리였지만, 그것은 마치 가슴에서 핏방울을 짜내는 듯한 울림이었다. 그녀는 가방에서 손수건을 꺼내 눈가를 닦았다. 울면서도 말을 멈추지 않았다. 그 안에는 분노와 슬픔, 그리고 마지막으로 남은 희망이 뒤섞여 있었다.

"지금… 미희 언니 어머니가, 그리고 동수 오빠가 미희 언니를 간절히 찾고 있어요. 반장님도 그 죄를 용서받으시려면, 백방으로 수소문해서… 미희 언니를 찾아야 해요. 이건 반장님도 저도 서로 공범이기 때문이에요. 제가 피해자라고 여기지 않을게요. 저도, 저도, 아…. 나도 그 사랑하는 미희 언니를 배신했잖아요…."

장해연은 흐느끼고 또 흐느꼈다. 이종수는 자신 앞에 오열하는 장해연을 그저 묵묵히 바라보면서 바 안에서 다들 이곳을 집중하고 이런저런 소리가 나오자 그들을 향해 난감한 웃음을 보이며 이해를 구했다. 그리고 바텐더를 오라고 하고는 귀엣말로 몇 마디 한 후 보냈다. 해연은 계속해서 울고, 그 울음은 그칠 줄 몰랐다. 바텐더는 일일이 손님들에게 가서 저기 신사분이 오늘 술값을 다 계산하니 이해해 주시고 곧 나갈 터이니 즐기시라고 전했다. 해연의 울음이 그쳤다. 순간 바 안에는 정적이 흘렀다. 해연이 고개를 들고는 자기 가방에서 펜과 쪽지를 꺼내 뭐라고 적는다. 그녀는 작은 종이에 번호를 적어 그의 앞에 밀어두고는 자리에서 일어났다.

"미희 언니! 꼭 찾으세요! 사죄하는 심정으로! 찾으시면 저에게도 연락해 주시고요!" 그리고는 바를 나섰다. 혼자 남은 이종수는 멍하니 그녀가 남긴 번호를 바라보다, 잠시 자리에서 일어났다. 직원들에게 다시 고개를 숙여 사과했고, 주변 손님들에게도 짧게 목례하며 미안하다는 행동을 보였다. 그리고 다시 제자리에 앉았을 때, 그의 눈에 장해연의 연락처가 들어왔다. 얇은 종이 한 장, 마치 부고장처럼 그 손끝에서 가늘게 떨리고 있었다.

28
모래시계

영동 고속도로를 지나 중부고속도로에 진입한 지 꽤 시간이 흘렀을 무렵이었다. 햇살이 차창을 따라 무심이 흘렀고, 회색빛 아스팔트 위로 유동희의 검은 승용차는 묵직하게 굴러가고 있었다. 자연스럽게 켜진 라디오에서는 한때 국민 드라마라 불렸던 '모래시계'의 주제곡이 흘러나왔다. 백학(白鶴). 러시아 민요를 번안한 이 노래는 2년 전 드라마가 방영되던 무렵, 거리마다 울려 퍼졌던 곡이었다. 당시 '모래시계'는 TV를 켜는 모든 가정의 풍경이었고, 마지막 회에는 시청률이 60%를 넘겼다고 했다. 사람들은 드라마 속 주인공들이 겪는 정치적 폭력과 시대의 굴곡에 울고 분노했으며, 무엇보다 "나 떨고 있니?"라는 명대사는 유행어가 되어버렸다. 라디오에서 흘러나온 백학의 가락은 깊은 잿빛 슬픔을 품고 있었다. 맑고 처연한 음색이 허공을 휘돌며 유동희의 가슴에 꽂혔다.

유혈의 전장에서 돌아오지 못한 병사들이

낯선 땅에 쓰러져 백학이 되어버렸다는

생각이 이따금 드네

저들이 저 먼 시간에서 날아와서

울부짖는 것은

우리가 자주 슬픔에 겨워 하늘을 보며

침묵하기 때문이 아닐까?

우…. 우…. 우…. 우…. 우….

피곤에 지친 새들이 떼를 져서

석양 안개 속을 날아다니는데

저들 무리 속 작은 공간은

나를 위한 것인가….

학의 무리처럼 새날이 찾아 들면

나도 그들처럼 회색 안개 속을 훨훨 날아보리

이 땅에 남겨진 우리 모두에게

하늘 아래서 새처럼 울부짖으며….

가사와 함께 전장의 비극을 노래하는 선율이 울려 퍼질수록, 유동희는 자신도 모르게 속이 저며 들었다. 그는 잠시 오른손을 운전대에서 떼어내 창문 너머의 풍경을 바라보았다. 굴곡진 산자락 사이로 초록이 막 움트기 시작한 계절이었다. 그러나 그 풍경이 아무런 위로도 되지 않았다. 그는 전우들을 떠올렸다.

유동희는 원래 현역 입영 대상자였다. 그러나 80년대 말에서 90년대 초, 전국적인 시위와 데모가 걷잡을 수 없이 확산하자, 군에서는 일시적으로 특정 기수를 전투경찰로 투입하는 결정을 내렸다. 유동희는 서울의 한 사범대학에 재학 중이었고, 학내 시위에 직접 나선 적은 없었지만, 친구들이 짓밟히는 장면을 보며 마음 아파했던 이였다. 민주주의에 대한 열망이, 정의에 대한 감정이 그에게도 분명히 있었다. 그러나 현실은 그렇게 단순하지 않았다. 그의 건장한 체격으로 인해 그는 시위대의 최전방에선 경찰 기동대원이 되었다. 일명 '백골단'이다. 얼굴엔 복면을 쓰고, 손엔 쇠 파이프나 곤봉을 쥐고 시위 현장을 뛰어다녔다. 그의 앞에 서 있던 학생들은 더 이상 친구가 아니라 '진압 대상자'였다.

"유혈의 전장에서 돌아오지 못한 병사들이 낯선 땅에 쓰러져 백학이 되어버렸네."

노래가 절정을 향해 흐르자, 유동희의 눈가가 젖었다. 그는 잊지 못한다. 명동 성당 앞에서, 그해 겨울, 전우 김진수가 화염병에 맞고 바닥에 쓰러지던 장면을. 진수는 입영 동기였고, 누구보다 농담을 잘하던 사내였다. 진압 작전 중 시위대의 화염병이 날아들었고, 그것이 진수의 몸통을 강타했다. 불이 붙은 옷을 벗기지 못한 채 진수는 그 자리에서 의식을 잃었다. 병원으로 옮겨졌지만, 그는 끝내 회복하지 못했다. 피부 이식 수술을 몇 차례 받았지만, 거울도 못 보는 상태가 되었다. 누군가는 그를 영웅이라 불렀고, 누군가는 폭력의 도구라고 손가락질했다. 그 후로 유동희는 밤마다 진수의 비명을 들었다. 그날의 잿빛 하늘, 연기 자욱한 거리, 악다구니 섞인 고함과 곤봉 소리, 피비린내. 그의 마음속에서 무언가가 꺾이고, 또 일그러졌다. 그는 더 이상 이상이나 정의 같은 단어를 입에 올릴 수 없었다. 학생들의 구호가 때로는 거짓처럼 느껴졌고, 그들이 외치는 '민중'이라는 말마저 모순으로 가득 찬 듯했다. 유동희는 점차 철저한 반공주의자가 되었다. 그것은 복수심이라기보다, 자기방어였다. 그래야만 전우들의 죽음이, 진수의 고통이, 자신이 휘둘렀던 곤봉이 정당화될 수 있었기 때문이다. 라디오가 잠시 끊기고, 다시 선율이 이어졌다. 그는 문득 차를 갓길에 세웠다. 엔진 소리가 꺼지자, 차 안엔 노래와 자신의 숨소리만이 가득 찼다. 유동희는 고개를 떨군 채, 천천히 눈물을 흘렸다. 그는 울었다. 전우들을 위한 슬픔인지, 자신의 무너진 세월을 향한 회한인지 분간할 수 없는 눈물이었다.

"새처럼 울부짖으며"

그 마지막 후렴에서 유동희는 마음속 어딘가가 무너지는 소리를 들었다. 옛 전우에 대한 위로의 마음이라고 생각했다.

유동희는 전역 후 전역자들의 연합 단체이면서 국가에서도 지원받는 '재향충

정회' 서울 본부에서 근무하고 있다. 군에서의 공을 인정하는 것인지 입막음인지 기관의 부장이 되었다. 고급 승용차도 받았다. 스스로는 지금도 국가를 위해 일한다고 생각했다. 체어맨의 엔진 소리가 낮고 깊게 울렸다. 유동희는 고속도로를 빠져나와 청주 나들목으로 접어들었다. 오랜만에 오는 길이었다. 기억이 지도를 대신했다. 뇌리에 남은 그 길, 그 거리, 그리고 그 풍경이 너무도 선명하게 다시 떠올랐다. 청주의 가로수 길. 일명 '숲 터널'이라고 불리는 플라타너스 길이 그의 앞에 펼쳐졌다. 도로 양옆으로 수천 그루의 플라타너스가 마치 경례라도 하듯 도열해 있었다. 초록의 잎들은 햇살을 거르고, 바람은 가지 사이를 스치며 속삭이듯 지나갔다. 계절의 기운을 품은 잎사귀들이 자동차의 전면 유리를 스치는 빛으로 흔들었고, 그 빛은 자꾸만 유동희의 눈가를 간질였다. 그는 이 길을 떠올릴 때마다 이상하게도 드라마 '모래시계'의 최민수가 떠올랐다. 어쩌면 단지 스피드와 어둠, 그리고 폭력의 잔재 때문인지도 모른다. 최민수가 이 길을 오토바이로 질주하던 장면. 어둠 속을 뚫고 뭔가를 향해 돌진하던 그 모습은, 젊은 시절 백골단으로 활동하던 자신과 어쩐지 겹쳐 보였다. 무섭고 치열했던 나날. 도심 한복판을 뚫고 달리던 고무탄 냄새, 최루탄 잔향, 휘몰아치던 함성. 그때는 옳다고 믿었다. 아니, 믿을 수밖에 없었다. 시위대를 향해 방패를 들이밀고, 진압봉을 휘두르며, 얼굴을 가린 채 외치는 학생들을 '붉은 무리'로 치부했다. 장교가 된 그는 정보 장교로서 중요 보직을 담당할 줄 알았다. 그러나 그의 임무는 단순했다. 분류였다. 어느 학생은 사상을 가진 자, 어느 학생은 단순 가담자, 또 다른 이는 회유 가능자. 그리고 그중 누군가는 사라졌다. 군 3사관학교로 자원했을 때만 해도, 유동희는 국가를 위해서 의미 있고 중요한 일을 할 줄 알았다. 백골단 생활은 매일 무너지는 느낌이었다. 거리에서, 철책 너머에서, 피 묻은 진압봉을 쥔 자기 손을 바라보며 그도 서서히 병들어갔다. 그래서 장교가 되었다. 새 삶, 새 질서. 정보 병과를 전공했다. 유능한 장교가 되고 싶었다. 분류, 감시, 회유, 투입. 그는 정확했고 빠르며, 비밀을 지켰다. 그의 서랍 속엔 언제나 문서가 있었고, 그 문서가 곧 누군가의 운명을 바꿨다. 언젠가, 그는 생각했다. 이 단순한 일에도 유동희는 의미를 부여했다. 국가를 위해서이다. 유능하고 존경받는 장군이 되고 싶었다. 적어도 별 하나, 아니 그 이상도 가능할 거라고. 그러나 현실은 달랐다. 대령 진급에서 그는 번번이 미끄러졌다. 육사 출신도 아니고, 계보도 없고, 배경도 없는 그에게 남은 건 오직 성과뿐이었다. 성과로만 경쟁하던 그에게 어느 순간 '성과'는 오히려 불편한 증거가 되었다. 피 묻힌 일, 지저분한 뒤처리, 그것들은 권력의 윗자리에선 흔적조차 남기고 싶지 않은 '불쾌한 이력'이었고, 결국 그 모든 짐은 유동희에게 돌아왔다. 문민정부가 들어서면서 군은 대대적인 정리를 시작했다. 군의 사조직 '하나회'를 해체하고, '병영 민주화'라는 이름으로 불편한 진실을 지우기 시작했다. 진급 누락이라는 말없이도 강력한 수단으로.

'토사구팽' '진급 역전' 그 단어 하나로 유동희는 산산조각이 났다. 자신보다 나중에 들어온 후배들이 하나둘 대령 계급장을 달고 그를 지나쳤다.

"선배님, 죄송합니다."라는 말 한마디에 담긴 멸시와 연민이 뼛속까지 스며들었다. 그가 스스로 전역서를 냈을 때, 군은 아무 말 없이 받아들였다. 정리된 것이다. 깔끔하고 조용하게.

가속이 붙자 플라타너스 터널은 마치 슬로모션처럼 그의 창가를 스쳤다. 빛이 일렁이고, 나무 그림자가 차체를 따라 미끄러졌다. 아름다운 길이었다. 이토록 고요하고 생명력 가득한 길 위를 달리고 있지만, 여전히 자신은 과거에 묻고 덮어야 할 무덤 같은 역사를 다시 파내야 한다는 아이러니에 씁쓸했다. 그는 '붉은 여우 제거 작전'에 투입되었던 그날을 떠올렸다. 전국에서 분류된 자들을 각 도시로 보냈다. 그리고, 그중에는 'MH'라는 이니셜을 가진 여자도 있었다. 미희. 그는 단 한 번, 그녀를 직접 본 기억이 있었다. 얼음공주처럼 차가운 외모와 침묵의 저항은 그에게도 인상 깊었다. 처량하면서도 청순한 그의 외모에서 유동희도 연민의 감정에 빠질 뻔했다. 그 얼굴을 지우지 못했다. 그러나, 그는 그녀를 직접 '시설'에 들여보낸 기억은 없었다. '애양원' 사랑으로 양육한다는 뜻의 그곳. 그러나 실상은 한센병 환자와 지적 장애인들이 함께 기거하는, 사회의 가장 깊고 음침한 그늘이었다.

　"그녀가 거기 있다고?"

　10년 만에 그녀의 이름을 다시 들었을 때, 유동희는 처음으로 심장이 두근거렸다. 죄책감은 아니었다. 국가에 충성한 것일 뿐이다. 자신이 한 일은 모두 위에서 명령한 것이고, 자신은 따랐을 뿐이다. 자신을 그렇게 설득하며, 다시 액셀을 밟았다. 차창 밖으로는 초록의 잎들이 빛을 머금고 넘실거렸다.

29

애양원(愛養院)

애양원 주변에 작은 냇가 때문인지 물안개가 옅게 깔려 있었다. 유동희의 차가 애양원 입구를 향해 천천히 다가설 무렵, 하늘은 눈부시게 푸르렀다. 입구로 들어서는 길목, 양옆으로 줄지어 선 미루나무들은 마치 세례자처럼 고요히 서서 방문객을 맞이하고 있었다. 키가 하늘을 찌를 듯 솟은 나무들은 가지마다 햇살을 머금고 은은한 바람에 속삭이며 길을 비췄다. 바닥은 고운 자갈이 깔려 있어 바퀴가 미끄러지듯 굴러갔고, 조용히 창문을 여니 나무 사이로 흐르는 시냇물 소리와 이름 모를 새들의 지저귐이 귀를 간질였다. 정문을 지나자 유럽풍의 건물들이 시야에 들어왔다. 하얗고 우아한 석조 외벽, 고딕 양식의 뾰족한 지붕, 붉은 벽돌 사이사이 담쟁이넝쿨이 옅게 감싸며 흐르고 있었다. 정문의 양옆에는 자그마한 관리소 두 채가 마주 보고 서 있었는데, 오른쪽은 방문객을 안내하거나 내부 환우들의 출입을 관리하는 듯했고, 왼편은 작은 정원이 딸린 대기소로, 손님들이

검사받고 잠시 머물 수 있도록 꾸며져 있었다. 유럽 시골 마을의 한 수도원을 연상시키는 풍경에 유동희는 잠시 말을 잃고 주변을 둘러보았다. 차에서 내리자마자 한 명의 수녀가 조용히 다가왔다. 흰 수녀복에 회색 스카프를 두른 그녀는 조심스레 "유동희 씨지요?" 하고 말을 걸었고, 유동희는 고개를 끄덕였다. 기다리고 있었다는 듯한 그녀의 태도는 어딘가 익숙하면서도 낯설었다.

"원장 수녀님께서 기다리고 계십니다."

수녀의 뒤를 따라 건물 안으로 들어섰다. 내부는 외관만큼이나 고즈넉하고 정갈했다. 광택이 나는 목재 바닥과 창문 아래 길게 드리운 레이스 커튼, 복도 곳곳엔 자그마한 화병에 막 꺾은 듯한 들꽃들이 꽂혀 있었다. 낡은 피아노 위에는 미사곡 악보가 펼쳐져 있었고, 성모상이 조용히 미소 짓고 있었다. 원장 수녀 하은주의 방은 복도 끝에 있는 햇살이 잘 드는 남향의 공간이었다. 문을 열자, 60대 후반쯤 되어 보이는 여성이 의자에서 일어나며 유동희를 향해 고개를 숙였다.

"주님의 평화가 함께 하시길요."

순간 당황한 듯 유동희는 멈칫하다가, 익숙지 않은 말이었지만 어딘가 모르게 따뜻한 그 인사에 자신도 모르게 작게 따라 말했다.

"네… 평화가 함께…"

하은주는 부드럽게 웃으며 손짓으로 자리를 권했다. 그녀의 눈빛은 온화했지만, 그 안에는 쉽게 읽히지 않는 무게가 실려 있었다. 마치 오래전부터 이 순간을 기다려왔으나, 그 의미를 섣불리 드러낼 수 없는 사람처럼.

"먼 길 오시느라 고생 많으셨습니다. 찾는 사람과는 어떤 관계죠?"

순간, 유동희는 뭐라고 해야 할지 머뭇거렸다. '관계?'

"네, 그 어머니와 잘 아는 사람인데 어머니가 찾고 있어서 확인차 들렀습니다."

원장 수녀는 그러냐면서 고개를 끄덕였지만 확실하게 수긍하는 몸짓은 아니었다. 유동희는 원장을 보면서 어렴풋한 불신과 안도 사이에서 머뭇거렸다. 이곳에 오기까지 수십 번을 망설였고, 자신이 이곳에 한미희를 보냈다는 것을 원장은 전혀 모르고 있다. 아니, 알 수도 없다. 군에서 인계할 때는 두 단계를 걸쳐서 시설로 보내지기 때문이다. 군과 시설이 바로 연결되면 군의 보안과 내부, 외부적으로 노출이 되는 것이 부담일 수밖에 없다. 우선 군은 사설 기관인 '전국 실종자 찾기 협회'로 구금했던 사람들을 보낸다. 한국에서는 매년 7만 명 정도의 성인이 실종되고 있으며, 그중 1,000명 이상이 사망한다. 또한 취약계층인 아동, 장애인, 치매 환자 등이 하루 평균 127명꼴로 실종되고 있다. 군에서도 군 관계 기관이 아니라 일반 기관으로 위장하여 협회로 사람들을 보낸다. 늘 실종자들이 많이 있기에 의심하지 않고 협회에서 받아주고, 협회는 6개월간 협회 안에서 데리고 있다가 찾는 사람이 없다는 확인이 되면 시설인 병원으로 보낸다. 협회는 적극적으로 실종자들의 가족들을 찾지는 않는다. 자신들 또한 이들을 병원으로 입소시키면 인원당 받는 수당이 있다. 어쩌면 저들을 보호한다는 이름으로 사람 장사를 하는 것일 수도 있다. 한미희가 이곳에 입소한 것은 8년 전이다. 한미희의 다른 사람들보다 입소가 많이 늦었다. 그 과정에 대해서는 유동희도 원장도 확인할 수 없다. 협회에서 남들은 6개월이면 되는데 왜 4년 이상 있었는지 말이다. 하은주는 조심스럽게 책상 위의 파일 하나를 집어 들더니 유동희 앞으로 밀어주었다.

"여기 찾는 분이 맞는지 확인해 보세요"

파일이 열리는 순간, 활짝 웃고 있는 한미희의 사진이 눈에 들어왔다. 유동희는 말문이 막혔다. 그가 알고 있던 한미희, 언제나 냉랭하고 마음을 보여주지 않던 그 얼굴이 아니었다. 사진 속 그녀는 마치 목련꽃처럼 환히 웃고 있었다. 그 웃음은 도저히 가면일 수 없을 정도로 순수했고, 눈빛은 아이처럼 투명했다.

"이게… 어떻게 된 일이죠?"

그는 겨우 입을 뗐다. 목소리는 낮았지만, 안에 담긴 감정은 무거웠다. 놀람과 그리움, 약간의 분노까지. 아니 이렇게 잘 웃을 거면 왜, 그때는. 하은주는 잠시 고개를 숙이고, 고요히 기도하듯 말문을 열었다.

"모두가… 주님의 은혜이지요."

너무도 신비롭고 추상적인 말. 하지만 그 말 한마디에 단단한 믿음이 실려 있었다. 유동희는 잠시 침묵하다 조심스레 물었다.

"지금, 한미희를 만날 수 있을까요?" 하은주의 미소가 조금 흐려졌다.

"직접 면담은… 어려워요. 외부인과의 접촉은 저희가 지금은 조금 경계하고 있어서요. 미희에게도, 이곳 환우들에게도 그게 더 안전하답니다."

"그게… 왜죠?"

"그 아이는 이곳에 온 이후 단 한 번도 외부 사람을 만나지 않았어요. 그리고… 어떤 반응을 보일지, 우리도 예측할 수 없거든요. 갑작스러운 만남은 그녀에게 어떤 과거가 있는 줄 모르지만 8년 동안 치유된 그 아픔이 다시 돋아날 수 있습니다. 찾는 분과 좋은 관계가 아니었다면…."

원장 수녀는 유동희에 대한 의심과 무언의 경고 및 테스트를 하는 듯했다.

'당신, 이 사람을 만날 자격이 있는가?' 묻고 있는 듯했다. 말은 부드러웠지만, 단호했다. 유동희는 입술을 다물었다. 무언가 더 말하고 싶었지만, 분위기가 허락하지 않았다. 둘 사이에 조용한 공기가 흘렀다. 서로의 마음을 조금은 알 것 같으면서도, 완전히 믿을 수 없는 거리감. 그것은 신뢰 이전의 불확실한 평화였다. 잠시 뒤, 옆방에서 대기하고 있던 다른 수녀가 조용히 다가와 인사를 건넸다.

"이쪽으로 안내해드릴게요."

그녀는 유동희를 애양원의 정원 쪽으로 이끌었다. 돌계단을 따라 내려가자, 넓은 마당과 온실, 그리고 그 너머 작은 채플이 보였다. 아이들이 그림을 그리는 화단 옆 벤치에, 한 여자가 앉아 있었다. 흰 블라우스에 머리를 묶은 그녀는 아이들과 함께 붓을 들고 있었다. 햇살 아래, 그녀는 고개를 살짝 기울여 무언가를 설명하고 있었다. 웃으며 아이의 얼굴에 물감을 묻히고, 장난을 받아주고 있었다. 멀리서 보아도, 그것이 한미희라는 것을 유동희는 알 수 있었다. 심장이 미세하게 떨렸다. 눈동자가 흔들렸다. 죄책감과 놀람이, 마음 깊은 곳에서 동시에 솟구쳐 올랐다. 완전히 다른 사람이 된 한미희는 정말 행복해 보였고, 행복한 웃음이 그의 얼굴에 가득했다. 유동희는 잠시 머뭇거리다 고개를 돌렸다. 조금 전, 한미희가 무언가를 바라보며 손을 흔들었기 때문이다. 그 시선을 따라가자, 회색 수녀복을 입은 여인이 두 손을 가지런히 모은 채 고요하게 서 있었다. 마치 수십 년 세월을 그 자리에 뿌리 내린 나무처럼 흔들림 없는 눈빛으로, 그러나 분명한 따뜻함으로 한미희를 바라보고 있었다. 한미희는 수녀를 향해 환하게 웃었다. 망설임도, 두려움도 없는 표정이었다. 그 순간, 유동희는 자신도 모르게 몸을 움찔했다. 이 낯선 공간과 낯선 인물들 사이에서, 유일하게 익숙한 이름 한미희가 자신도 모르는 존재가 되었다. 과연 한미희는 자신의 존재를, 자기가 어떤 사람이라는 것을 알고나 있을까? 정임순! 그의 어머니가 애타게 찾고 있는데 그 사실을 알고나 있을까? 아니 전혀 모르고 있다. 그저 천진난만하다. 원장 수녀의 말처럼 그는 이곳이 자기 뿌리요, 존재요, 실존이라고 여긴다는 것. 한미희를 누구도 흔들어서는 안 된다는 생각을 유동희는 하게 되었다. 그의 어머니조차, 여기에 오면 안 될 것 같다는 생각이 강하게 들었다.

"종교는 있으세요?" 원장 수녀 하은주가 정중히 물었다.

유동희는 고개를 저었다.

"없습니다."

하은주는 빙긋이 웃으며 말했다.

"이번 기회에 가져보세요. 마음의 평안함이 찾아올지도 모르니까요."

그 말은 단순한 권유가 아니었다. 무언가를 알고 있는 사람만이 할 수 있는, 의미심장한 말투였다. 유동희는 반사적으로 고개만 끄덕였고, 말을 잃은 채 성당 안으로 들어섰다. 성당 내부는 한낮인데도 밝지 않았다. 은은한 어둠이었다. 높은 천장에서 채광이 내리쬐고, 회색 벽과 목제 의자, 그리고 앞쪽 제단의 십자가가 공간 전체를 압도했다. 말로는 표현할 수 없는 무거운 평화. 그 속에 앉아 있으니 마음 한쪽 편이 기이하게 잦아드는 듯했다. 하은주는 유동희가 아무 말도 꺼내지 않았는데도 조용히 말을 이었다.

"한미희 씨에 대해선 저희도 많이 알지 못해요. 서류상으로는 생년월일도, 주소도, 가족도 없습니다. 그저 이름. '한미희'라는 이름 하나가 다였죠."

유동희는 알고 있는 듯 고개를 끄덕였다. 하은주의 눈빛은 담담했다. 그녀는 지난 시간을 하나하나 꺼내듯 천천히 말을 이었다.

"처음 이곳에 왔을 때, 미희 씨는 완벽한 침묵 속에 있었습니다. 식사는 했지만, 말도 표정도 없었어요. 손짓도 눈짓도 없었습니다. 무표정이 아니라, 감정 자체가 소거된 것처럼요. 저희는 실어증으로 판단하고 재단 병원에 의뢰해 통원 치료도 해봤지만… 소용없었죠. 약도 듣지 않았고, 반응도 없었어요."

하은주는 고개를 살짝 떨구었다가 다시 들며, 조용히 웃었다. 잠시 침묵이 이어졌다. 온통 무언의 기도 소리만 성당 안을 가득 메우고 있었다. 하은주는 정면의 예수상을 보면서 성호를 긋고 두 손을 모은다. 그리고 눈을 감았다가 다시 뜬다. 그리고는 말을 이었다.

"그런데 어느 날, 기적 같은 일이 일어났어요."

유동희는 숨을 죽였다.

"우리 원에는 두 부류의 환우가 있습니다. 한센병을 앓는 분들, 그리고 지적장애가 있는 아이들. 간혹 자원봉사자들이 오시기도 하지만, 대부분은 이 안에서 함께 생활하는 사람들이 돌보고 있어요. 그런데… 그날 미희 씨가 휠체어에 앉은 한 지적장애 아이에게 밥을 먹이고 있더군요."

하은주의 말이 멈췄다. 그녀는 잠시 눈을 감았다가 다시 떴다.

"처음엔 깜짝 놀랐어요. 그 아이는 숟가락을 쥘 줄도 모르는, 전신은 멀쩡하지만, 정신은 갓난아기 수준인 아이였거든요. 수녀들이 다가가 말렸어요. 그러나 저는… 그냥 두라고 했죠. 본능적으로 느꼈거든요. 지금은 개입하면 안 된다고."

유동희는 상상할 수 없었다. 그 미희가? 그 깊은 침묵 속에 머물던 한미희가, 누군가에게 밥을 먹이고 있었다고?

"밥을 먹이던 미희 씨의 얼굴에… 미소가 떠올랐어요. 아주 작은, 그러나 분명한 미소요. 저는 눈을 의심했어요. 수녀들과 함께 그 장면을 보면서… 저도, 우리 모두도 울고 말았죠."

하은주는 가슴께에 손을 올렸다. 마치 그날의 장면을 아직도 마음에 품고 있는 듯했다.

"약도 치료도 듣지 않았어요. 검사 수치도 모두 정상이었고, 그 무엇도 그녀를 움직이지 못했죠. 그런데, 그 아이… 아무것도 할 수 없는, 말조차 못 하는 그 아이 앞에서… 그녀는 처음으로 손을 내밀었어요."

하은주는 다시 성당 전면에 높이 달린 십자가상의 예수를 보면서 성호를 긋고는 감사의 기도인지 두 손을 모아 합장했다. 그리고 말을 이었다.

"그 후로도 미희 씨는 많이 변했어요. 말은 여전히 하지 않지만, 아기 손을 잡아주고, 노인분들의 머리를 빗겨주고, 무표정하던 얼굴에 자주 미소가 떠올랐죠. 우리는 그걸 기적이라 불러요." 하은주는 유동희를 바라보며 마지막으로 말했다.

"사랑은, 때로 약보다 깊은 치료를 줘요. 기억은 잃었을지 몰라도, 마음은 진실을 잊지 않으니까요."

성당을 나서다가 문득 걸음을 멈춘 유동희는 다시 한미희가 있던 쪽을 바라보았다. 창 너머로 한미희가 웃고 있었다. 연약한 아이의 손을 꼭 쥔 채, 조용히 입가에 머금은 미소. 그것은 과거의 그 어떤 말보다 단단하고 따뜻한 생의 증거였다. 유동희는 그 자리에 선 채, 오래도록 그녀를 바라보았다. 마음 깊은 곳에서 뜨겁게 올라오는 죄책과 안도 사이에서, 그는 비로소 깨달았다. 미희는 고통의 기억을 잃었지만, 사랑의 감각을 되찾았다. 그 미소를 지우는 일, 그것이 어찌 사랑일 수 있겠는가. 설령 그녀의 어머니가 나타난다 한들, 그 품으로 되돌려 보내는 것이 과연 옳은 일인가? 한미희는 지금, 아주 작고 조용한 방식으로 누군가의 생이 되고 있었다. 유동희는 푸른 하늘을 보았다. 인사를 하고 성호를 긋는 하은주가 보인다. 유동희도 두 손으로 합장했다. 그리고 간절히 기도했다. 한미희에게 웃음을 앗아가지 말아 달라고. 애양원을 뒤로 하고 차를 몰았다. 여전히 하늘은 눈이 부시도록 파랗다.

눈부신 하늘 때문인지, 유동희의 눈에서 조용히 눈물이 흘렀다.

<u>30</u>

노을

물결처럼 잔잔하게 출렁이는 가을 하늘 아래, 청주의 공기는 서늘하고도 낯설었다. 아침 햇살이 도로 위를 길게 덮으며 세 사람의 마음속을 조용히 두드렸다. 1997년 10월 11일, 토요일. 정임순에게 이날은 평생의 가장 기쁜 날이 될 예정이었다. 아니, 되어야만 했다. 1987년 6월 9일 화요일 그날부터 무려 10년하고도 4개월, 3,778일의 기다림 끝에, 그토록 애타게 그리워하던 딸을 만나는 날이었으니까. 운전대를 잡은 임동수는 긴장한 듯 말이 없었다. 조수석에 앉은 장해연은 몇 번이나 입을 열까 말까 하다가, 이내 조용히 창밖만 바라보았다. 뒷자리의 정임순은 양손을 꼭 모은 채 기도하는 듯 눈을 감고 있었다. 침묵이 길게 이어졌다. 그들은 한 단어로는 설명되지 않는 수많은 감정의 파편들 속에 앉아 있었다. 그날, 사실 지형택도 동행하고 싶었다. 그러나 IMF의 그림자가 드리운 사업은 하루하루가 위태로웠다. 1997년 1월 한보 사태로 인해 나라의 경제는 서서히 무너지고 있었다. 지형택의 사업도 예외는 아니었다. 호텔 몇 개를 지탱하던 그의 손끝은 바짝 마른 모래처럼 갈라지고 있었다. 그런데도 그는 아내 정임순의 딸, 아니 이제는 자신의 딸이기도 한 한미희를 찾는 일에는 아까울게 없었다. 수천만 원의 돈이 아깝지 않은 일이었다. 직원들도 열심히 해 주었다. 그만큼 열정적으로 아내의 딸, 아니 자신의 딸을 찾는 데 최선을 다했다. 마침내 그 결실이 코 앞이다. 그렇기에 함께하지 못하는 아쉬움이 컸다. 부도가 임박한 어느 호텔의 매각 협상을 마무리 짓지 않으면, 더 이상 가족도, 희망도 지켜낼 수 없었기 때문이다.

"그래도 당신이 거기 있어 줘야 미희가 더 마음을 놓지 않겠어요?"

정임순이 출발 전 그에게 그렇게 말했을 때, 지형택은 말없이 고개만 끄덕였다. 그는 차마 입으로 "미안하다"라는 말을 꺼내지 못했다. 정임순은 알겠다는 듯이 고개를 끄덕이며 그의 손을 꼭 잡아주었다.

장해연은 도저히 한미희를 만날 수 없을 것 같다며 동행을 완강히 거부했지만, 진정한 사죄는 그 앞에서 해야 한다며 평생 후회하지 말고 함께 가자고 했던 임동수의 충고에 청주에 동행하기로 했다.

"진정으로 용서받고 싶다면, 아니 평생 후회하지 않으려면 함께 가자. 피하지 말고."

'피하지 말고'란 말에 장해연은 가슴이 철렁 내려앉았다. 목에 무엇인가 걸린 느낌이었다. 자신도 모르게 두 눈에서 눈물이 핑 돌았다. 박수환은 끝끝내 돈을 받지 않았다. 정임순의 간절한 눈빛과 자신이 돈에 환장한 놈도 아닌데 인생에서 한 번쯤은 좋은 일 하고 싶다며 지형택의 사업도 어려운데 받을 수 없다고 했다. 그는 임동수의 부친이 자신을 전출시킨 것으로 오해한 것에 대해 임동수에게도 좋지 않은 마음으로 대한 것에 용서를 구했다. 박수환은 임동수의 그 뜨거운 눈물에 자신이 사람의 그리움을 돈으로 팔아먹는 것 같아, 그 시간 그때 가슴이 뜨거워지고 울컥하여 차마 거기에 있지 못했다고 한다. 사내가 울기가 제일 좋은 곳은 화장실이 아니겠느냐고.

"돈 좋아하는 놈 맞지만, 사람의 그리움까지 팔 순 없지 않습니까?"라고 말하던 그의 얼굴엔 복잡한 감정이 얽혀 있었다. 아무리 돈 좋아하고 막 나가는 놈이라도 스스로 '인면수심'이 될 수 없었다. 그때, 그 지형택의 방에서 화장실로 간 이유를 자조 섞인 말로 변명한다.

"사람이 우는 데는 이유가 있어요. 사내가 울기 제일 좋은 곳은 화장실이잖아요. 허허, 참 아버지 돌아가실 때도 눈물은 안 났었는데…. 신기하죠? 자식 찾는 어미의 간절한 눈빛이 참, 그게, 거기서 돈을 받는다는 게 할 짓이 아니더라고요."

이종수는 장해연의 충고에 자신이 용서받을 수 있는 마지막 기회가 지금이라고 생각해 경찰과 군 관계자들에 수소문하여 그때 자신이 인계한 365정보 부대의 담당자였던 유동희와 연락이 닿았다. 이미 유동희는 박수환에게 그들이 있는 곳을 알려준 상태였다. 유동희는 그 후로 연락이 되지 않았다. 그가 근무하는 '재향충정회'에도 사표를 내고 잠적했다고 한다. 이종수는 수원 출신 사업가들의 모임인 '수원 비즈니스 클럽' 조찬식에 갔다가 지형택을 만났다. 지형택과 이종수는 같은 수원 출신이었다. 안면이 있었던 이유를 알았다. 장해연과 다시 만나 이종수는 유동희와 연락이 닿았고 그가 이미 박수환을 통해 지형택에게 한미희의 소재지를 알려줬다고 했을 때, 이종수는 한미희의 어머니에게 사죄하고 싶다고 했다. 한미희 앞에 자신이 나타나는 것은 또 한 번 죄를 짓는 일이라 가지는 못하지만, 그 어머니에게 용서를 구하겠다고 하는 것을 장해연은 말렸다. 그리고 이종수는 장해연을 통해 정임순의 남편이 수원에서 호텔업을 한다는 것을 알고 혹시나 그곳에서 만날 수 있을까 하다가 호텔 입구 회사 안내도에 실린 지형택의 얼굴을 본 적이 있다. 낯이 익었는데 그제야 알게 된 것이다. 조찬식에서 말이다. 물론 이종수는 정임순을 만나지 못했다. 운명이 그를 용서하지 않은 것일까. 아니면, 그가 자신을 용서할 수 없었던 걸까.

청주로 향하던 아침, 정임순은 장해연에게 조용히 말했다.

"왜 그렇게 오래도록 그 편지를 가지고 있었던 거죠? 나는 그 편지를 받고 나서 딸이 어딘가 살아있구나. 그리고 이 어미에게 자기를 찾아 달라고 애원하는구나? 하고 느꼈어요. 내 딸의 그 편지. 내용은 누군가가 시켰다 하더라도… 편지 읽고 나서부터 꿈에 더 자주 나오더라고요."

그 말에 장해연은 말없이 고개가 떨구어졌다. 또 눈물이 흘렀다. 잠시 후, 뒷자리에 있던 정임순이 그에게 꽃무늬 레이스가 달린 손수건을 건넸다. 장해연은 그 손수건을 받고는 울음을 허락한 것으로 알았는지 애잔하고도 서러운 울음을 울었다. 운전석의 임동수도 눈가에 물기가 가득했다. 정임순 또한 조용히 눈물을 훔쳤다. 사흘 전에 쏟아낸 눈물이 모자란 탓일까? 차 안은 어느새 아픔의 눈물이 아닌 다른 느낌의 눈물 바다가 되었다. 정임순이 준 손수건의 꽃무늬 레이스는 '흰 장미'였다. 정임순은 항상 그 손수건을 부적처럼 가지고 다녔다. 흰 장미, 꽃말이 '다시 만나요, 우리'라는 것을 장해연은 정임순에게 들었다. 정임순은 그 손수건을 장해연에게 의미 있는 선물로 주었다. 용서와 사랑의 선물로.

청주로 출발하기 사흘 전, 그들이 처음 만난 곳은 정임순이 운영하는 대흥동의 작은 편의점 앞, 임동수와 정임순이 만났던 그 카페였다. 그새 카페는 유행을 따라 북카페로 변화를 시도했다. '동네 북카페'. 햇살이 카페의 유리창을 투과해 조용히 세 사람의 그림자를 길게 늘였다. 카페의 유리창 너머로 붉은 노을이 유리창을 물들였다. 마치 누군가의 오래된 상처를 꺼내 붉게 비춰주는 듯한 저녁이었다. 그 빛은 마주 앉은 사람들의 얼굴 위로 조용히 스며들고 있었고, 커피잔에서 피어오르던 김마저도 무겁고 조용했다.

동수는 정임순을 자리로 안내했다. 정갈한 정장 차림의 정임순은 마치 무거운 시간을 짊어진 사람처럼, 조용한 발걸음으로 테이블에 다가왔다. 먼저 와 있던 장해연은 순간 굳은 듯 몸을 일으켰지만, 그녀의 시선은 정임순의 얼굴에 닿지 못했다. 차마 눈을 마주칠 수 없었다. 죄인이 자신을 죄인이라 말하지 않아도 되는 얼굴이었다. 동수의 오른편에 장해연이 조심스레 앉았다. 그녀의 손끝은 자신도 모르게 테이블 모서리를 매만지고 있었고, 정임순은 그런 그녀를 잠시 바라보았다. 그 눈빛을 알아챈 듯, 장해연은 멍하니 앉아 있던 자리를 비켜 동수와 한 칸 떨어진 의자를 당겼다. 하지만 그 순간 정임순이 부드러운 목소리로 말했다.

"아니, 왜 자리를 옮겨요?"

그 말에는 예상과는 다른 온기가 섞여 있었다. 이어진 미소는 서늘한 눈물 뒤에 피어난 꽃잎처럼 은은했다.

"그 옆에 그냥 앉아요. 괜찮아요."

그 말에 해연은 주춤하며, 아주 밀착하지는 않은 거리로 다시 동수 옆에 앉았다. 그것이 그녀의 마음이 허락한 최선의 거리였다. 해연에게는 미희에 대한 작은 예의였고, 정임순에 대한 미약한 존경이자 사죄였다. 조용한 침묵이 잠시 머물렀다. 동수가 직원에게 차를 주문하고 자리에 앉자, 정임순은 가방에서 오래된 편지 한 통을 꺼냈다. 갈색으로 바랜 봉투, 몇 번이고 접힌 흔적이 있는 얇은 종이. 그 광경을 본 순간, 장해연은 온몸이 얼어붙은 듯 심장이 요동쳤다. 동수 또한 순간 숨이 막혔다. 그 편지, 분명 자신이 가지고 있는 것과 똑같았다. 아니, 그것보다 훨씬 더 오래된 느낌이었다. 가까이 들여다본 동수는 직감했다. 자신이 감정사에게 보여주었던 것은 복사본, 지금 이건 원본이었다. 정임순의 시선이 해연에게 향했다.

"이 편지 해연 씨?"

옆에서 동수가 바로 말을 받았다.

"네. 장해연입니다." 장해연 또한 고개를 끄덕인다.

"그래요, 장해연 씨, 장해연 씨가 저한테 준 거죠? 그런데 왜 나를 안 만나고 도망가듯이 갔어요? 나는 누군지 너무 궁금했는데….”

그 말은 따지는 말이 아니었다. 그저, 오래 기다린 사람의 순한 물음이었다. 장해연은 잔뜩 긴장하여 내뱉은 말이어서 그런지 떨린 말투였다.

“어머니를 뵐 면목이 없어서요. 그리고….”

끝내 그녀는 자리에서 일어났다. 그리고 고개를 깊이 숙인 채 눈물을 흘렸다. 마치 수년간 억눌러온 죄의식이 그 순간, 파도처럼 무너져 내린 듯했다.

“너무 죄송합니다…. 제가, 그때 너무 어리고 무섭고…. 언니를…. 언니를 경찰에 넘긴 것이…. 저 입니다. 제가 배신자입니다. 제가 미희 언니와 어머니 가슴에 큰 상처를 남겼습니다. 흐흐흐 흑….” 하며 그 자리에 주저앉았다. 얇은 어깨가 떨리고 있었다. 고요하던 카페는 일순 소란스러워졌고, 직원이 다가오는 것을 본 동수가 손짓으로 괜찮다고 알렸다. 정임순은 조용히 일어나 해연에게 다가갔다. 그리고 그녀 옆에 무릎을 꿇고 앉아, 조심스레 안아 주었다. 말이 없었다. 그저 따뜻한 품으로 그녀를 감쌌다. 둘은 부둥켜안고 한참을 그렇게 있었다. 붉은 노을빛이 두 사람의 등을 비추며 길게 그림자를 드리웠다. 직원이 조심스럽게 차를 내려놓고 조용히 물러났다. 동수는 눈을 감았다. 그 감긴 눈 아래로 뜨거운 것이 흘러내렸다. 차마 말할 수 없는 것들이 눈물로, 침묵으로 고여 흘렀다. 잠시 후 정임순은 장해연의 손을 잡고 자신의 옆자리에 앉히고 두 손을 꼭 잡았다. 그리고 정임순이 조용히 입을 열었다.

“나는 이미 동수 씨에게 들어 다 알고 있어요. 그리고 그 시절, 우리는 모두 약한 존재들이었죠. 해연 씨도 나도…. 우리 미희를 구해 낼 어떤 힘도 없었죠. 아니…. 나라가, 나라가 약한 우리를 보호해야 하는데…. 나라가 힘 있는 나라가 짓밟으면 밟혀야죠. 그런 시대였어요. 저는 밤마다 문을 열어 놓고 잤어요. 인기척만 들리면 우리 미희인 줄 알고. 백방으로 수소문하고…. 꿈에서도 만날 수 있는 딸을 제정신으로는 만나지 못했죠. 미희가 좋아하던 시처럼…. 우리는 연약한 풀이지요. 그런데 풀은 밟히면 밟힐수록 강해지고 다시 일어난다면서요. 그 시에서는. 그래요…. 이렇게 다시 만날 수 있잖아요. 다시 일어서고, 다시 웃을 수 있잖아요…. 해연 씨 다 용서했어요. 아니, 용서할 자격이 저에게도 있을까요? 나도 어른으로서 제대로 된 나라를 만들지 못한 어른으로서 잘못이 있지요. 도리어 내가 우리 동수 씨나 해연 씨, 그리고 미희에게 용서를 구해야죠. 이제 우리…. 울지 말고 웃어요. 우리 미희가 우리를 기다리잖아요. 다시 만날 수 있으니. 안 그래요? 웃어요. 이제."

정임순의 목소리는 떨리지 않았다. 오히려 담담했다. 너무 오래 울어온 사람이 더는 울 수 없을 때처럼. 해연은 두 눈에 맺힌 눈물을 닦고, 천천히 고개를 들어 정임순의 얼굴을 보았다. 이제야 그 얼굴을 마주할 수 있었다. 용서하는 자의 허락이 있어야 비로소 용서한 자의 얼굴을 볼 수 있는 법이었다. 둘의 붉은 눈에서 번진 미소는 노을 속에서 천천히 퍼졌다. 그 작은 울림은 동수의 가슴에 은은히 박혀 오래도록 사라지지 않았다. 마치 노을빛처럼, 잠시 스쳤지만, 기억 깊숙이 새겨지는 그런 순간이었다.

31
늦티나무

햇살은 부드럽게 사위고, 완연한 가을의 갈색의 잎사귀들은 때로는 낙엽으로 또, 어떤 것은 끝끝내 작별하지 않겠다고 나뭇가지에 붙어 팔락거리며 짧은 생명을 부여잡고 있다. 가을 하늘이라 높고 유난히 푸르렀다. 저 먼 산의 봉우리도 선명하게 보였다. 고속도로는 물결처럼 유연하게 굽이쳐 청주 근방으로 다가들고 있었다. 차 안은 말 없이 고요했다. 엔진 소리만이 일정한 박자로 시간을 깎아내고 있었다. 뒷좌석에 앉은 정임순이 그 침묵을 깼다.

"동수 씨, 미희가 뭘 좋아하는지 알아요?"

조용하던 공간에 단정한 목소리가 낮게 울렸다. 운전대를 잡고 있던 임동수는 질문의 무게에 잠시 당황한 듯 고개를 살짝 기울였다.

"…글쎄요. 특별히 좋아하는 게 있었는지는 잘 모르겠습니다. 다 좋아했던 것 같기도 하고요. 가리는 음식도 없었고…"

그 순간, 옆자리에 앉은 장해연이 조심스레 말을 보탰다.

"떡볶이하고 순대를 좋아했어요. 어머님이 신촌 로터리에서 포장마차 하셨잖아요. 미희 언니는 어머님의 떡볶이와 순대가 세상에서 제일 맛있다고 했어요."

정임순의 입가에 묻은 세월의 주름이 순식간에 풀리듯, 희미한 미소가 번졌다.

"…그랬죠. 그 애는 늘 그러더라고요. 매운 떡볶이는 안 먹는다면서도 제 떡볶이는 매워도 다 먹었어요. 물도 안 마시고…"

정임순의 눈은 점점 먼 곳으로 향했다. 거기에는 계절이 하늘 아래서 지나가고 있었다. 그 시절이 생각이 났다, 김이 모락모락 나는 솥 앞에서 손에 묻은 고추장을 옷에 슬쩍 닦던, 그 시절의 음식에는 자신이 있었다. 딸은 늘 묵묵했다. 반찬이 뭐든 군소리 없이 먹었고, 다음날 입고 갈 옷이나 양말, 가방을 단정하게 정리하는 아이였다.

"초등학교 땐 말이에요. 새벽 장사 끝나고 돌아오면 미희가 전날 남은 순대를 아침밥 삼아 먹고 학교에 가더라구요. 질릴 법도 한데… 아니, 질렸겠죠. 근데 한 번도, 단 한 번도 싫다 소릴 안 했어요. 오히려 더 먹고 싶다고, 맛있다고…"

그녀의 목소리가 떨렸다. 뒷좌석 창문 너머로 플라타너스 커다란 낙엽이 차를 쫓고 있었다. 달리는 속도만큼이나 열심히 따라오는 듯 보였다. 길에는 그 넓은 낙엽들이 카펫처럼 깔리어 있었다.

"근데… 내가, 내가 그 애한테… 뭘 좋아하냐고 물어본 적이 없어요. 뭘 먹고 싶냐, 어디 가고 싶냐, 한 번도 묻질 않았네요. 그냥… 알아서 잘하니까, 속 안 썩

이니까… 나는 그게 효도인 줄 알았어요."

동수는 말없이 운전대를 조금 더 세게 잡았다. 그에게도 미희는 여전히 흐릿한 안개 속에 있는 사람이었다. 함께한 시간은 짧았고, 시대는 숨 막혔다. 제대로 된 데이트 한 번, 따뜻한 저녁 한 끼 나눠 먹은 기억도 없었다. 생각을 쥐어짜려 하자 눈과 이마에 주름이 깊어졌다.

정임순은 그의 그런 얼굴을 거울삼아 바라보았다. 이정표 하나가 다가왔다.

'청원휴게소 1.5km'.

정임순이 조용히 입을 열었다.

"동수 씨, 우리 잠깐 쉬었다 가요."

"아… 네."

차는 이내 청원휴게소로 빠져들었다. 가을빛이 여물게 내려앉은 작은 고속도로 휴게소였다. 소란스럽지 않았고, 아름드리 커다란 느티나무 한 그루가 주차장 끝자락에 서 있었다. 완연한 가을이었다. 하늘은 유난히 높았고, 바람은 눈에 보이지 않지만 느껴지는 것들이 있었다. 사람들이 그렇게 말하던 그 어떤 '기억의 계절'이 진짜 가을이라면, 이날은 가을 중의 가을이었다. 한적한 고속도로 휴게소. 휴게소에 맞지 않게 유난히 커다란 느티나무 아래 벤치에서 몇몇 사람들이 소담소담 이야기꽃을 피우고 있었다. 동수는 차에서 내리자마자 주변을 둘러보다가, 그 느티나무에 눈길이 멎었다. 어딘가 낯이 익었다. 아니, 단순한 낯섦의 반대가 아니었다. 마치 오래전 꿈에서 몇 번이고 본 것 같은, 한 장면이 재생되듯 머릿속 어귀에서 걸어 나왔다. 기시감, 그런 말이 어울릴 법했다. 그는 한참을 그 나무를 바라보다, 슬며시 입꼬리를 올렸다. 해연이 그의 시선을 따라가더니 물었다.

"아는 분이 있으세요?"

동수는 그 말을 듣고 돌아보며 씩 웃었다.

"아니, 그냥… 저 느티나무가 휴게소에 떡하니 서 있는 게 좀 신기해서"

그 말에 해연도 고개를 돌려 나무를 바라봤다. 그녀는 고개를 천천히 끄덕였다.

그때, 앞서가던 정임순이 어느 가게 앞에 멈춰 섰다. 흰 설탕이 촘촘히 뿌려진 꽈배기들이 유리 진열장 안에서 윤기를 내고 있었다. 동수와 해연이 다가가자 정임순이 말했다.

"아주 먹음직스럽지요? 이거, 하나씩 먹어요. 우리 미희가 좋아했었어요, 꽈배기. 신촌 로터리 포장마차촌 입구에서 팔던 그 꽈배기 집이 생각나네요. 미희는 늘 그 집 앞에서 어슬렁거리곤 했어요. 그런데 그걸 몇 번이나 보면서도, 마음에 여유가 없어서 사주질 못했네요. 참, 그게 자꾸 생각이 나네요. 그때는 왜 그렇게 무심했는지…"

셋은 꽈배기를 하나씩 손에 들고 다시 주차장 쪽으로 걸음을 옮기다, 동수가 말했다.

"어머니, 우리 저 느티나무 아래에서 잠깐 쉬었다 갈까요?"

마침 벤치에 앉아 있던 사람들도 자리를 털고 차로 향하는 중이었다. 정임순은 조용히 고개를 끄덕였고, 해연도 동수를 한번 바라본 뒤 따라 걸었다. 나무는 가까이서 보니 훨씬 컸다. 정수리에 그늘을 드리우는 거대한 품이었다. 바람이 느티나무 사이를 스치며 부는 소리는 마치 오래된 친구가 등을 토닥이는 듯 부드럽고 청량했다. 셋은 벤치에 나란히 앉았다. 동수는 나무 아래서 천천히 고개를 들어 하늘을 올려다봤다. 바로 그때, 그는 알았다. 그렇다. 이 느낌이었다. 이 나무. 이 하늘. 느티나무 아래에서 올려다본 하늘의 모양까지도, 그는 분명하게 기억하고 있었다.

1986년 가을. 농촌봉사활동 삼 일째 되던 날이었다. 그해엔 가을걷이 인력이 부족해 인문대 학생들과 한의대 학생들이 연합으로 합천군 야로면 구정리로 봉사활동을 갔었다. 한의대 측은 의료 봉사로, 인문대는 농촌 일손 돕기로 참여했는데, 한의대는 교수 세 명이 함께 했고, 인문대 쪽은 학생들끼리만 내려갔다. 그 마을에 명물이 느티나무였다. 그 마을의 논길 한가운데에는 수령이 500년이 넘는다는 보호수인 느티나무가 서 있다. 이름이 '야로 나 홀로 느티나무', '야로 왕 느티나무' 또는 '야로 왕따 나무'로 알려져 있다. 참, 이름이 야속했다. '홀로', '왕따'라니. 원래 느티나무의 본명은 '늦티나무'라고 한단다. '묘목일 때는 티가 나지 않다가 시간이 지나면서 점점 수려한 모습이 되어간다'라는 뜻이라고. 느티나무는 정자로 가장 많이 심는 나무로 보통 마을 어귀에 마을 수호신처럼 심겨 있는 게 보통인데, 야로 나 홀로 느티나무는 특이하게 논길 한가운데 심겨 있어 이색적인 느낌을 주는 곳이었다. 그 느티나무 아래서 미희와 나란히 앉았고, 함께 누웠던 기억을 떠올렸다. 그날 아침, 한의대생들이 청소를 소홀히 해 놓은 탓에, 노인회관 바닥에 떨어진 대침에 동수는 머리를 찔렸다. 농담 반, 진담 반으로 선배들이

"좋겠다, 자동 침 맞고 시작하네?" 하고 웃었지만, 그는 별로 웃기지 않았다. 동수는 숙소를 나서자마자 여자 숙소 쪽인 마을회관에서 오는 미희가 보였다. 기분

전환 삼아 무작정 미희의 손을 잡고 노인정과 마을회관의 건물을 빠져나왔다. 둘은 말없이 논길을 걸었고, 결국 다다른 곳이 느티나무 아래였다. 마을 가운데서도 외따로 선 나무, 허름한 정자가 있었다. 거기서 둘은 앉았다가 함께 누웠다. 지붕 없는 정자 위로 하늘이 반듯하게 열려 있었다. 그때, 미희가 말했다.

"강신재의 『젊은 느티나무』란 소설 알아?"

동수는 고개를 끄덕였다.

"알지. 그들 이복 남매 이야기. 여자 주인공 이름이… 숙희였지?"

미희가 물었다.

"여자 주인공 이름은 알고? 남자 주인공은?"

동수가 대답했다.

"남자한테는 관심이 없어서…."

그러자 미희가 동수의 배를 살짝 때렸다.

"남자는 다 늑대라며…. "

동수는 "억, 알아. 알아 현규?"

"맞아 현규. 숙희가 현규 비누 냄새를 좋아했지?"

미희가 대답했다. 그러자 동수가 이내 맞장구를 치고 장난스럽게 물었다.

"그럼 난 무슨 냄새가 나?"

미희는 한참 고민하다 대답했다.

"한약 냄새?"

그 말에 둘은 한참을 웃었다. 잠시 뒤, 미희가 다시 물었다.

"왜 '젊은 느티나무'인지 알아?"

"왜?"

"젊어서야. 앞으로 자랄 날이 많으니까. 주인공들도 젊고… 언젠간 사랑을 이룰 거라는 희망이 있으니까. 이복 남매라서 양가 부모가 다르지만, 세상이 용납하지 않지? 뭐, 개인의 사랑과 관습의 싸움이지. 그땐 그랬겠지. 음, 그리고 늙은 느티나무에선 그런 꿈은 어렵잖아."

그 말에 동수가 장난스럽게 말했다.

"그럼 여긴 늙은 느티나무니까… 우리도 늙어서, 아니 늙지 말고 젊어서 결혼하고 애 열 명 낳자!"

"또 장난. 한 일 분만 진지해질 수 없어?"

미희의 정색에 동수는 약간 긴장했다는 듯이 하늘을 쳐다보면서 눈을 감았다. 미희는 그런 동수를 고개를 옆으로 돌려 한 번 보더니 말을 이었다.

"이 느티나무는 500년이 넘었으니 임진왜란도, 일제 강점기도 6.25도, 다 겪었을 거야. 그래도 여전히 서 있잖아. 저렇게 의연하게. 나, 그게 참 좋다. 동수야…. 느티나무가 저렇게 의연한 것은 하늘이 있어서야. 하늘이 자리를 내주어서…. 성장의 공간. 그러니까 땅의 사람, 땅에 뿌리 박은 우리는 모두 하늘이 이미 자라게 한대. 그래서 비도, 햇살도, 때로는 바람과 눈도 그렇게 허락하는 거래. 그래도 이렇게 의연하게 자라고 있잖아. 그게 하늘의 뜻인 것 같아. 그러니까… 민주주의도, 자유와 평등도, 또는 시민 의식도 응, 이 나라도 더 성장하고 자랄 거야. 대신 우리 의연해지자. 의연하게 살자…. 어? 엇."

그때 동수는 미희의 이마에 입을 맞추었다. 미희는 눈을 감았다. 그때 동수가 말했다.

"나는 의연하게, 너를 지켜줄게." 동수는 미희에게 살짝 입을 맞추었다. 그 순간, 누군가의 큼직한 기침 소리에 놀라 둘은 일어나 황급히 달아났다. 그리고는, 헤어졌다.

기억은 그렇게 한 장면으로 남아 있었다. 동수는 다시 느티나무 아래서 고개를 들었다. '우리는… 과연 그렇게 하늘이 내준 공간에서 많이 자랐을까.'

'미희는… 얼마나 자랐을까. 하늘은 지금도 우리가 설 수 있는, 자랄 수 있는 공간을 내주고 있는 걸까?'

바람이 나뭇잎 사이를 스쳤다. 동수는 눈을 감았다. 바람이 서늘하게 온몸으로 느껴지자 생각이 나는 사람, 유경희.

유경희의 말에 '인생은 바람처럼 모든 것이 연결되어 있다. 그냥 사는 인생은 없다. 미희도 그냥 사는 것이 아닌 누군가에게 영향을 받았고, 누군가에게 영향을 주는 그래서 삶은 바람처럼 저렇게 연결되고 연결하고 있다.'

그리고, 다시 떠오르는 미희의 마지막 말.

"의연하게. 느티나무처럼, 아니 늦티나무! 처럼"

그 말이, 이토록 오래도록 울림이 될 줄이야. 차로 돌아가는 길에, 동수는 마음속으로 천천히 한 마디를 되뇌었다.

'미희야… 나는 아직, 의연해지지 못한 것 같아. 모든 삶이 바람처럼 연결되어

있으니 의연해질 그때, 다시….'

애양원에 도착했을 때, 늦가을 햇살은 성당 첨탑 위에 매달린 십자가를 한참이나 더듬다 마침내 부서져 내리고 있었다. 빛은 낡은 돌담과 붉게 물든 단풍 위에 쏟아져, 마치 오랜 기다림 끝에 드러나는 진실처럼 조용히 번져나갔다. 가을바람은 낮게 고요히 불어왔고, 어딘가에서 은은한 종소리가 바람을 타고 흘러들었다. 그 소리는 무겁지도 가볍지도 않은, 오래전부터 있었던 것처럼 자연스러웠다. 입구 앞에 멈춘 은빛 '봉고 프레지오'의 문이 천천히 열렸다. 애양원의 이름이 희미하게 인쇄된 문 위로, 가을 햇살이 다시 한번 반짝였다가 사라졌다. 차에서 내린 건 두 사람뿐이었다. 그들은 짧은 말도 없이 한동안 발끝을 내려다보았다. 작은 자갈 위로 쏟아진 빛이 마치 수천 개의 낙엽처럼 발밑에서 바스러졌다. 건너편 갈색 잔디 길에서 미희가 천천히 걸어오고 있었다. 그녀는 한센병 환우 두 사람의 손을 꼭 잡고, 마치 오래전부터 그 자리에 있었던 것처럼 환하게 웃고 있었다. 햇살이 그녀의 어깨 위로 스며들었고, 붉은 단풍 사이로 흩날리는 빛무리가 그녀를 감쌌다. 그 순간, 시간은 더디게 흘렀고, 바람은 깊은숨처럼 사람들과 사람들 사이를 구석구석 감싸 안았다. 끝.